跟着名家读经典

明清文学名作欣赏

梁归智 等著

北京大学出版社
PEKING UNIVERSITY PRESS

图书在版编目(CIP)数据

明清文学名作欣赏/梁归智等著. —北京：北京大学出版社，2017.9
（跟着名家读经典）
ISBN 978-7-301-28472-8

Ⅰ.①明… Ⅱ.①梁… Ⅲ.①中国文学—古典文学—文学欣赏—明清时代 Ⅳ.①I206.2

中国版本图书馆CIP数据核字(2017)第155105号

书　　　名	明清文学名作欣赏 MING-QING WENXUE MINGZUO XINSHANG
著作责任者	梁归智　等著
丛书策划	王林冲　周雁翎
丛书主持	邹艳霞
责任编辑	王彤
标准书号	ISBN 978-7-301-28472-8
出版发行	北京大学出版社
地　　　址	北京市海淀区成府路205号　100871
网　　　址	http://www.pup.cn　新浪微博：@北京大学出版社
微信公众号	科学与艺术之声（微信号：sartspku）
电子信箱	zyl@pup.pku.edu.cn
电　　　话	邮购部62752015　发行部62750672　编辑部62767857
印　刷　者	北京中科印刷有限公司
经　销　者	新华书店
	787毫米×1092毫米　32开本　14印张　228千字 2017年9月第1版　2018年9月第2次印刷
定　　　价	48.00元

未经许可，不得以任何方式复制或抄袭本书之部分或全部内容。
版权所有，侵权必究
举报电话：010-62752024　电子信箱：fd@pup.pku.edu.cn
图书如有印装质量问题，请与出版部联系，电话：010-62756370

序

中华民族历来重视阅读经典。从春秋时期孔子增删"六经",到秦吕不韦组织编纂《吕氏春秋》,从南梁萧统组织编选《昭明文选》到清人吴楚材、吴调侯编选《古文观止》……这些经得住时间考验的伟大作品,大浪淘沙,洗尽铅华,传承着中华民族最弥足珍贵的思想感情,被一代代人记诵。这些作品刻在了我们民族的"心版"上,丰富和滋养了我们的民族精神。

意大利知名作家卡尔维诺说:"经典是那些你经常听人家说'我正在重读',而不是'我正在读'的书。"经典之所以成为经典,必是以其经得住咀嚼的内涵,有益于读者的。著名美学家朱光潜先生谈到读书时,说:"读书并不在多,最重要的是选得精,读得彻底。与其读十部无关轻重的书,不如用读十部书的精力去读一部真正值得读的书;与其十部书都只能泛览一遍,不如取一部书读十遍。"中外两位先哲谈到的都是经典的精读,谈的都是如何让阅读"心版"上的印痕更深。

而经典的精读实在不是一件容易的事。经典也意味着过往,过往就与正在读书之人有时空之隔膜。

那么,什么样的方法能让我们更容易、更有效地阅读经典?从黛玉教香菱作诗的故事中,我们可以体会出,跟着名家读经典、读名作可谓是一条读书捷径。

名家是大读书人,他们的阅读体验值得借鉴。在浩如烟海的书籍中踽踽独行,摸索读书之路,难免进入狭窄的胡同,名家的读书导引就是我们不见面的名师的教诲。阅读经典时遇到的许多难点,也许就是阻碍读书人的一层窗户纸,一经名家点破,便会有豁然开朗之感。

20世纪80年代,大型文学鉴赏杂志《名作欣赏》的创刊,正是暗合了当时人们澎湃的阅读经典的热情。一批闻名遐迩的名作家、名学者、名艺术家们推荐名作、赏析名作,古今中外的名作经典，经萧军、施蛰存、李健吾、程千帆、王瑶等名家的点化，高格调的名作和高质量的析文相得益彰、水乳交融，极大地浇灌了如饥似渴的刚刚走出文化禁锢的读书人的心田。《名作欣赏》也由此成为中国名刊。几十年来，我们一直坚持这一办刊传统，力邀全国名家，精析经典名作，为中国人的文学阅读尽了一份力，发了一份热。

《名作欣赏》创刊三十周年庆典大会上，新老办刊人和新老读者都觉得将《名作欣赏》二十余年的文章精编出版，是一件有益于读者的大事。编选工作十分浩繁，我们也知难而上，未敢懈怠。经取精提纯、镕裁加工、分类结集、有序合成，2012年"《名作欣赏》精华读本"丛书由北京大学出版社出版。出版五年来，重印数次，为读者所珍爱，这是我们喜出望外的。细细想来，也正是经典的魅力、名作的魅力。

民族的自信源自文化的自信，时下，中央电视台的两档节目《中国诗词大会》《朗读者》出人意料地受到人们的欢迎。这实际是民族文化自觉和经典的浴火重生，也是中华民族经典的光辉照映。沐浴着天时、地利、人和的春风，北京大学出版社对"《名作欣赏》精华读本"进行修订改版，并增加了插图，丛书名改为"跟着名家读经典"，更好地契合了这套书的本意，更具有文化品位。这既是对国家阅读战略的呼应，也是对亿万读者阅读经典的有效补充，必然会被更多的读书人发现和珍视。

让我们一起来加入"全民阅读"的阵营，拥抱文化复兴的春天。

赵学文

《名作欣赏》杂志社总编辑

目录

胡小伟	真情真声　风姿独特 谈冯梦龙辑《挂枝儿》曲	1
苏者聪	空灵绮丽　韵味悠深 析张居正《泊汉江望黄鹤楼》	17
卢兴基	悲歌一曲话兴亡 顾炎武《京口》二首之一赏析	27
吴调公	灵感跃动　神韵悠然 读王士祯《重过露筋祠》	39
宋谋瑒	层层剥笋　步步深入 侯方域和他的《与阮光禄书》	45
袁世硕	江山代有才人出 析赵翼《论诗》	57

吴调公	哀国忧民　天风浪浪 析龚自珍《咏史》	63
邓云乡	关系着近现代人命运的绝唱 邓廷桢《月华清》词赏析	73
王英志	王国维"有我之境"说词例一则 简析《蝶恋花·百尺朱楼临大道》	89
孙安邦	土俗好为歌 黄遵宪《山歌》赏析	105
赵山林	奇思妙句　务为精警 朱彝尊词二首赏析	113
吴功正	尺寸之地而有万千沟壑 清人小令词四首审美鉴赏	121
张宗刚	西风多少恨　吹不散眉弯 纳兰词漫笔	133
郭英德	桃花扇底系兴亡 《桃花扇》的历史意识	149
梁　衡	秋月冬雪两轴画 《记承天寺夜游》与《湖心亭看雪》的写景欣赏	167
黄秋耘	至情言语即无声 读归有光《项脊轩志》	175

吴小如	朴质无华　迈古烁今 说方文《舟中有感》	181
李如鸾	布局新巧　笔法多姿 侯方域《马伶传》赏析	191
吴功正	"性灵"说的经典之作 解读袁枚《峡江寺飞泉亭记》	203
周先慎	酒与英雄的不解之缘 古典小说艺术漫笔	213
丁　东	一记悲沉的晚钟 《金瓶梅》与中国古代性文化	227
汪远平	逆正相生　相反相成 谈《水浒》人物描写的"反常美"	257
李延祜	"杀女人是为了突出英雄" 《水浒传》三桩女人命案之我见	279
吴功正	风云变色　摇曳多姿 《群英会蒋干中计》的情节艺术	297
吴圣昔	以文为戏　意味深长 孙行者三调芭蕉扇欣赏	311
李靖国	英雄的悲剧　悲剧的英雄 孙悟空悲剧形象再探	323

孙 苏	一部真正"满纸荒唐言"的作品 解读《西游记》的"钥匙"	347
蒋和森	鸳鸯之死 《红楼梦》散论	359
梁归智	草蛇灰线,在千里之外 谈《红楼梦》的一个创作特色	371
刘文忠	曲折离奇 幻中有真 读《聊斋志异·葛巾》	383
周先慎	色彩绚丽 美不胜收 《聊斋志异》的艺术美	393
顾 农	狐鬼现实主义的杰作 《聊斋志异·青凤》赏析	413
吴小如	科举制度下的两个畸形儿 《儒林外史》中的周进与范进	421

真情真声　风姿独特

谈冯梦龙辑《挂枝儿》曲

胡小伟

作者介绍

胡小伟,1945年生,四川成都人。中国社会科学院文学研究所研究员,曾任中国通俗文艺研究会副会长。

推荐词

《挂枝儿》曲的作者大多是普通的城市居民,尤以女性为多。它像一幅幅当时城市生活的风情画,逼真细致地刻画出社会生活的许多侧面,以简练的语言和流畅的笔致描摹出各种情态和性格,显示出独特的才华和风姿。

《挂枝儿》，又名《打枣竿》，是晚明的一种民歌时调曲。据记载，它是在万历以后流行传唱起来的，"不问南北，不问男女，不问老幼良贱，人人习之，亦人人喜听之"。这引起了一些有识见的诗人和戏曲家的注意，赞誉它们是"近日真诗一线所存"，"有妙入神品者"。有的还积极仿作，如袁宏道就宣称："世人以诗为诗，未免为诗苦；弟以《打草竿》《劈破玉》为诗，故足乐也。"甚至有人认为，"我明诗让唐，词让宋，曲让元"，而唯有《挂枝儿》一类小曲"为我明一绝耳"，足见对它的推重。幸而有冯梦龙辑存的《挂枝儿》一书，使这朵盛开于明末的小花，能以其真率清新之态，摇曳在中国诗歌争奇斗妍的百花坛中，使我们得以领略它的光彩。

冯梦龙是以纂辑白话短篇小说集《喻世明言》《警世通言》《醒世恒言》（合称"三言"）著称于世的。他少负捷才，尤明经学，本以科第相期，不意屡试不捷，转而以"我爱心中锦，人尊榜上名"自慰，流连歌场，放荡不羁，却因此得以广泛接触社会生活和下层市民，从而走上收集整理民间文学和通俗文学的道路。《挂枝儿》就是他的第一个业绩。民歌时调向被正统文人视作"田夫野竖矢口寄兴之所为，荐绅学士家不道"，据说此书一出，首先招来了"无赖冯生唱《挂枝》"之讥，"其父兄群起讦之"，迫使他不得不到外方暂避一时。但社会上反响却十分强烈，"举世传诵，沁人心腑"，从此奠定了他的声誉。

这部《挂枝儿》主要反映了男女的爱情生活和当时的社会风貌，共分私、欢、想、别、隙、怨、感、咏、谑、杂等十部，总计存录有四百多首曲。它们的突出特点，在于一个"真"字。袁宏道曾说，这些曲子"是无闻无识真人所作，故多真声，不效颦于汉魏，不学步于盛唐，任性而发，尚能通于人之喜怒哀乐嗜好情欲"。冯梦龙也认为"但有假诗文，无假山歌"，他正是"借男女之真情，发名教之伪药"，这就明显表明它们具有一定的反封建意义，具有独特的文学价值。

一

民歌根植于普通群众的生活之中,向以真挚朴素见长,而《挂枝儿》中的作品,尤能婉转心曲,刻画入微。在表现青年男女的爱情方面,它们不但准确细致地捕捉到恋爱、婚姻生活中各个阶段的微妙复杂的感情变化,而且能表现不同对象的性格心理特点。例如初恋时:

隔花阴,远远望见个人来到,穿的衣,行的步,委实苗条。与冤家模样儿生得一般俏。巴不能到跟前,忙使衫袖儿招。粉脸儿通红羞也,"姐姐,你把人儿错认了!"

〔私部一卷·错认〕

这个少女显然还没有约会的经验,只从衣色步态来判断恋人,心情又是那样的急切,仅仅"远远望见",就"忙使衫袖儿招",结果却颇为尴尬。来人风趣的答话,为这幕生活中常见的情景加浓了喜剧的色彩,一波三折,饶有意趣。这种热恋中的心理,被作者毫不费力地勾画出来,而且是那样的熨帖、生动,不但令读者发生会心的微笑,恐怕恋人也会忍俊不禁。有一首曲子,就是他们自己打趣这种痴情的:

> 百般病比不得相思奇异，定不得方，吃不得药，扁鹊也难医。茶不思，饭不想，恹恹如醉。不但傍人笑着我，我也自笑我心痴。伶俐聪明也，到此由不得自己。
>
> 〔想部三卷·病〕

女性的心理是较为细腻复杂的，热恋中的女性尤其如此。这种"身不由己"之感，有时竟无由揣摩，更难形诸笔墨。《挂枝儿》中却有一首妙曲：

> 对妆台，忽然间打个喷嚏。想是有情哥思量我，寄个信儿。难道他思量我刚刚一次？自从别了你，日日泪珠垂。似我这等把你思量也，想你的喷嚏儿常似雨。
>
> 〔想部三卷·喷嚏〕

打喷嚏，这是生活中多么平常的一件小事，由此联想到恋人的思量，倒也符合习俗、常情。曲子却不肯由此止步，偏要顿作波澜，反而责怪对方思量的次数太少，这已是突发奇想，难以测度了，但作者竟然还有余力回转笔墨，竭力写女子的思恋之苦，想见对方应该"喷嚏儿常似雨"，这就把她的一片痴情淋漓尽致地展现出来。冯梦龙在此曲后面曾幽默地批道:"遂使无情之人,喷嚏亦不许打一个。"这首曲妙就妙在构思奇特新颖,能从日常小事中生发出意蕴,并且敏捷准确地捕捉到这个极细微而又极曲折的思绪变化,从而表现出她性格中执着敏感的一面。虽只寥寥数十字,笔力却能纵横自如,游刃有余。明代著名戏曲理论家王骥德特意拈出此首,誉为"措意俊妙",绝非虚誉。

极尽千回百转之妙的还有这样一首曲:

> 脚声儿必定是冤家来到。搋(舐)破了纸窗儿,偷着眼把他瞧。悄悄的站多时,怎不开言叫?露湿衣衫冷,浑身似水浇。多心的人儿也,冻得你真个好!
>
> 〔私部一卷·脚声〕

"未形猜妒情犹浅,肯露娇嗔爱始真",青年男女相爱过程中出现这种微妙的心理是不难理解的,但要把它恰如其分地描摹出来却不容易。这首曲截取了幽会时一个喜剧式的情景,生动地揭示出女子心绪变化的复杂层次:她先是焦灼地等待,后来则调皮地窥探,转而对男子反常的行为大感困惑,不由产生出怜爱痛惜之情——忽然悟出"多心的人儿"原来是怀着妒意在偷听,顿时恼恨起来。男子的猜妒,却纯以女性特有的细腻敏感去体察,角度也很新奇,而一句一转的写法,更显得笔致灵巧跳脱。这仿佛一场小哑剧,但种种意蕴尽在不言之中,颇耐寻味。

《挂枝儿》描写婚后生活的也有不少传神之作。一首曲是这样写的:

> 绣房儿正与书房近,猛听得俏冤家读书声。停针就把书来听:"汤之盘铭曰:'苟日新,日日新,又日新。'"圣人的言语也,其实妙得紧。
>
> 〔感部七卷·书声〕

丈夫埋头读书,妻子飞针绣花,这是多么恬静美满的景象。读书声突然引起妻子的注意和遐想,从而联想到他们的感情也会随岁月不断更新,不觉绽放出甜蜜的微笑。这首曲的特点,是在浅显通俗的叙述中,奇峰突起似的插入一段艰深古奥的文字,却又听任那位聪慧活泼的少妇断章取义地理解和联想,映照对衬,极富意趣。又反映出女性对婚姻美满、幸福久长的热烈憧憬。冯梦龙的批语是:"好个聪明妇人,强似老学究讲书十倍。"的确恰当。

二

民歌的另一特点是善用比喻，这从《诗经》、汉魏乐府直到六朝民歌，已成为悠久的传统，也曾给历代优秀诗词输送了丰富的养料。《挂枝儿》曲也继承了这一传统，而且取物更加广泛自如，日常生活中的各种东西，举凡琴棋书画、花叶果实、禽兽昆虫，以至梳妆用品、家用摆设等等，无不可以用譬。例如：

> 闷来时取过象棋来下，要你做士与象，得力当家。小卒向前行，休说回头话。须学车行直，莫似马行斜。若有他人阻隔了我恩情也，我就炮儿般一会子打！
>
> 〔咏部八卷·象棋〕

这里用的完全是象棋术语，却又分明是定情时女子的一番嘱托，既有期待，又有告诫，言辞恳切，态度鲜明。妙就妙在通篇以象棋设譬，贴切生动，精粹之至。

同一物件设譬，却能表现相反的内容，这是需要丰富的联想和高超本领的。《挂枝儿》曲在这方面也颇有一些精彩之作，如以蜡烛为喻的两首就各出心裁：

蜡烛儿我两个浇成一对，要坚心，耐久远，双双拜献神祇。说长道短一任傍人议。只为心热常流泪，生怕你变成灰。守着一点初心也，和你风流直到底。

蜡烛儿你好似我情人流亮，初相交只道你是个热心肠。谁知你被风儿引得心飘荡，这边不动火，那里又争光。不照见我的心中也，暗地里把你想。

〔咏部八卷·蜡烛〕

"蜡炬成灰泪始干"是李商隐的名句，第一首曲显然是由此生发出来的，但是取意却不是孤烛，而是神祇前的对烛，这就赋予它定情誓言的意义。而第二首则从风吹烛火飘摇不定的现象设譬，指责对方轻浮变心，更见新意，最后一句中的"暗地里"则非常自然贴切地倾诉出真情，可以看出这种譬喻方式有着委婉劝诫的含意。

当然，在封建社会里妇女的地位是低下的，婚姻也不能自主，所以尽管不少人大胆地追求恋爱自由，却常常受到轻薄男性的欺骗玩弄。她们对这种负心人的憎恶愤恨，也能以嘲谑的形式倾吐出来：

秃鬏鬏梳了个光光的油鬏，缺嘴儿点了个重重的朱唇，齆鼻头吹了个清清的箫韵。白果眼儿把秋波来卖俏，哑子说话教聋子去听。薄倖人儿说着相思也，这相思终欠稳。

〔怨部六卷·假相思〕

这里当然不是说"薄倖人儿"生就这么多明显的缺陷，而是用一连串的对比来譬喻他们的心口不一，因而越是花言巧语，而憎恶之情越溢于纸面。也有的曲不这么激烈，但依然表明了自己的决心，例如：

红蜻蜓飞在绿杨枝上，蜘蛛儿一见了就使网张，痴心痴意将他望。你休望我，这般圈套劝你少思量。费尽你的心思也，只是不上你的网！

〔咏部八卷·蜻蜓〕

这是嘲笑对方又在枉费心机，当然是由于已从痛苦的经验中总结出教训，所以采用了风趣的口吻，譬喻也十分形象。在嘲讽中含有劝诫意味的曲子，可以下面这首作为代表：

蚊虫哥休把巧声儿在我耳边来搅评，你本是个轻脚鬼,空负文名,一张嘴到处招人恨。说甚么生花口,贪图暗算人。你算得人轻也,只怕人算得你狠!

〔咏部八卷·蚊子〕

蚊子是人人厌恨的东西。这里把负心人比作蚊虫,把花言巧语视为蚊虫的嗡营,把暗中占小便宜比作蚊虫的叮血,都相当准确形象,自然这种人也免不了蚊虫的命运,即被别人觑定后扬手一拍。这里描绘的负心人损人而不利己的形象,颇带普遍的社会意义,因此冯梦龙不无感慨地批道:"说得利害分明,大堪警世。"

三

在《挂枝儿》诸曲中,也有不少是描摹当时的社会风貌,人情世态的。它虽然不是正面揭露重要的社会问题和阶级矛盾,但却无情地嘲讽了晚明城市生活中常见的一些无耻之徒,从而触及一些丑恶的社会现象和腐败的社会风气,也带有普遍的意义。例如:

壁虎儿得病在墙头上坐,叫一声蜘蛛我的哥,这几日并不见个苍蝇过。蜻蜓身又大,胡蜂刺又多。寻一个蚊子也，搭救搭救我！

〔谑部九卷·门子〕

通篇用的是隐喻，冯梦龙曾指出，这里的"'壁虎'与'蚊子'字双关，颇趣"。封建社会中多数官吏都是靠盘剥勒索来聚敛家私的，手段可说无所不至，而充当官府爪牙的门子，常常是他们勒索的第一道关口。"虎""府"在南方话中谐音，显然暗指盘踞一方的知府大人，他聚敛心切，却又不敢得罪"身又大"的豪绅势力、"刺又多"的泼皮无赖，于是指使门子去"寻"个有几文钱的勒索对象来救救急。爪牙张网捕罗，官府坐地分赃，以蜘蛛和壁虎来比喻，就一语道破了此中奥妙，同时也显示出社会势力交错复杂的关系，嘲笑了官吏欺软怕硬的本来面目。可谓一针见血，犀利生动。

晚明社会中还有一班无行的文人，他们无才无德，又不能中举做官。于是自称隐士"山人"，到处招摇撞骗，窜忙帮闲，成为社会上一股邪恶的势力。这种形象，在晚明文学中时常出现。《挂枝儿》曲以它特有的尖锐辛辣，揭露了这帮文人寡廉鲜耻的行径。它写道：

问山人，并不在山中住，止无过老着脸，写几句歪诗。带方巾，称治民，到处去投刺："京中某老先，近有书到治民处；乡中某老先，他与治民最相知。临别有舍亲一事干求也，只为说公道没银子。"

〔谑部九卷·山人〕

他们攀缘京城的权贵和乡里的豪绅，居然厚着脸皮敲诈到地方官府上，索要的是白花花的银子，名义却是他的权贵亲戚要主持"公道"，真可谓无耻之尤了。这种人在万历以后声势颇广，恰是上一曲中说的"胡蜂"一流，官府也无可奈何，于此可见晚明社会黑暗腐败之一斑。

官府贪赃枉法，文人招摇撞骗，而纨绔子弟们却追逐时髦，奇装异服，不务正业：

子弟们打扮得其实有兴：玉簪儿撑出那纱帽巾，白绸衫一色桃红裩。道袍儿大袖子，河豚鞋浅后跟。一个个忒起那天庭也，气质难得紧。

〔谑部九卷·子弟〕

不男不女，非僧非儒，不伦不类，却成群结队，招摇过市，追欢买笑，这是一幅多么可笑的风俗画！"其实有兴"

和"气质难得紧"二语却不露痕迹地嘲讽了他们不学无术、庸俗浅薄、无聊空虚的精神状态。这些极其腐败的社会风气正是晚明的时代病疾，促使它无可挽回地走向衰亡，今天读来依然有其认识价值。

《挂枝儿》曲的作者大多是普通的城市居民，尤以女性为多。它像一幅幅当时城市生活的风情画，逼真细致地刻画出社会生活的许多侧面，以简练的语言和流畅的笔致描摹出各种情态和性格，显示出独特的才华和风姿，因而在文学史上占据一定的地位。由于它适合那一时代城市居民的审美趣味，所以直到清代中叶仍在长江南北一些城市中传唱着，还以某种方式串入以后的戏曲中去。它不但对我们认识这一时期的社会生活很有价值，而且对发展今天的通俗文学仍有某种借鉴作用。当然，由于时代的限制和社会风气的影响，《挂枝儿》曲中也混杂着不少庸俗甚至淫秽之作，反映社会生活的范围也较狭窄。这是冯梦龙纂辑这本《挂枝儿》的主要缺陷，固然不必要求过苛，但今天的读者在阅读中却是不可不察的。

空灵绮丽　韵味悠深

析张居正《泊汉江望黄鹤楼》

苏者聪

作者介绍

苏者聪,1932年生,1951年入武汉大学中文系学习,毕业后留校,后任武汉大学文学院教授,从事中国古代文学教学与研究工作多年。兼任全国苏轼学会理事、湖北省诗词学会顾问。出版著作有《闺帏的探视——唐代女诗人》等。

推荐词

张居正晚年曾做宰相,厉行改革,行"一条鞭法",所以他在历史上主要以政治家著称,文学史上极少论及,但这首诗却写得很好。

枫霜芦橘净江烟，锦石游鳞清可怜。贾客帆樯云外见，仙人楼阁镜中悬。九秋槎影横清汉，一笛梅花落远天。无限沧洲渔父意，夜深高咏独鸣舷。

张居正（1525—1582），湖北江陵人，嘉靖丁未（1547）进士，供翰林。他政治上有理想，自命不凡，希望革新社会，在与人通信中慷慨抒怀，盼有"磊落奇伟之士"整顿朝纲。可是，这时正是严嵩专政、万马齐喑的时代，他深感自己的理想无法实现，"中怀郁郁，无所发舒"；又因体弱多病，便产生了暂时归田的思想，以待时机，再谋大业。于嘉靖三十三年（1554）三十岁时上疏告假还乡，得予照准。这首诗就是他从北京归家途中舟泊汉江时写的。

张居正晚年曾做宰相，厉行改革，行"一条鞭法"，所以他在历史上主要以政治家著称，文学史上极少论及。但这首诗却写得很好,在表现手法上有特色,把他在汉江从傍晚到深夜的所见、所闻、所感,描绘得有声、有色、有情。

诗人放眼江山,映入眼帘的是经霜的枫叶,彤红夺目,真有"红于二月花"之美。长江、汉江、蛇山、龟山,在深秋的早晚,多是水汽蒸腾、雾霭迷茫,一片朦胧的景象。可是此时天气格外晴朗,烟霭净收,枫叶、芦橘特别明晰好看。这个"净"字用得极好,把空气的洁净、景物的明丽点染了出来。诗人从汉江望黄鹤楼,这第一印象是极美的,深深诱惑着他的心灵。

俯视汉江,江水澄碧,清澈见底,斑斓的彩石历历可见,成群的鱼儿自由自在地在水中石边嬉游。秋冬时节,江水干浅,珍异纷呈,悦人心目。而游鱼悠闲自得的情趣,正吻合他此时归田的情思。陶渊明曾借"羁鸟恋旧林,池鱼思故渊"来表现自己对山林生活的向往。他如今目睹神思,更激发归隐之情。作者的审美理想与客体风物完全融为一体,所以他用"可怜"二字来表达他喜爱的深情。

纵目远望,贾客帆船行驶在滔滔的长江尽头,好像飞奔在云天之外。江水浩瀚,奔腾无尽,水天相连,一片茫茫,心随物远,顿生超脱尘世之乐。

抬头仰望，只见蛇山上的黄鹤楼高耸入云，在万里晴空的映照下，宛如仙人楼阁高悬于明镜之中。以"明镜"形容天空晶莹皎洁，实在是高妙。而"仙人楼阁镜中悬"的景象，使人感到奇绝，它在历代无数描写黄鹤楼的诗句中可说是一个独创。唐代崔颢的《黄鹤楼》是夺魁之作，他因此而擅名千古，曾使伟大诗人李白为之倾倒，登临黄鹤楼，居然不敢提笔赞颂："眼前有景道不得，崔颢题诗在上头。"崔诗的名句是"晴川历历汉阳树，芳草萋萋鹦鹉洲"，写出晴朗日子作者站在黄鹤楼上，从高空俯视武汉三镇的明媚春色。而张居正则是从另一个角度写黄鹤楼，他在秋高气爽的月夜，从汉江口仰望黄鹤楼，它显得格外奇丽空灵，相对崔诗的描写有所突破，有所创新。但有同志将"镜"理解为长江水，说："江面上，风静浪息，水平如镜，黄鹤楼秀美的倒影，就像悬挂在这幻境般的镜面上。"我认为这解释不妥，因为：其一，黄鹤楼离江边较远，不能投影江中；其二，长江水是流动的，水动则不成影；其三，作者是站在汉江口，距长江南岸较远，即使有影，亦难看见。从审美创造心理的过程来看，审美联想、审美类比都必须建立在审美感知的基础上，即所谓随物兴感。而今诗人既不能看到、也根本看不到楼阁倒影江中,以江水喻镜的联想又何能产生?!我们如果把"镜"理解为天空,不仅符合景物的真切,且"悬"字更见其形象、生动、准确。

以上四句写出江际辽阔,环境静谧,意境优美,景物瑰丽,任你俯仰观赏,驻目放眼,都可见到宜人的景色:近视,可见枫林芦橘;远观,可见贾客帆樯;俯览,可见锦石游鳞;仰望,可见仙人楼阁。这些画图各有姿色,它们独立可自成条幅,而互相联结,又构成和谐一体的长卷。作者真好像是一个高明的画家,从不同角度和距离,把所见的最美秋景尽抹在咫尺画幅之中。

诗人不仅善于做现实主义的描绘,勾勒点染,把黄昏、月下所见融于一图;且善于驰骋浪漫主义遐想,飞越神思,纵恣笔墨,构想仙阙银河的景象:"九秋槎影横清汉。"槎,指浮槎。据张华《博物志》载:"旧说云,天河与海通。近世有人居海渚者,年年八月有浮槎去来,不失期。"又据民间传说,汉张骞奉使西域,寻找河源,曾乘槎到了天河。而句中用一个"横"字,形容浮槎停泊之状,极写天庭的静谧,仙境的美好,正是他极力摆脱官场纷争、求得心境平静的表现。当诗人神游天国之时,忽听到婉转的笛声传出

《梅花落》的曲调，回荡在夜空，而又飘飞到远方。此句（"一笛梅花落远天"）是从李白"黄鹤楼中吹玉笛，江城五月落梅花"句化用而来。夜静闻笛，本使人飘然意远，而"落远天"三字更把人带进一个无阻无隔、悠悠无极的国度。笛声传来，增加了江月的美色，浓化了神远的意境，强化了自然的美感，坚定了诗人归田的信念。

面对这美好的江月，作者感慨万端，幽情倍增："无限沧洲渔父意，夜深高咏独鸣舷。"沧洲，滨水的地方，为隐者所居。渔父，指隐遁之士。屈原作《渔父》篇，写的是渔父与作者的问答，屈原表明自己"举世皆浊我独清，众人皆醉我独醒"，宁可葬身鱼腹，也不愿同流合污的高尚志节，而渔父则劝其隐退自全。最后渔父"莞尔而笑，鼓枻而去，歌曰：'沧浪之水清兮，可以濯吾缨；沧浪之水浊兮，可以濯吾足。'遂去，不复与言。"沧浪，是汉水的支流，在今湖北省境内。作者身在汉水上，面对无限沧洲，自然会想起渔父的《沧浪歌》，因为它正道出了自己的理想情趣和顺应客观现实的人生哲理。所以他情不自禁地高吟起《沧浪歌》，同时用手叩船边打拍子，使吟咏更富节奏美。"夜深高咏"，写出他深夜沉醉在美好江月之中的自得而又极不宁静的心情。作者借《渔父》的典故来表现他归田的情趣，曲折幽微，颇有韵味。诗歌至此才点明主旨，揭示出诗人为什么那样喜爱自然山水的心底秘密。

全诗有以下一些艺术特色：

借景抒情。前六句句句是写景，又句句含情。有的明显地表现了他的喜色，如"可怜"字眼；而大多表现得含蓄，通过辽阔飘逸的意境、清晰明丽的景物，暗喻他恬静、淡泊、超脱尘世的情趣；还有间接描写，在赞颂大自然美中，侧面表现他对黑暗现实的憎恶。他的感情或在景中，或在景外；或明朗，或隐曲，我们只能意会，却难明言。恩格斯曾说："倾向应当从场面和情景中自然而然地流露出来，而不应当特别把它指点出来。"（《致敏·考茨基的信》1885年11月26日于伦敦）由于这首诗寄意深微，故读来如饮醇醪，韵味甚浓。

以动托静。诗人所写景物有静有动，始写枫霜、芦橘、锦石、楼阁等静物，间绘游鳞、帆樯的动姿；继写银河的静谧，随后又飘动悦耳的笛声和舷鸣。这种动静相间的手法，使诗情起伏，画意波澜，既具有诗歌艺术的多层次美，又具有诗情画意音乐三位一体的综合美。但细细品味，作者写动与声全是为了烘托环境的静寂,因为只有在辽阔平静的江面上才能看出远处的船动,在清澈的水里才能见到鱼游,也只有在万籁俱寂之时才会听到悠扬的笛声和清晰的叩船声。这种以动托静、以声显寂的手法前人已用过,如陶渊明的"暧暧远人村,依依墟里烟。狗吠深巷中,鸡鸣桑树颠"(《归园田居五首》其一),通过狗吠、鸡鸣把田园意境渲染得十分静谧。又如王籍的"蝉噪林愈静,鸟鸣山更幽"(《入若耶溪》),蝉噪鸟鸣,更烘托出山林的幽静。由于诗人借鉴这一表现手法,使诗歌意境变得更为恬静超逸。

虚实并举。这首诗可说是现实主义与浪漫主义相结合的作品,既有眼前实景的描绘,又有虚幻的神奇般遐想。作者从地上写到天上,从长江写到银河,从商船写到浮槎。长江与银河似乎相通,人间与天上好像呼应,从而构成一个广阔无垠、缥缈悠远的世界,使人感到一种空灵剔透之美,从而更增诗歌的艺术魅力。

层次分明。诗歌叙写极有层次,从写景说,从近景至远景,从人间至天国;从时间说,从傍晚至黑夜,再至深夜,随着时间的推移,作者的感受从视觉转到听觉;从抒情说,诗人的感情从浓到烈,到完全沉醉于江山怀抱之中。全诗情景层层展现,步步深入,既撒得开,又收得拢。诗人熔眼界、耳闻、神思、心感于一炉,把江间景色和个人心境写得空灵飘逸,恬静清新,真有如"空中之音、相中之色、水中之月、镜中之象,言有尽而意无穷"。

悲歌一曲话兴亡

顾炎武《京口》二首之一赏析

卢兴基

作者介绍

卢兴基,1933年生,江苏无锡人。1956年北京大学中文系毕业,分配至中国科学院文学研究所(今中国社会科学院文学研究所)工作。曾任《文学遗产》编辑部主任,编审。研究方向为明清文学和文化思潮,兼及元好问和金元文学。

推荐词

顾炎武是封建时代的一名读书人,他是以当时的国家民族的观念来抒发自己的爱国感情的。这一观念,尽管和我们今天已经有所不同,但他在诗中抒发的深厚的爱国情怀,还是值得我们高度肯定和赞扬的。

顾炎武是我国著名的古代思想家。他身处17世纪明末清初的动乱年代,同时也写了大量的反映这个时代的诗歌,记录自己曾经参加过的抗清斗争,抒写对于故国河山的眷恋,对生活在水深火热中的人民的同情。风格悲壮激越,雄深沉毅。作为清初爱国遗民诗人的代表,他的诗,也是极有成就的。

"京口"是一地名,在今江苏省镇江市。以它为题的诗,顾炎武曾经写过多首。他曾多次到达这一地方,第一次,是1645年春,南明弘光朝授予他兵部司务的职务以后,顾炎武到京口视察,写下了《京口即事》二首。那时清军已陈兵江北,虎视眈眈,形势已是风声鹤唳般的危急,但诗人的精神还是坚定乐观的,有与入侵者决一死战的气概。第二次,就是写作本诗时的1648年的重游。

京口与扬州的瓜洲渡隔江相望,历来是江防要地,又是拱卫南京的门户。南宋著名的诗人陆游的《书愤》诗中，曾以"楼船雪夜瓜洲渡"与"铁马秋风大散关"对举，可见这个地方形势的险要。可是由于南明政治和军事的腐败，这个地方并没有发挥军事重镇的作用。清军渡京口，很快就攻入南京，弘光帝在太平被俘，这个小朝廷顷刻瓦解。紧接着整个江南的抗清也失败了。

顾炎武这次重游，距上次视察，时间差不多已过去四年。山河易主，历史已经朝着诗人不愿想到的方向逆转，旧地重游，自然更是一番感慨和悲哀。

这里选的是《京口》二首之一。诗是这样写的：

> 东胡北翟战争还，天府神州百二关。末代弃江因靖卤，当年开土是中山。云浮鹳鹤春空远，水拥蛟龙夜月闲。相对新亭无限泪，几时重得破愁颜。

诗人面对滔滔的江水，陷入了往事的沉思：……抗清失败了，但原因是什么呢？扬州的殊死抵抗，江阴城的坚守，松江、嘉定人民的自发起义，说明人民不愿为奴隶。但朝廷腐败，和战无方，前方将士缺乏好的坚定的指挥者，人民依靠自发的反抗，终于被各个击破，大明三百年基业毁于一旦。诗人此时的感情是悲沉的,甚至是忧伤的。战争的洗礼,促使诗人做出严峻的反思。总结兴亡,可能会给人们带来信念和希望。

这是一首七言律诗,字句的平仄和押韵要求比较严格。全诗八句,两句一联,中间两联又必须是对仗,在这方面,顾炎武是比较讲究的。

诗一开始,就把我们带入了一个壮阔的历史境界:"东胡北狄战争还,天府神州百二关。""北狄"的"狄",同"狄"。"东胡",自汉代以来,都是指东北的少数民族。"北狄",指北方的少数民族。古代用这种带有某种歧视意味的称呼,当然是不对的,但这里是泛指历代的入侵者。"战争还"的"还",是"从……时候以来"的意思。"天府神州",是指中国,当然这里更是指江南富饶之邦。"百二关",是从《史记·高祖本纪》里引用来的一个典故。原文是"持戟百万,秦得百二"。"戟"是古代的一种兵器。这里用"持戟"——手执武器的士兵表示军队的数量。意思是说,秦国地处陕西形势险要之地,即使诸侯用百万的兵力合力来攻,秦国只要用二万兵员,就足以固守。"百二"有百分之二的意思。后代就用"百二关"来形容可以据险扼守的军事要地。顾炎武这两句诗是说，北方的少数民族尽管不断入侵，明朝的北方领土即使不幸沦陷，但还有长江天堑，特别是还有京口这样的江防要地可以固守。

接下去颔联是一转折："末代弃江因靖卤，当年开土是中山。""靖卤"的"卤"，原应写作"虏"，因为要避清朝的讳，才改作"卤"。"靖卤"就是南明弘光帝委派镇守瓜洲的总兵靖虏伯郑鸿逵。此人庸懦无能，清兵破扬州后，他抛弃了瓜洲这一江防要地仓皇南逃。"中山"，指明初朱元璋的大将徐达。他曾在京口一带与张士诚部队激战，获得胜利，被视为开国功臣而被封"中山王"。这两句承接上面说，中国幅员辽阔，物产富饶，即使北方沦陷，也还有险可守，然而却不料出个贪生怕死的郑鸿逵，弃地而逃，使清兵得以大驱南下。弘光朝倾覆，结束了明朝"末代"的历史。诗人这里说的虽然只是一个郑鸿逵，但他用开辟这一带土地的徐达对比，实际也是对南明许多将领只图安富尊荣，贪图享乐而不尽守土之责的行为的批评，同时也是对弘光朝君臣任用非人所表示的愤慨。我们知道，南明弘光帝，是在李自成农民军攻入北京，崇祯帝自缢以后，仓促间由阉党马士英和阮大铖在南京拥立的。登基以后，在马、阮的专权下，排斥异己,进用奸佞,根本不图恢复中原失地。清兵南下的时候,镇守扬州的兵部尚书史可法处于孤立无援的境地。兵临城下,福王和马、阮等一班朝臣还在宫中笙歌作乐。这班亡国君臣,不仅为图一时之欢,毁坏了祖宗创下的三百年基业,还使江南千百万生灵涂炭。诗歌所写的具有对比性的这两句诗,蕴含了诗人无比的激愤之情。

诗的上半四句,可以说是历史的回顾,颈联以下,全诗一大转换,诗人由历史的缅怀中回写当前的现实。前面的描绘,用到了"战争""弃江""开土"等词语,给人以动感,而后面的景象却是安闲、静态的,心理感受的;前面的气氛慷慨激愤,后面"云浮鹳鹤春空远,水拥蛟龙夜月闲"转写景,气氛是和平深沉的。全诗两种不同的意境,互相对照,节奏上一张一弛,起着协和的作用。如同音乐上,在一阵急鼓繁弦以后进入一种抒情的徐缓行板,让人沉思,深入一个更为内层的世界。

这一对颈联中,一个"远",一个"闲",在回忆激烈的战争场面以后,出现这样一个悠远和澄净的世界,起伏变化是很大的。但诗人并非在真正写景,鹳鹤凌空翱翔,这是人们见过的,但蛟龙潜水,则完全是想象。原来这不过是诗人的一种意识在流动,是祖国壮美河山在诗人头脑中凝聚而成的一组由不同的意象构成的画面。这里有春月晴空的浮云和飞翔的鹳鹤,还有夜月悠闲中潜游水底的蛟龙。祖国的大地充满了一派生机,多么令人怀想。诗至此,诗人的情绪似乎一转而为和平喜悦。

尾联,"相对新亭无限泪,几时重得破愁颜",这里又是一转,前面刚刚闪现的一点喜悦与和平,突然又转入一片悲愁之中,并点出了主题。"相对新亭",是用南朝刘义庆所著《世说新语》一书中的典故:公元4世纪初,晋朝北方的领土沦入少数民族的割据统治之下,大批世家贵族——历史上被称为"士族"的成员随着晋朝王室迁到了江南,建都建康,也就是南明弘光朝建都的地方。他们"每至美日,辄相邀新亭,藉卉饮宴"。当时,座位上就有人感叹:"风景不殊,正自有山河之异!"意思是,眼前的风景依旧,可是山河已经发生了变化,北方广大的土地已经改换了主人。他的感叹,触发了大家的哀愁,以至"皆相视流泪"。这是历史上很有名的一个故事,这里,顾炎武借用这个典故,表达他此时同样的触景生情的感慨:"风景不殊,正自有山河之异!"这时,作者的心情,该是多么悲痛啊!东晋和南明,已经相距一千余年，但历史似乎又经历了一番重演，而且连偏安江南一隅的弘光小朝廷也很快消失，这怎能不引起诗人和朋友们有相对新亭的同样悲痛呢！

顾炎武是封建时代的一名读书人，他是以当时的国家民族的观念来抒发自己的爱国感情的。这一观念，尽管和我们今天已经有所不同，但他在诗中抒发的深厚的爱国情怀，还是值得我们高度肯定和赞扬的。

顾炎武在诗歌上推崇唐代的杜甫。杜甫的诗歌广泛地反映了唐代天宝年间"安史之乱"前后的社会现实，抒发了他对人民和祖国的深厚感情。顾炎武留下的诗歌，数量虽然不多，但同样能够与时代同呼吸，紧密反映那个时代，写出那个时代的社会动乱和人民所受到的苦难，表现他对祖国命运的关怀，对人民的深切同情。杜甫的诗歌，曾被称为"诗史"，而顾炎武，也被后代的人称为"一代诗史之遗"，受到推崇。这里的一首《京口》诗，在思想内容上，正是这类史诗式的作品之一。全诗深厚沉郁，笔力雄健，境界开阔，都表明他深得杜诗之神髓。但他学杜而不模仿，像这首诗，在沉雄中现出悲壮，仍有诗人自己的个性。形式上，他在注意格律的严整之外，更是熔铸历史和典故入诗而不着痕迹。

像这首《京口》诗,除了颈联两句写景外,几乎句句有典,与历史相印证,但读来却觉得他用得熨帖自如,而且仍然形象鲜明。譬如开笔两句:"东胡北翟战争还,天府神州百二关",浮现了一组历史的画面,从西汉、隋唐两宋等许多朝代北方边境的战争,到明清易代之际的清兵入关、南下,汉族人民的反抗,从这两句诗中,都能令人产生一片浮想。境界开阔,节奏明快,读起来气韵生动。

颔联和颈联,按照近体诗格律的要求,需要用对仗句。而顾炎武这里更是严密的工对。颔联,诗人用"末代"对"当年","靖卤"对"中山","弃江"对"开土",不仅词语是对称的,连精神上也是一正一反地对视。他用中山王徐达的创业维艰的精神,来对照靖虏伯郑鸿逵的贪生怕死,弃地而逃。两个事件,同是发生在京口这一地方,一个在明初,一个在明末,代表了一个王朝的兴亡历史。诗人从这两件似乎是巧合的事件的对比中,表达了自己的爱憎感情。颈联,"云浮"对"水拥","春空"对"夜月",分别构成祖国大自然的两幅完整画面,富有诗的意境。其中,写鹳鹤在空中不是在飞,而是被云"浮"着,蛟龙不是在游,而是被水"拥"着,极富有诗的想象。这样,使"云"和"水"也产生了动感。这样写景，摆脱了大自然的简单描摹，而是人们常说的情景交融的手法。诗人用"浮""远""拥""闲"四个字，点活了整个自然景象，感到祖国大地更是一派盎然生意。从全诗看，虽然表现了诗人在格律、典故的运用、字斟句酌方面的追求，但读起来却是意境浑成，气势贯通，并无板滞生涩之感，这都表现了顾炎武诗歌创作方面所具有的深厚功力。

灵感跃动　神韵悠然

读王士禛《重过露筋祠》

吴调公

作者介绍

吴调公(1914—2000),原名吴鼎第,笔名丁谛,江苏镇江人。1935年毕业于大夏大学(现华东师范大学前身)国文系。新中国成立后,历任江苏师范学院(现苏州大学前身)讲师,南京师范学院、南京师范大学副教授、教授。出版有《谈人物描写》《与文艺爱好者谈创作》《文学分类的基本知识》《古代文论今探》《李商隐研究》《古典文论与审美鉴赏》《文学分类的基本知识》等著作。

推荐词

王渔洋诗的功力深厚,但他的风格的主要优势还是富有神韵,而最能体现神韵悠然特色的又数七绝。

翠羽明珰尚俨然，湖云祠树碧于烟。行人系缆月初堕，门外野风开白莲。

这是清代神韵派大师王士祯（别号渔洋）的一首著名的七绝诗。王渔洋诗的功力深厚，但他的风格的主要优势还是富有神韵，而最能体现神韵悠然特色的又数七绝。七绝篇幅短，容量小，形式活泼，音节飘忽，风华跌宕，因而它具有这样的审美功能：以有形表无形，以有限显无限，以平淡发人深思，以刹那展现永恒。总的说来，透过现实时空，开拓为既广且深的心理时空，给读者以深层次的心灵魅力。

王渔洋平生喜爱登山临水，对大自然特别感到生趣盎然；而自然美的特点是富于变易性，"朝晖夕阴，气象万千"，这就很容易引起他的情感的多方面开拓，从而感到山光水色，亲切宜人。

自然美的人化是山水诗最主要的审美特性，而对于以神韵见长的山水诗说来，就更为显著。《重过露筋祠》恰好就是一个典型例证。

露筋祠不同于一般祠庙，人们提到它便会联想起一段传说。原来王象之《舆地纪胜》曾有过这么一段相关记载：

> 露筋庙去城三十里。旧传有女夜过此。天阴蚊盛，有耕夫田舍在焉。其嫂止宿，姑曰："吾宁处死，不可失节。"遂以蚊死，其筋见焉。

这传说是荒诞的，古人对此质疑的不少。然而就17世纪旧中国而言，这样一个重视"操守"的女子，被认为贞烈，并不奇怪；而渔洋之突出这祠庙主人的圣洁，也并不奇怪，这一方面固然说明诗人的审美规范中保持着封建伦理道德观的积淀，另一方面，也包含着他见到这一座女像时喷薄而出的缥缈灵感。原来他已经是再次经过这儿了。这位宁死不苟而永葆她内心中所谓"圣洁"的青春女性，依然端庄，依然优美。时间的变易和空间的不变，不由在诗人心中引起分流、交流以至融汇。

当然，山水中的人物从来不是孤立的。他们是感应自然的宇宙主体，也可以说是钟江山灵秀的有情之"物"。人与天同体，万物与我并生，山水精神与文章精神合而为一，这便是王渔洋所向往的"神韵"，也就是这首诗中打扮着"翠羽明珰"的"圣女"和祠堂四周景物融成一气的饶有余味的意象。湖波浩浩，湖云苍苍，湖烟渺渺。一切说明，高邮湖上露筋祠庙境界之所以纯洁，也正是由于露筋女郎的纯洁，是风神的美，也是自然的美。

这里，好像一切都宁静，但也并不纯然是静，而是静中有微动。你看，就在这静悄悄的祠边湖上，来这儿投宿的诗人一行，正在凌晨时给船系好了缆。水天茫茫，晓月初堕，阳光还未照彻。虽说是夏天，可苏北运河长堤一带，凌晨的风，毕竟带来阵阵清凉，吹得沁人心脾，也吹来了旷野的气息，像吹拂着白色的荷花，给人们一种错觉似的，好像风愈劲吹而花愈怒放。

"门外野风开白莲"，可以说是这首诗的最精警的结尾了。出于诗人的偶然、突发的灵感，表现了诗人"最快乐最善良的瞬间的纪录"（雪莱曾把"诗歌"描绘为这样一种所谓"纪录"，见其《诗辩》），把那个长期萦回在心际的圣洁女神和宁静幽美的"湖云祠树"二者融汇而成的潜沉意识，被眼前突如其来的一朵朵盛开的白莲花，逗起了灵感的飞跃。既是"门外",不言而喻,与"门内"的"翠羽明珰"互为衬映。白莲象征圣女,圣女也只有与"白莲"配合,而不可能与"红莲"互衬。既是"野风",它就表明了眼前的"湖云祠树"的现实时空。但与此同时,却又扩大了读者的心理时空,使人们既感到露筋女郎的"俨然"如生,极融汇古今之妙,也感到祠庙的淡泊和空灵之气。既淡而远,圣洁的神像近在咫尺,但露筋女传说,却又是多么缥缈悠长!在当前,诗人心灵中感应和怀古之情,恰恰与浩渺无边的湖云、湖烟融成一气。

从祠中的女像到门外的荷花,从历史传说带来的缅想,到晨曦迷蒙中轻漾动着的、象征着洁白无瑕的人格美的朵朵荷花,从初过露筋祠的往事回思,到当前祠门外陡然一瞥时的心波微起,意境很冲淡。不过,因为一切描绘都落实到白莲花似的女神身上,所以是"近而不浮"(司空图语,下同)。从祠内引到"门外",而又从女神像延缓到足以烘托出女神的亭亭玉立在湖上的野风中的白莲,则又是"远而不尽"。晓风无际,白莲无际。远远的交流,古今的合力,表现为思维空间的多方面拓展。这便是本诗的审美功能之所以能充分发挥的原因。

层层剥笋 步步深入

侯方域和他的《与阮光禄书》

宋谋瑒

作者介绍

宋谋瑒（1928—2000），原籍湖南双峰县，出生于上海。1946年考入北平民国大学中文系，后毕业于湖南大学中文系。1949年参加中国人民解放军，当过文化教员和杂志编辑。1958年转业到山西大学中文系任教。1979年调晋东南师范专科学校中文系任教授。

推荐词

由明入清的汉族知识分子的心情实在矛盾得很。一方面以未能尽节前朝深自愧悔，另一方面又想于国于民有所裨益，不愿意白死，至少想多留下些作品，来一个"人死留名"。

现在人们知道侯方域,恐怕不是因为他是著名的明末"四公子"之一,或是在清初与魏禧、汪琬等齐名的大散文家,而主要是因为一部《桃花扇》。而这《桃花扇》又还未必是孔尚任原作,而只是话剧、小说、电影等的改编本,于是,侯方域留给人们的印象,就大体上是个无耻的叛徒,至少也是个无操守的轻薄文人了。实际上这都是有些冤枉的。

平心而论,孔尚任也还没有在他的鼻子上抹上一片白。在《桃花扇》中,作为男主角,他自始至终还是以正面人物形象出现的。只是到了抗日战争前后,民族意识高涨,为了借古喻今激励知识分子的抗日节操,改编本才将原作结尾的《入道》改成了李香君撕扇,侯方域才变成了灰溜溜的反面教员。这颇有点像同一时期郭沫若同志笔下的宋玉。宋玉其实也未必是无聊文人,艺术家笔下的历史人物有时会为了某一历史阶段现实斗争的需要而有所变形,不一定完全符合这一历史人物的本来面目。

侯方域(1618—1655),字朝宗,河南商丘人,是御史、兵部侍郎、东林党人侯恂的公子。出身名门,才华横溢,本人又是复社的主要成员,与复社首领张溥交好,曾参加史可法幕府,与左良玉等人也有渊源,是当时政治舞台上颇有影响的人物。据说史可法的《复多尔衮书》就出自他的手笔。从我们这里要介绍的这一封《与阮光禄书》的风格看,这种说法是可信的。侯方域的事迹,《桃花扇》中写得相当详细,也比较真实,例如他与李香君的相交始末,就有他自己的《李姬传》可证。他只活了37岁,到顺治八年(1651)出来应试,离他去世已经只有3年了,也未必是"不甘寂寞,热衷功名"所致。了解一点当时情况的人都知道,顺治初文网并不十分严密,对汉族知识分子主要还取笼络怀柔政策,敦促应试,就是主要手段之一。设博学鸿词科的时候,傅山也一度被迫入京都,不能说出来敷衍了一下就是"晚节不终"。何况,满族也是中华民族大家庭的一员，连皇帝自己有时也说他们是大舜之后，顺治帝亦励精图治，国势大有起色。就是黄宗羲这样的人，不是也写过《明夷待访录》吗？可见由明入清的汉族知识分子的心情实在矛盾得很。一方面以未能尽节前朝深自愧悔，另一方面又想于国于民有所裨益，不愿意白死，至少想多留下些作品，来一个"人死留名"。吴梅村就是一个典型。他悔憾终身，临终前甚至写出"竟一钱不值何须说"这样痛心的话。但他的诗实在写得好，人格也未必很卑下。侯方域也是一样，他的散文也实在写得好，人格也未必是很卑下的。我认为，只要不是像阮大铖那样尽做坏事，即便最终与清廷妥协如侯方域，或者对清廷寄予希望如黄宗羲，对古人都不必过分苛求。

《与阮光禄书》的全称是《癸未去金陵日与阮光禄书》，见《壮悔堂文集》卷三。阮光禄即阮大铖，因为他在崇祯初做过光禄寺卿，所以称阮光禄。癸未为崇祯十六年（1643），看过《桃花扇》的都知道，这一年是非常不平静的。十月，李自成攻破潼关，兵部尚书孙传庭战死；张献忠则纵横驰骋于湖南、江西一带，农民起义的浪潮已使得大明江山处于风雨飘摇之中。这时，因依附魏忠贤被废斥蛰居南京的阮大铖，力图湔洗，先是通过王将军结交侯方域，希望侯方域能够替他在陈定生、吴次尾等清流领袖人物面前说说好话，被侯方域婉言谢绝。继而老羞成怒，趁左良玉陈兵东下、动机不明之际，公开在朝堂上扬言，左良玉是侯方域勾引来的，企图陷害。幸喜杨文骢报信，侯方域才得以逃离。这封信，就是侯方域逃离南京时留给阮大铖，揭露他的阴谋，指斥他的凶残奸狡的。

信一开头，就提出"君子处己，不欲自恕而苛责他人以非其道"这样一个原则。然后围绕这个原则，层层剥笋，步步深入，剖析阮大铖的无耻嘴脸、险恶用心和卑劣手段，彻底暴露了这个有文采的奸邪的灵魂。揭露深刻，但语气却相当委婉，始终保持了一种非常冷静的态度，丝毫不涉谩骂。在信的结尾，不仅预言阮大铖万一得志将怎样倒行逆施，还预言了后世史家对阮大铖的评价将不会再像他这样客气。这些预言，一一都被后来的事实所完全证实，阮大铖两年后在南京依附马士英迎立福王，得志后果然大开杀戒，周镳、雷縯祚等就死在他的刀下，并终于迎降清兵，摇尾乞怜，随征仙霞关僵仆而死，落下千古骂名，由此也可见侯方域识见之高。

这封信对阮大铖的揭露是一层层深入的。在不影响立论明晰的前提下，能含蓄处尽量含蓄，能减省处尽量减省。语气一开头也是委婉的，甚至承认他是"父行"，是长辈；"与大人同朝"，是自己父亲的同僚；并且还"相得甚欢"，是好朋友。至于后来为什么又"欲终事执事而不能"，非决裂不可呢？这本来是尽人皆知的事，是阮大铖由依附东林而投靠魏党，为士林所不齿。阮大铖也长期以此自愧，一心想学爬上岸的落水狗，抖落身上的水珠充好人，所以侯方域只轻轻地点明一下，"执事当自追忆其故，不必仆言之也"，就完全可以了。这种不明说比明说更有力量，还更能刺中阮大铖的痛处。魏忠贤垮台的时候，侯方域还只有十来岁，信中说到的"大人削官归"，是指侯恂在天启间魏忠贤专政时削官归里的故事，所以说"仆时方少"。成勇、方孔炤都是些很有气节的人，举他们是为了衬托阮大铖的无耻。成勇在崇祯十一年（1638）因劾奏杨嗣昌被提讯，后来又流放到宁波卫，所以信中说"及至金陵，则成公已得罪去，仅见方公"。侯方域提这些往事，主要是想说明他到南京后之所以没有去拜见阮大铖这位本来应当拜见的"父行"的原因，但又不明说，而只重复一句"执事当自追忆其故，不必仆言之也"。这样一字不易地再度重复,使文气更有分量。阮大铖居然不自反省,反而责备侯方域不该"与方公厚"而与他阮大铖薄,那当然只能说是他阮大铖自己不识相。侯方域写到这里又轻轻地加上一个短句:"噫,亦过矣!"为下文留地步,实在是很俏皮的。

王将军秉承阮大铖意旨来讨好、巴结侯方域而遭到侯方域的拒绝,是近期内的事,这当然是更加不礼貌了。"含怒不已",对于阮大铖这种怙恶不悛的人来说,是意料中事,也是用不着再加解释的。所以侯方域只客观叙述经过,声明"自以为未甚太过",干脆先承认"无所逃罪",先放松一笔。

杨文骢在《桃花扇》中是个刻画得很出色的人物,他当时是江宁知县,是接近马士英、阮大铖而又同情侯方域的人。阮大铖想陷害侯方域,幸而有他的通报,能得以脱祸。阮大铖此举纯属阴险的陷害,这是超出常情之外的,所以特用"乃知"一词点出。"仆乃知执事不独见怒,而且恨之,欲置之族灭而后快也"一个长句,是全文语气转折的关键。在此以前,阮大铖的一切"苛责"乃至"含怒",尚在情理之中，所以侯方域的行文也比较委婉；此句以后，语气便由舒缓转为急峻，听得出愤怒的诘责了。但急峻中仍然冷静，先承认，"仆与左诚有旧"，也承认受熊明遇之托，确实给左良玉写过信，但信的内容主要是劝阻他而不是其他。且左良玉的东下动机如何，究竟"尚不可知"。如果真是"犯顺"，真有野心，那就是"贼也"；我侯方域如果真如阮大铖所诬陷的那样，是要"应之于内"，做他的内应，那也是"贼也"。然后笔锋一转，"做贼"是"稍知礼义"的"士君子"所不为的，而只有那些"昔日干儿义孙之徒"，"日暮途穷"，"计无复之"，才会"倒行而逆施"，干出这种事来。旧事重提，直揭阮大铖的疮疤。阮大铖正是当年魏忠贤的"干儿义孙之徒"，"不必仆言之也"的，前边含蓄着不肯明言的却在这里指出来了，但仍然含蓄着，不直接指出阮大铖的名字。"而仆岂其人耶？何执事文织之深也！"好像是为自己辩诬，我难道是这种人吗？实际上是指着和尚骂秃驴，句句都落在阮大铖的头上。这种歪打正着的反诘，实在是妙不可言。

紧锣密鼓之后，把对手逼到了绝境，如果一味穷追下去，文气就要显得一泻无余。侯方域写到这里，却由"山重水复"一变而为"柳暗花明"，故意舒缓语气，放阮大铖一条自新之路，提出阮大铖原来还"常愿下交天下士"，"辗转蹉跎"落到这步田地，"乃至嫁祸而灭人之族"，是"甚违其本念"的。故意说阮大铖的"本念"未必不好，从而推论他"未必不悔"，由"悔"进而推论他"未必不改"，由"悔而改"更进而推论他的"心事未必不暴白"。"心事果暴白"，那么，"天下士"对他就"未必不"加以原谅而"接踵而至执事之门"；到那时，我再来"随属其后，长揖谢过"，不是也不晚吗？一连串的推论，一步一步地放宽，直至"长揖谢过"，而结之以"奈何阴毒左计，一至于此"，一笔倒挽，表面上是深为阮大铖惋惜，而实质上是对阮大铖的倒行逆施的更刻骨的挖苦。

最后，轻松地表明自己"扁舟短棹，措此身甚易"，只是痛惜阮大铖已萌生忌恨之心，转而预言阮大铖的今后与身后。"长伏草莽则已"，一辈子不能得志还则罢了，"万一复得志"，是一定要"尽杀天下士，以酬其宿所不快"的。那"天下士"当然不会原谅他，后世的历史学家也一定不会原谅他，而且恐怕也不会像我今天这样"词微而义婉"了。结尾仍然顾开头，仍然称之为"长者"，并表示不愿在"长者"面前显得"傲"，不屑与言而终于写了这一大篇。骨鲠在喉，不吐不快。这样，就更加显得义正词严，阮大铖将不仅无所逃罪于"天下士"的千夫直指，而且也将无所逃罪于"后世操简书"者的斧钺之笔了。

江山代有才人出

析赵翼《论诗》

袁世硕

作者介绍

袁世硕，1929年生，兖州人，山东大学终身教授。出版有诗与论合集《心有灵犀》等著作。

推荐词

这首绝句通篇是直说，不讲求含蓄，没有一句让人费解，没有用一个特别文雅的语调，言简意赅地道出了诗论中的一个大道理。

李杜诗篇万口传,至今已觉不新鲜。江山代有才人出,各领风骚数百年。

以七绝组诗论诗,始自唐代大诗人杜甫之《戏为六绝句》。其后仿之者,金元间有元好问之《论诗绝句三十首》,清初有王士禛之《戏仿元遗山〈论诗绝句〉》,清中叶则有赵翼的《论诗》。杜甫、元好问、王士禛三家论诗之诗,固然都发表了精到之论,屡为近世诗论家所称引,而传诵最广的却要算是赵翼《论诗》中的这首绝句了。

赵翼的这首绝句之所以传诵最广,其中一个原因是它最易于传诵。赵翼是历史学家兼诗人,作诗师法宋人,长于说理,即便是记游、吊古、歌咏山川之作,也往往免不了发点议论,而且又常常不假比喻、不用典故地直抒胸臆,还好以浅显的近于口语的语句出之。所以,他的部分短诗写得意思显豁，易懂易诵。这首绝句便是这样：通篇是直说，不讲求含蓄，没有一句让人费解，没有用一个特别文雅的语调，即使是一位不具有诗歌素养的读者，也能够一读便明白其大意，几经诵读便容易记得下来。

自然，更为重要的，也就是使近世人乐于传诵、援引的原因，还在于这首绝句言简意赅地道出了诗论中的一个大道理，一个令人毋庸置疑的道理。

"李杜诗篇万口传"，这是一句平淡无奇的大实话。李白、杜甫是古代杰出的大诗人，他们的诗篇数百年来一直盛传不衰，这是人所共知共认的事实。而第二句却来了个大转折，明白地说出李、杜之诗篇"至今已觉不新鲜"。这是前人未说过的话，堪称石破天惊之论。不过，赵翼此语并非意味着要否定李、杜诗之杰出成就，动摇其历史地位。这里所谓"不新鲜"，是从读者的审美感受的角度说的，谓唐代大诗人李白和杜甫的诗篇，已经不完全适合数百年后的读者的审美意识了。所以，上句之"万口传"同下句之"不新鲜"，两者并不矛盾，而是如实地说明了诗创作的时代性：诗歌所咏之事，所抒之情，所取之法，所成之意象，以及所开之风气，都是时代的产物，烙印着时代的特色，很适合同时代人的审美意识、审美情趣。在这里,赵翼并非有意唐突我们古代的诗仙、诗圣,而是将他们作为优秀诗人的代表,说明诗创作的这个法则,连他们这样的最为后世人所尊重、"诗篇万口传"的大诗人,也不能完全冲破时代的樊篱,其他诗人自然更不必说了。

赵翼的这首绝句并没有停留在说明这种现象上,接下来更进而提出:"江山代有才人出,各领风骚数百年。"意思很明显,就是肯定各个时代都有自己的天才诗人,以富有创造性的诗篇,领导着当代的诗坛,开一代新的诗风。自然,由于绝句篇什极短小的限制,他不可能就与此有关的问题,做出更深细的研讨、分析,但是,此论基本上是正确的。诗并没有随着号称诗之"黄金时代"的唐王朝之灭亡而消亡,历代都有诗,也都有优秀诗人,北宋之苏轼、南宋之陆游、金元间之元好问等,不都是各自时代的"领风骚"的"才人"吗?更为重要的是,赵翼此论不仅体现了历史的发展观点,而且个中包含着追求创造的精神,呼唤诗人们摆脱崇古的观念和拟古的创作路子,理直气壮地去争新、创新,创造出适应当代人的审美意识的诗篇,做自己时代"领风骚"的"才人"。

哀国忧民　天风浪浪

析龚自珍《咏史》

吴调公

推荐词

《咏史》一诗的风骨，兼具着三者的特点；而它的主要关键，则是"风"与"骨"的高度融和，形成了浩渺严峻的个性风格。

金粉东南十五州，万重恩怨属名流。牢盆狎客操全算，团扇才人踞上游。避席畏闻文字狱，著书都为稻粱谋。田横五百人安在，难道归来尽列侯？

读了龚自珍的著名七律诗《咏史》后，不能不首先想到这位以"文笔横霸"（李慈铭：《越缦堂诗话》卷中）擅长的诗人的风骨不凡。刘勰的《文心雕龙》论述风骨时有这么两句话："深乎风者，述情必显。""结言端直，则文骨成焉。"意思是说，作为表现于作品外貌的思想、感情的"风"要鲜明、生动，作为语言、文辞的"骨"要雄健、凝练；合起来说，它表现为激动人心的气魄。从创作主体说，它体现了诗人的气度和骨格；从创作客体说，它体现了形象的巨大感染力；从读者的艺术再创造说，它体现了崇高意境在鉴赏过程中引起的强烈的共鸣。《咏史》一诗的风骨，兼具着三者的特点；而它的主要关键，则是"风"与"骨"的高度融和，形成了浩渺严峻的个性风格。

龚自珍的意象浩渺不限于这一首诗，也不限于一部分诗，他的整个诗风和为人，就是"汪汪若千顷陂"（《后汉书·黄宪传》）的。清人谭献评其诗"佚宕旷邈"（《复堂日记》卷二）。这说明龚自珍的意境汪洋，胸襟浩荡。而他之所以如此，既与其"博通群籍，余事为诗"（徐世昌：《晚清簃诗汇》卷一三五）有关，也和他处于那一个天崩地解的巨大转折时代，看饱了四海翻腾的时代怒涛，从而扩大了视野有关。他的著名的政论性散文《尊隐》，也包罗了上下古今的历史兴衰的转化，刻画了庄严与丑恶两个集团的对立；他的《己亥杂诗》是那么宏伟壮阔的一幅封建"衰世"图的长卷；他的《小游仙词》十五首，表面写的是道家生活，但其中却蕴藏着多少晚清最高军事机构的形形色色。一句话，他是一位深深懂得体察大千世界的诗人。他善于捕捉现实生活的流动变幻，从而熔铸成为奇妙的意象。他写的《咏史》诗不止这一首，蒿目时艰，察今探古，经世致用，原就是他的一贯主张。但从这一位敢于正视现实、揭露现实、鞭挞现实的诗人和思想家来说，这首《咏史》诗特别显出"旷邈"的奇趣。

诗的开头就显得气势磅礴。"金粉东南十五州",说明早有"六朝金粉"之称的长江下游一带,本是繁华富庶之区。然而在这样的大好河山中,人情世俗又怎样呢?作者首先点出上层人物之间就惯于钩心斗角,翻云覆雨,造成了多少恩恩怨怨。"万重恩怨",可以说一语破的了。他们的丑态极多,根本原因是由于"士不知耻"(《明良论二》)。但如果细加分析,也还有不同类型,那就是颔颈二联所指的四句。"牢盆狎客"指封建大官僚门下的宠犬式门客;"团扇才人"指那些像东晋重臣王导之孙王珉一类的贵族子弟,整天手摇白团扇,谈玄说佛,对国政茫然无知。一个是惯于兴风作浪,一个是阻塞贤路,尸位素餐。面对着这样的人物,诗人的愤慨是可想而知的。虽属狎客,却总揽全局大权,虽属"才人",却身居要津。一"操"一"踞",固然是客观的准确描绘,但却都充溢着诗人强烈的主观感情色彩,既有鄙视之意,也有憎恶之情。还有一种人,虽说不属于"狎客""才人"之流,但却持明哲保身观点。他们被清代的一起起文字狱吓破了胆,钻入故纸堆中,远离现实,一听文字狱就谈虎色变。他们的文字生涯,也只不过是为了养家活口而已。对于这样的一种人，诗人虽说不像对"狎客""才人"那样鄙视，但却不禁如此感慨系之。这和他一贯倾心于"更法""改图"，"慷慨论天下事"，是截然不同的两种人生道路。

"田横五百人安在，难道归来尽列侯？"这结尾可以说是诗人笔下对晚清士气腐败颓唐的总结，也是郁勃之气的升华。按《史记》所载，田横、田荣均秦末时人，曾占据齐地。刘邦统一天下后，招其投降，并许封为"列侯"，但田横不甘臣服，却和其随从一行在走向洛阳途中自刎了。留在海岛的田横部下五百余人，听到消息后，也都全部自杀。诗人用了这一个富于壮烈情调的典故，对以上形形色色的东南名流进行了刻骨嘲讽，还故意发为疑问：当年田横手下有那么多坚卓不屈的义士，可是今天的金粉东南呢，难道你们都真的被收买成"列侯"而竟然噤若寒蝉，连一个有骨气的人也不敢站出来了吗？

作为一位眼光敏锐和时代感极强的诗人，他在诗文中对朝政腐败的批判真是太多了。但在他看来，最最使他痛心疾首的是"士气""凌替"。尽管这首诗字面上只是指东南地区，但实际却是对整个儒林的高度概括。晚清一班无耻、无聊的文人,包括"学而优则仕"的,奔走于王公大臣之门而帮闲有求的……尽管无奇不有,但经过诗人的这番深刻透视,却能"擒贼擒王",首先突出了他们当中的上层人物"名流",而尤其是名流集中之地的"东南",尤其是他们的恩恩怨怨,那么"天下之廉耻"被"震荡摧锄"(《古史钩沉论一》)殆尽之日,恰是"忽忽中原暮霭生"(《杂诗十四首》)之时,也就不言而喻了。

从诗人忧愤的深广说,这首诗的意境是沉郁的。从诗人的指斥多方说,这首诗的视角是旷邈的。从诗人对名流们的共同症结一击即中说,这首诗的心灵感应是敏锐的。

艺术风格的郁勃,对《咏史》说来,不是微云出岫、清风远引,而是饱和着浓挚悱恻的哀国忧民的感情,是"天风浪浪"(司空图:《诗品·豪放》),是刘勰所说的"蔚彼风力"(《文心雕龙·风骨》),也大体近似西方的"崇高"之美,即康德所说的"无限"广大和无限的"威力"。

浪浪天风,一般说来是阳刚之美,从境界说来是纵横恣放,从笔力说来是雄健劲拔,从感情波澜说来是变化从心、无所不有,但落实到具体作家、作品的风格之中,毕竟各有不同。就说同是龚自珍的诗歌吧,他的构思随着大千世界所引起的神明变化而表现为奇奇幻幻的天风浪浪之声，也是各有吹万不同的音籁的。他的《行路难》的情调，光怪陆离，有顿有挫，既像对知友玄谈，又像对苍天倾诉。《西郊落花歌》的"风"，却又吹得很猛，理想的翅膀飞得很高，浮想很痛快，东飘西荡，矫若游龙。如果说前一首诗是寓愤懑于滑稽突梯，以错落之笔取胜，那么，后一首诗却是用一种渲染着理想色彩的绝妙图景，传写出宇宙和历史一切庄严美丽的事物的结晶体。诚然，它们都反映了诗人的狂放不羁和嵚奇磊落的性格，然而毕竟各有所侧重：前诗主要是多角度的自我解剖，后者蕴含着社会美和一种自然美的意境的正面抒写，所以在笔力的遒健和凝练上，都不同于《咏史》这一首七律。也由于体制不同，《咏史》诗不像《行路难》那样鱼龙曼衍、无法有法，它的法度谨严，恰恰是艺术境界中"兀傲"（黎庶昌评龚文语）性格中有端严的反映。在批判士气的同时，人们俨然看到这一位不同于流俗的诗人岿然屹立。他无愧于"金粉东南十五州"，无愧于田横义士。

　　正因为他有铮铮骨力的文辞足供驱遣，所以他的旷邈风情才有可能获得相应的载体，如雷如霆，如长风出谷，汪洋恣肆中看到刚劲遒练之气。

"文章忘忌讳，才气极纵横"，这是龚自珍友人梁章矩赞美他的诗。"极纵横"可见其浪浪之"风"，"忘忌讳"可见其《咏史》诗正是符合刘勰所极称的"才锋峻立"的饶有风骨之作。

关系着近现代人命运的绝唱

邓廷桢《月华清》词赏析

邓云乡

作者介绍

邓云乡（1924—1999），山西省灵丘人。有著作《红楼识小录》《燕京乡土记》《北京的风土》《红楼风俗谭》《北京四合院》《清代八股文》等，还有散文集《书情旧梦》《秋水湖山》《花鸟虫鱼》《吾家祖屋》等出版。

推荐词

今人读古人的作品，中间隔着一段长短不同的历史空隙，没有任何直接的联系。而读邓廷桢这首《月华清》则不然，稍微有点近代史知识和时代经历的人，便会引起直接的感受，仿佛看到当时的场景，听到作者的声音，虑到当时的局势，感受到当时作者写此词的情怀。

连日台风秋雨,原想今年中秋节看不见月亮了。不料中秋那天风定多云,入夜云破月出,到了九点钟左右,居然南天无云,皓月当空了。延吉新居,楼高窗大,临窗外眺,十分空旷,云天高洁,月华如洗,对着月亮,思潮起伏,想到很多旧事,难免感慨系之。个人是生活在历史时代中的,不禁想起一百多年来的家国时代,忽然想到鸦片战争时代邓廷桢的《月华清》词,那正是中秋看月时写的。感到实在是一首好词,值得我们一读。

唐诗宋词,自然不少都是发乎真情的千古名作,但毕竟离我们太远了,虽然能做表面上的理解、美学上的分析,但似乎总隔着一层,欣赏的成分多,共鸣的成分少,感受的成分——像切肤之痛那样的感受就更少了。当然,如果从继承文化遗产上说,分析字句,模拟古人,继承传统,那是另一回事。总之,都是今人读古人的作品,中间隔着一段长短不同的历史空隙,没有任何直接的联系。而读邓廷桢这首《月华清》则不然,稍微有点近代史知识和时代经历的人,便会引起直接的感受,仿佛看到当时的场景,听到作者的声音,虑到当时的局势,感受到当时作者写此词的情怀,而呼吸相通,一起共鸣一样。

这首词词牌是"月华清",题目是"中秋月夜,偕少穆、滋圃登沙角炮台绝顶瞭楼,西风泠然,玉轮涌上,海天一色,极其大观,辄成此解"。

其词云:

> 岛列千螺,舟横万鹢,碧天朗照无际。不到珠澳,那识玉盘如此。划秋涛,长剑催寒;倚峭壁,短箫吹醉。前事,似元规啸咏,那时情思。
>
> 却料通明殿里,怕下界云迷,蜃楼成市。诉与瑶阊,今夕月华烟细。泛深杯,待喝蟾停;鸣画角,恐惊蛟睡。秋霁,记三人对影,不曾千里。

这首词好在哪里,如何读、如何欣赏,与读唐、宋人作品又有何差别呢?下面我一一道来。

先做一些文字技艺上的介绍。词牌"月华清",据清万红友（树）《词律》载，有两体，一体九十九字，一体一百字，均仄韵。这一首是九十九字体。开头仄起，四字对句，第三句入韵。通首亦以对句组合为主，句法整齐。在音乐感上，富于铿锵节奏感，而非以迂回跌宕取胜。

起首"仄仄平平、平平仄仄"对仗，写虎门口形势景物，岛屿罗列、舟楫密布，"千螺""万鹢"都是熟典，但用在此处，起句状眼前景，极为自然。螺壳本可状发髻，进而可状峰峦岛屿。唐皮日休诗《缥缈峰》云："似将青螺髻，撒在月明中。""鹢"是青雀，古代有的船头画鹢鸟，所以叫"鹢首"。《淮南子》："龙舟鹢首，浮吹以娱。"这是首二句的出典。下接"碧天朗照无际"，写天、写月、写海，与前二句岛、舟连在一起，便展现了一幅极为壮丽的虎门海口中秋夜的画面。下接二句，推进一层，有"欲穷千里目，更上一层楼"之境界和"不入虎穴，焉得虎子"的气概。"珠瀛"即珠海，珠江因沙洲如珠，本有海珠之名。"瀛"即海也，此处要用平声，因用"珠瀛"，全句"仄仄平平"。"玉盘"，普通成语，月亮的代名词。苏轼诗："银汉无声转玉盘。"下面"划秋涛""倚峭壁"对句，写豪情，写气概，写抱负，写季节，写虎门形势之险要，军容气氛。"长剑""短箫"，长剑易于理解，而"箫"为何要"短"呢？这正是军队典故，因"短箫"即是军乐的代称。蔡邕《礼乐志》："汉乐四品，短箫铙歌，军乐也。"前半片结句，用"前事"两字一提，且"事"字叶韵。末句"那时情思"，"思"字读去声，亦叶韵。由第三句"际"字入韵，际、此、醉、事、思，五字皆仄韵，上、去通押。"际"在去声八霁，"此"在上声四纸，"醉""事""思"都在去声四寘。"元规啸咏"用晋代庾亮典故。《世说新语》"容止"篇：

> 庾太尉在武昌，秋夜气佳景清，佐吏殷浩、王胡之之徒，登南楼理咏，音调始遒，闻函道中屐声甚厉，定是庾公。俄而率左右十许人步来，诸贤欲起避之，公徐云："诸君少住，老子于此处兴复不浅。"因便据胡床与诸人咏谑……后王逸少下，与丞相言及此事，丞相曰："元规尔时风范，不得不小颓。"右军答曰："唯丘壑独存。"

"元规"是庾亮的字，晋元帝时，授讲东宫。明帝司马绍立，辅政。晋成帝司马衍时，平苏峻乱。后代陶侃镇武昌，遥制东晋朝政，北抗石虎，有志恢复中原。未成而卒。这里用"元规啸咏"典故以自况，十分恰当，符合作者身份，且抒发了感慨和抱负。如一般人用这样的典故在自己的身上，那便觉得是陈词滥调或者一味吹牛了。

以上是上半阕，再看下半阕。写词一般章法，是上半片写景，后半片抒情；上半片写情，后半片抒感；上半片写眼前，下半片写过去或未来等等。结句再回到题目上。如苏东坡《水调歌头》，先是眼前明月，冉是想象心胸，再是感离，在最后归到忆弟祝愿上。这也不是作者们故意安排如此章法，而是一般人感情思路的发展轨迹总是这样的。此词章法也如此。下半阕一上来就由眼前壮丽的景色想到北京的朝廷，为国之心、忠国之情、报国之志、爱国之怀，油然而起。

"却料通明殿里，怕下界云迷，蜃楼成市。"简单意译之，就是"料想北京朝廷，怕下面为鸦片之害所迷。海外的势力成了市面"。但这层意思，因眼见景物而引起，又结合眼前景物以词语表现之。月光无限光明，这里有针对性用典，自不能泛泛地用一般"广寒宫殿"之类的俗典。用了"通明殿"的典故。通明殿是道家神仙殿宇，因而也习惯上用来代替皇帝大殿。苏轼《上元侍饮楼上三首呈同列》诗：

"侍臣鹄立通明殿。"据王十朋注,说是张守真朝见玉皇大帝,看见殿上匾额曰通明殿,便请示是什么意思。真君告诉他说:"上帝升金殿,殿之光明照于帝身,身之光明照于金殿,光明通彻,故为通明殿。"词中用此典,正确切。而加一个"怕下界"云云,似乎是月亮光辉有意照亮人寰。"海市蜃楼",本是现成语,这里颠倒用之,十分灵活,连前"怕"字,便赋予新意,而且"市"字是上声四纸韵,正好入韵。熟悉写词句法的人,是很容易理解的,但一般读者,不做介绍,便容易忽略。

上句是想朝廷对下面,下句则是"向上汇报"。"诉与瑶阍"就是向仙家宫门轻轻诉说,似乎是对月说,实际不是,而是告诉北京朝廷,这里风光很好。"泛深杯""鸣画角"两个三、七短句组合的对句,也是结合眼前景物,写出眼前形势的严峻,和卫国的决心。"蟾停"写月,"蛟睡"写海,"待喝"写要使光明永驻,"恐惊"写先不要惊动敌人,待一网打尽。结句回到题目,照应十分圆满而自然。"三人对影"用李白诗"举杯邀明月,对影成三人"句,"不曾千里"用苏轼词"但愿人长久,千里共婵娟"句,即月夜、中秋夜名句,一正用,一反用,十分自然,使人不觉其用典。正是精于此道的手法，所谓无一句无来历也。而一般读者，在这种明白如话的地方，最容易忽略。下半阕入韵字，除前述"市"字外，尚有"细""睡""霁""里"四字。"细"去声八霁，"睡"去声四寘，"霁"去声八霁，"里"上声四纸。

下面再解释一下题目：

"中秋月夜"是公元1839年、清道光十九年中秋夜。据《林则徐集·日记》：

> 十五日，戊寅，晴。黎明诣武庙、天后、海神各庙行香，即赴邓制军处。黄镇军自沙角来，留饭。午后制军来，即同舟赴沙角，在关提军舟中查点日来调集兵勇各船册籍，计前后排列兵船火船共八十余只。并携酒肴邀关提军、黄镇军同赴沙角炮台上小饮，月出后同登山顶望楼上，玩赏片时，仍与制军乘潮而返。是夜见义律复澳门同知信，乞诚尤切。

邓廷桢"月华清"题目和这则日记正好完全吻合，正好帮助我们想象写词时的情景和各人的心情。"少穆"是林则徐的字，"滋圃"是关天培的字。这时林则徐是钦差大臣，邓廷桢是两广总督，关天培是水师提督。清代官场中客气时称官衔，不直接称正式官衔，而用代称，如知县称"大令"、知府称"明府"、巡抚称"中丞"。在林则徐日记中总督称"制军"、提督称"提军"。这是以官场称呼称之。而在词题中，则不好官称，而以字称之，是文字之交，朋友关系，这样就抛开势利的官场了。

如果我们今天读辛稼轩《水龙吟》"登建康赏心亭"名唱，写的也是秋景，也是感时的千古绝唱，读后自然也感受很深，赞叹不已。但这种感觉是纯文学的，纯历史的，无直接的切肤痛感。南宋偏安，金国兴起，以及后来元灭金、元灭宋等等，这些毕竟都只是历史，离我们很远了。当时百姓战乱的牺牲，南北流离的痛苦，如何爱宋、恨金等等，在我们感情上都引不起共鸣。相反，读邓廷桢这首词，我的感觉就完全不同，觉得这首词似乎关联着我们今天每一个人的命运。写这词的时候，正是鸦片战争的决战前夕；写这首词的人，正是当时负着历史使命，掌握着军政大权，与敌人正面对峙的主帅。试想，如果这首词的豪情壮志当时向顺利的方面发展，我们近百年的历史就不会这样，或者可以影响到今天的每一个中国人。遗憾的是：这首词中的豪情壮志向相反的方向迅速转变了，"出师未捷身先死，长使英雄泪满襟"，他们虽然当时都没有死，但他们的壮志豪情却很快付诸流水了。而且不是他们个人的事，却关系到神州的未来，炎黄子孙每个人的近百年的命运。帝国主义打开中国大门，疯狂的掠夺，百年来的侵略战争与不断的内战，使得国力民力一再破坏，再无休整喘息的机会，而吟唱这首《月华清》的时候，正是这段灾难历史开端的前夕——如此关系着历史，关系着千千万万近现代人命运的绝唱，能不令人反复沉吟，情为之移，神为之伤吗？

纯真的报国热情，豪迈的大臣风范，深厚的中华文化传统，横溢的词赋才华……集中表现在这首《月华清》中，可是太遗憾了："泛深杯，待喝蟾停"，而"蟾"并未停，历史的车轮仍不停运转，给中国带来的却是灾难的历史时代；"鸣画角，恐惊蛟睡"，而"蛟"并未睡，在此暗用周处故事，他们天真地想学周处斩蛟除害，而"蛟"，那个义律却在暗中正大势活跃，一是把鸦片船、兵船潜泊尖沙咀外洋，二是北上厦门、宁波、天津……试看《林则徐集·日记》记义律"乞诚尤切"云云，便知其想的简单。结果炮舰外交把中国的大门打开了，清政府屈辱了，半封建、半殖民地的历史开始了。试观邓廷桢等人豪情满怀,赋此绝唱时,又何曾料到敌人的险诈,后来的大变,以及一系列的灾难历史呢?——真是使今天读者感慨万端了。从这点上来说,成千上万的唐诗宋词中,是找不出同样如此使今天人感慨的作品的。不是那些作品不好,比不上邓廷桢的《月华清》,而是时代感不同。简言之,古人名作,是隔着历史时代的;而这首绝唱,是连着今人命运的。

这首词不是中秋那天当场写的,而是过了两天,写好给林则徐看的。《林则徐集·日记》同月二十六日记云:

> 二十六日,己丑,晴。书扇数柄,嶰筠制军以中秋沙角之游,填《月华清》一阕见示,即和之。

林则徐所和原词——《月华清·和邓嶰筠尚书沙角眺月原韵》如下:

> 穴底龙眠,沙头鸥静,镜查开出云际。万里晴同,独喜素娥来此。认前身,金粟飘香;拼今夕,羽衣扶醉。无事,更凭栏想望,谁家秋思。
>
> 忆逐承明队里,正烛撤玉堂,月明珠市。鞅掌星

驰,争比软尘风细。问烟楼,撞破何时;怪灯影,照他无睡。宵霁,念高寒玉宇,在长安里。

如果没有原唱,这首也是非常好的。而一比原唱,这首词就感到浅了。情欠深与真,句欠畅而韵,有应酬之感,有堆砌之病,使人感到,原作真是词人之词,而这首则有点一般了。就词论词,只能如此评价。如果详细解说,那又要浪费许多文字,篇幅冗长,没有必要了。只望读者于会心处详细品味之。如果说谁的官大,谁的词就好,官越大,诗词越好,至高无上,登峰造极……如此衡文,那我就一句话也不敢乱说了。可惜世界上以此为标准论诗的人太多,像我这样不善以奉承衡量作品的人又太少。为此难免有寂寞之感了。

清朝统治者,二百多年中,真正懂得重视知识,翰苑清品,即翰林院出身的人,出任封疆大吏,年年代代都有,与内务府笔帖式出身的满洲权贵以及军功、捐班出身的来比,总受到特别尊重,在社会上也会受到重视,负有清望,因而这些人中,不少人既是大官,又是学问家、诗人、词家、书家等等。他们一边做官,一边研究学问,著书写文章,吟诗填词,写字作画,等等。林则徐和邓廷桢都是这样的人。

官做得大，而文章艺事成就也很大，都是名家。其间邓廷桢可以说是词人，著有《双砚斋词钞》二卷、《词话》一卷、《双砚斋笔记》六卷、《双声叠韵谱》数卷。除词外，于六艺、小学、群书，均有论述，多所发明。但他除是一代大吏名臣外，首先还是一个词人。林则徐也有《云左山房词钞》一卷，但文忠公主要还是历史名臣、名人，文献至多，方面更广，于词则只是余事耳。后代对他的词则远不如对他的书法重视了，而事实也如此。

《月华清》是词人之词，不妨再介绍他一首《买陂塘·赠裘》，这是处在不同时期，不同境遇下写的真情实感的作品，每一个穷知识分子都会引起同感共鸣。词云：

> 悔残春，炉边买醉，豪情脱与将去。云烟过眼寻常事，怎奈天寒岁暮。寒且住，待积取叉头，还尔绨袍故。喜余又怒，怅子母频权，皮毛细相，抖擞已微蚨。
>
> 铜斗熨，皱似春波无数，酒痕襟上犹污。归来未负三年约，死死生生漫诉。凝睇处，叹甕牖毡庐，久把文姬误。花风几度，怕白袷新翻，青蚨欲化，重赋赠行句。

这大概是他在北京翰林院做庶吉士时写的词。翰林庶吉士、编修，都是穷京官，在外放主考或放外官之前，只靠俸银、俸米及一些馈赠过日子，开销又大，是十分清苦的。跑当号是常事。在李慈铭的《越缦堂日记》中就常常记着他跑当号的事。穷翰林没有什么值钱的衣物，只有两件皮衣，甚至破旧貂褂，还能当几两银子。而且当时官场习惯如此，冬天一过，便把皮衣打点送进当铺，到了秋冬之际，再凑钱赎出来。到了明年春天，再送进当铺。邓廷桢这首《买陂塘》，写的就是这种情况。有苏季子金尽裘敝、末路穷途之感。充满了牢骚，抒写了感慨。如果了解一点清代未发迹前的穷翰林的生活情况，就会觉得这首词，写得实在好。不过后来邓廷桢发迹了，如果不发迹，做一辈子翰林院编修，那便一辈子处在这种牢骚中了。限于篇幅，略作介绍，供读者吟赏。就不一一详细解释了。

邓廷桢，字维周，又字嶰筠，江苏江宁人，嘉庆六年（1801）进士，改庶吉士，授翰林院编修，后官至两广总督、闽浙总督，鸦片战争《南京条约》之后，戍伊犁。两年释还，擢陕甘总督，道光二十六年（1846）卒于官。他的词主要学苏东坡，他评苏词云："清刚隽上，囊括群英。"对苏是推崇备至的。

林则徐是嘉庆十六年（1811）进士，也是改庶吉士、授编修，翰林院出身，在科甲上比邓晚十年。

"大江东去，浪淘尽，千古风流人物。"他们都是一百四五十年前的人物了。而这一百数十年中，自他们开始，历史却是连在一起的。先是帝国主义打开中国大门的问题，继之是民族革命，推翻清王朝，又继之是反帝反封建，新中国成立，又继之是什么呢？与世界同步发展的问题……新中国成立四十年了，今天逛深圳、逛沙头角的熙熙攘攘的人群，谁会想到邓廷桢的《月华清》呢？

王国维"有我之境"说词例一则

简析《蝶恋花·百尺朱楼临大道》

王英志

作者介绍

王英志,1944年1月出生,毕业于北京大学中文系。苏州大学博士研究生导师,编审。著作有《灵境诗心——中国古代山水诗史》(清代编)、《清人诗论研究》《中国古典诗歌艺术新探》《古典美学传统与诗论》《性灵派研究》《袁枚评传》《袁枚全集》《李清照集》等约二十种。主要研究方向为中国古代文学元明清诗词与理论。

推荐词

结合王氏其他有关言论,对"境界"说的主要内涵似可做如下概述:诗人应该在对客观生活具有真切、深刻的感受(即"所见者真,所知者深")的基础上,借助形象而自然的语言表达,写出既逼真地描写作为审美客体的景物,又真实地反映作为审美主体的人的感情,进而达到"意与境浑"的作品。

著名学者王国维是中国美学与文学批评史上,首先引用西方美学与文学理论来评论中国文学的美学家与文艺理论家。王国维(1877—1927),字静安,号观堂,浙江海宁人。其一生的后十五年潜心于古文字、古器物、古史地的研究,成绩卓著,郭沫若誉之为"新史学的开山"(《鲁迅与王国维》)。王氏早期一度耽读康德、叔本华、尼采等西方哲学家著作,深受其哲学思想的熏陶;但后因发现"哲学上之说,大都可爱者不可信,可信者不可爱"而觉"烦闷"(《静安文集续编·自序二》),为摆脱这种矛盾的思想状态,乃转而从事美学研究与文学批评:自1902年至1912年,王氏先写下了《〈红楼梦〉评论》等具有较浓厚的西方哲学思想的论文,后则写出影响很大的《人间词话》与《宋元戏曲考》。写于1908—1909年间的《人间词话》是一本采用中国传统的文学批评体制而又注入了新观念血液的词论名著与美学论著,其内容的核心是标举"境界"说。王氏说:"沧浪(严羽)所谓'兴趣',阮亭(王士祯)所谓'神韵',犹不过道其面目,不若鄙人拈出'境界'二字,为探其本也。"(见《人间词话》,下引同此,书者不赘注)《宋元戏曲考》对元曲"文章之妙"亦推重其为"有意境而已"。

王氏论诗词之所以揭橥"以境界为上"之旨,乃是针对"无境界",即无"意境"之"伪文学"而发的。其托名樊志厚所做的《人间词乙稿序》尝云:"文学之工不工,亦视其意境之有无与其深浅而已。自夫人不能观古人之所观而徒学古人之所作,于是始有伪文学。学者便之,相尚以辞,相习以模拟,遂不复知意境之为何物,岂不悲哉!"又认为,清代词坛除初期纳兰容若"其所为词悲凉顽艳,独有得于意境之深"者外,"至乾嘉以降,审乎体格韵律之间者愈微,而意味之溢于字句之表者愈浅。岂非拘泥文字,而不求诸意境之失欤"?诚然,有清一代词坛受南宋词风影响颇深,其致命伤即重词之形式而失却词之"意境",这表现为过于考虑"体格韵律",热衷"雕琢""敷衍"而"同归于浅薄"(《人间词甲稿序》),又喜好"使隶事之句""用粉饰之词",而使词意境"终隔一层"。此风至晚清尤烈。王氏目击此弊,乃试图倡"境界"说以廓清之。

关于"境界"的具体内涵,王氏并未予以完整、科学的界定,因此何谓"境界"仍是个聚讼纷纭的问题。我赞同钱仲联师的看法:"在《人间词话》里谈到'境界'的有十多条,单言之则称'境',重言之则称'境界',换言之又称'意境'。"(《境界说诠证》,《文汇报》1962年7月14日)作为审美范畴,"境界"与"意境"确实并无二致。王氏1907年在《人间词乙稿序》中言"意境",1908—1909年在《人间词话》中则试图用"境界"代替"意境",但仍留下用"意境"之痕迹(如评姜白石"惜不于意境上用力"),1912年在《宋元戏曲考》中仍复用"意境",可能认为"境界"终不及"意境"明确。但应该注意到的是,《人间词话》中出现的"境界"一词并非都等同于"意境",它尚有非属于审美范畴的一般意义,如类似于阶段("古今之成大事业、大学问者,必经过三种之境界。")或界限("境界有二:有诗人之境界,有常人之境界。")等。

"境界"一词原是佛学概念。在王国维之前已有人偶尔借用于诗词论中,它并非王氏首倡;但把"境界"作为艺术创作的核心问题,全面地阐发"境界"说,不能不推王氏为第一人。何谓"境界"说或曰"有境界"？《人间词话》曾有几条略加阐发：

> 境非独谓景物也。喜怒哀乐，亦人心中之一境界。故能写真景物、真感情者，谓之有境界。否则谓之无境界。
>
> 大家之作，其言情也必沁人心脾，其写景也必豁人耳目。其辞脱口而出，无矫揉妆束之态。以其所见者真，所知者深也。（笔者按：《宋元戏曲考》云："何谓之有意境？曰：写情则沁人心脾，写景则在人耳目，述事则如其出口是也。古诗词之佳者，无不如是。"正从《人间词话》脱出。前者论"境界"，后者论"意境"，实为一物。）
>
> "红杏枝头春意闹"，著一"闹"字而境界全出。"云破月来花弄影"，著一"弄"字而境界全出矣。
>
> 古今词人格调之高，无如白石，惜不于意境上用力，故觉无言外之味、弦外之响，终不能与于第一流之作者也。（笔者按：此条言"意境"犹言"境界"。）

根据上引几条词话，并结合王氏其他有关言论，对"境界"说的主要内涵似可做如下概述：诗人应该在对客观生活具有真切、深刻的感受(即"所见者真,所知者深")的基础上,借助形象而自然的语言表达,写出既逼真地描写作为审美客体的景物,又真实地反映作为审美主体的人的感情进而达到"意与境浑"(《人间词乙稿序》)的作品,这样"有境界"之作又具有"言外之味",给人无穷的美感与深邃的思想启迪。

理解何谓"境界"是理解"有我之境"的前提。王氏在《人间词话》中对"境界"说曾从不同角度做了深入阐发:如从创作方法角度论词"有造境,有写境,此理想与写实二派之所由分";从境界的鲜明性角度论"'隔'与'不隔'之别";从反映题材角度论"境界有大小";从诗人认识与反映生活角度论"须入乎其内,又须出乎其外"等等。但最逗人兴味的是从我与物的关系角度论诗词的"有我之境"与"无我之境":

> 有有我之境,有无我之境。"泪眼问花花不语,乱红飞过秋千去","可堪孤馆闭春寒,杜鹃声里斜阳暮",有我之境也。"采菊东篱下,悠然见南山","寒波澹澹起,白鸟悠悠下",无我之境也。有我之

境，以我观物，故物皆著我之色彩。无我之境，以物观物，故不知何者为我，何者为物。古人为词，写有我之境者为多，然未始不能写无我之境，此在豪杰之士能自树立耳。

无我之境，人惟于静中得之；有我之境，于由动之静时得之。故一优美，一宏壮也。

王氏早在《人间词乙稿序》中云："原夫文学之所以有意境者，以其能观也。出于观我者，意余于境，而出于观物者，境多于意。"前者近于"有我之境"，后者则近于"无我之境"，一为"主观诗，"一为"客观诗"（据滕咸惠《人间词话新注》原稿删去语）。这是以在审美观照时审美客体所包含审美主体主观情思的多少、显隐来划分的。但王氏论"有我之境"与"无我之境"，又进而同"宏壮"（即"壮美"）与"优美"相联系，又有其特殊内涵。为理解二"境"，则可从理解二"美"入手。而二"美"之区分又明显吸收了叔本华悲观主义思想因素。王氏曾在《〈红楼梦〉评论》中说："美之为物有二种：一曰优美，一曰壮美。苟一物焉，与吾人无利害之关系，而吾人之观之也，不观其关系，而但观其物；或吾人之心中，无丝毫生活之欲存，而其观物也，不视为与我有关系之物，而但视为外物，则今之所观者，非昔之所观者也。此时吾心宁静之状态，名之曰优美之情，而谓此物曰优美。若此物大不利于吾人，而吾人生活之意志为之破裂，因之意志遁去，而知力得为独立之作用，以深观其物，吾人谓此物曰壮美，而谓其感情曰壮美之情。"由此可见"优美"的"无我之境"并非如有的论者所谓"否认了景中有我在"（黄海章《中国文学批评简史》第322页），而是指诗人在进行审美观照时，客观物境与作者主观意志没有利害冲突之关系，可以处于"无丝毫生活之欲存"的静观心境，"于静中得之"，仿佛"以物观物，故不知何者为我，何者为物"，物我融为一体，如陶渊明《饮酒二十首》之五"采菊东篱下，悠然见南山"就是以其"心宁静之状态"观南山，诗人与南山似乎合而为一。"有我之境"与前人诗论中所谓的"诗中有人"亦不尽同，它是特指"我"与外物处于具有某种对立的利害关系中的一种境界。物大不利于"吾人生活之意志"，故其中有"我"的强烈的感情色彩，在进行审美观照时是"以我观物"，通过移情作用，亦使物境被涂抹上"我"的主观感情色彩。这种感情多为人生之欲不能满足的愁苦之情，最后导致人"意志遁去"，灭除生活之欲。这从王氏以冯延巳《鹊踏枝》、秦观《踏莎行》中词句为例证自可看出。王氏还评秦观"词境最为凄婉，至'可堪孤馆闭春寒，杜鹃声里斜阳暮'则变而为凄厉矣"，这"凄婉""凄厉"正是"有我之境"所谓"壮美"之表现。王氏之"壮美"与通常所言的"崇高"或"阳刚之美"并不是一回事，它实际是指一种当人面对不利于吾人之意志的外物之压迫而难以抗拒时所产生的具有悲剧色彩的感情。"有我之境"是在诗人的这种感情逐渐宣泄时产生的，故曰"于由动之静时得之"。王氏还指出，在古人诗词中"写有我之境者为多"，这是客观事实，作为一个诗人与词人，王国维本人的创作实践亦是如此。

王国维有《人间词》集收词一百一十余首。《人间词乙稿序》曾称"静安之为词，真能以意境胜"，可见王国维颇以其词"有境界"自负。《人间词甲稿序》又称其词"往复幽咽，动摇人心"，这又是"有我之境"的体现。而王氏以"人间"命名其词集，乃是对他以文学形式"忧生""忧世"（《人间词话》评《诗经》等语）的一种概括（参见陈鸿祥《〈人间词话〉三考》），故其所云"体素羸弱，性复忧郁，人生之问题，日往复于吾前"（《自序》）的自述亦于词作中得到了形象反映。因王词"言近而旨远，意决而辞婉"，以"观物之微，托兴之深"为"特色"（均见《人间词甲稿序》），所以其写"人生之问题"往往采用比兴、象征的手法，构成含蓄的意境，以求"言外之味、弦外之响"。这里所举被称为"开词家未有之境"的《蝶恋花》即是一首堪称"有我之境"的作品。词云：

> 百尺朱楼临大道。楼外轻雷，不问昏和晓。独倚阑干人窈窕，闲中数尽行人小。
>
> 一霎车尘生树杪。陌上楼头，都向尘中老。薄晚西风吹雨到，明朝又是伤流潦。

要理解这首词的境界，有必要先看一下作者的人生观。其词之所谓"言近而旨远""托兴之深"即在于其中寓有作者对人生的哲理认识。王氏尝于《〈红楼梦〉评论》直言："生活之本质为何？欲而已矣！欲之为性无厌，而其原生于不足。不足之状态，苦痛是也。既偿一欲，则此欲以终，然欲之被偿者一，而不偿者什伯，一欲既终，他欲随之，故究竟之慰藉，终不可得也。即使吾人之欲悉偿，而更无所欲之对象，倦厌之情，即起而乘之，于是吾人自己之生活，若负之而不胜其重。故人生者，如钟表之摆，实往复于苦痛与倦厌之间者也。"一言以蔽之：人生就是欲望不能满足的"苦痛"，即使满足后亦是"倦厌"。实际上也是说，人活着就是多余的。因此王氏后来自沉于昆明湖，尽管有诸多解说，但与他这种忧生厌世的人生观显然不无关系。其《人间词》，包括这首《蝶恋花》，正是写作者对人生"往复于苦痛与倦厌之间"的感叹。词境中的"窈窕"女子并非是美好青春的化身，而是人生痛苦的象征。她肩负着沉重的人生负荷。她苦苦追求着人生之欲，始则因不能满足而痛苦，继则虽有暂时的满足仍生倦厌、空虚之感。她与外物始终处于不能同一的利害关系中，正似一只"钟表之摆"。这样的词境显然是"有我之境"。

词中的主人公乃"我"之"代理人"，她以一个热恋中女子身份出现。上半片描写她渴求与情人相会的意境，缠绵悱恻，堪称"往复幽咽，动摇人心"。这是作者借以写对"生活之本质"——"欲"的追求以及难以满足之"苦痛"。她高居于"百尺朱楼"之上，又傍临人生之"大道"，正代替"我"在俯视人生。她听到的是"楼外轻雷，不问昏和晓"地鸣响着。这亦暗示她从"昏"至"晓"或从"晓"至"昏"一直在倾听着"楼外轻雷"。"轻雷"乃喻大道上辚辚车声,如王氏另一首《蝶恋花》即明言过"陌上轻雷听隐辚",《鹧鸪天》亦云"隐隐轻雷隔苍车"。西晋初诗人傅玄《杂言》诗曾云:"雷隐隐,感妾心。倾耳听,非车音。"这是写一个女子渴望得到爱情而又失望的心理。王词写女子倾听"轻雷"则形容她在追求"生活之欲"而不能轻易得到满足。她所期待的意中人迟迟不来,其感到痛苦是不言而喻的。但她并未就此死心,还要继续追求。既然听不到意中人的车声,则索性放眼寻找:"独倚阑干人窈窕,闲中数尽行人小。""倚阑干"(即倚栏杆)或"倚危楼"的意象在词中常见,多写闺怨、思妇之情境,如柳永《蝶恋花》"伫倚危楼风细细,望极春愁,黯黯生天际",辛弃疾《摸鱼儿》"休去倚危栏,斜阳正在烟柳断肠处"。王氏一首《菩萨蛮》云"独有倚阑人,断肠君不闻",其境界正与此同。词着一"独"字而"境界全出",刻画出女子孤苦追求的心态,大有"叹沉沉人海,不与慰羁孤"(《八声甘州》)之意。因此其"闲"并非真的闲静如陶渊明,此乃一种百无聊赖的空虚。而"数尽行人小"则写出其追求生活之欲的"真感情";"行人小"乃居高临下的视角所致,堪称写出了"真景物",其中亦不无作者对尘世中人扰扰攘攘的"忧生"之叹。这两句又颇有温庭筠《忆江南》"独倚望江楼。过尽千帆皆不是……肠断白蘋洲"之慨。要之,上半片所写的"轻雷""行人"等外物皆与"我"之追求有利害关系,都不利于"我"之意志,使欲望落空,内心充满"苦痛"。写的是"真感情""真景物"的"有我之境"。

细味下半片之境界,她还是与意中人相会了。可惜生活之欲的满足是短暂而有限的,所谓"既偿一欲,则此欲以终"。因为相会之后又是相离,女子复陷入欲望"不足之状态"即"苦痛"中,永远的满足、"慰藉"还是"终不可得也"。因为此词旨在于写人生的"苦痛与倦厌",因此词中对二人相会的愉悦情景干脆跳脱,下半片一落笔就写女子新的"苦痛与倦厌"之感。她看到"一霎车尘生树杪"而顿觉空虚怅惘。此"车"当是其盼望已久却旋即离去的情人之车。它来何其迟也,而去何其速也!"一霎"间就消失了,只留下一团尘雾遮掩住树梢。"生"字用得生动形象,此句可谓写出"真景物"。但王氏说得好,"一切景语皆情语也",此景就寓有得而复失之怅惘之情。眼见情人远去,她进一步感叹人生之无常，生活重负之不堪忍受。人之悲欢离合都将是一杯生活的苦酒。"即使吾人之欲悉偿，而更无所欲之对象，倦厌之情，即起而乘之"，更何况青春短暂："陌上楼头，都向尘中老。""陌上"犹云"陌上郎"，如贺铸《生查子》所云"挥金陌上郎，化石山头妇"之"陌上郎"，此指代那个乘车于路上离去之情郎；"楼头"犹云楼上女，当然指那位"窈窕"之人。同时这"陌上楼头"亦可代表一切尘世中追求"生活之欲"者。不管其欲满足与否，其追求都是无意义的，而其在尘世追逐中不断衰老下去则是现实的，直至死才是解脱，王氏词所谓"绝代红颜委朝露，算是人生赢得处"（《青玉案》）也。秦观《望海潮》尝云"兰苑未空，行人渐老"，王氏还在《鹊桥仙》中云"霎时送远，经年怨别，镜里朱颜难驻"，《蝶恋花》中云"已恨年华留不住，争知恨里年华去"，都是出于同一种悲观的感叹。以这种有色眼镜来看世界，则"物皆着我之色彩"，傍晚的风雨就更染上了浓厚的感伤情调："薄晚西风吹雨到，明朝又是伤流潦。""西风"当指秋风。"秋风秋雨愁煞人"，已令人不堪忍受；作者还进而设想"明朝"将是满地雨水而令人伤怀。这实际是象征人生的前景更不美妙，是诗人悲观厌世人生观的形象化。下半片的"车尘""风雨""流潦"亦皆"不利于吾人"之物,面对这样的外物,"吾人生活之意志为之破裂,因之意志遁去"。其"解脱之道",或者"在于出世"如贾宝玉(见《〈红梦楼〉评论》),或者是永久离开人世。王氏这种人生观及其在这首词中所欲表现的人生哲理当然是没落而不足取的。

这首词可取之处当然不在于其思想价值,而是在于其写车声、行人、车尘、风雨等都生动形象而"不隔",以其"真景物",来表现"真感情"(当然,这种感情缺乏积极向上的因素),堪称"意与境浑",主客观达到统一的境界。作者表面上写的是男女相盼又相离的恋情,但"言近而旨远",有其"弦外之响",即深一层次的境界内涵——人生就是痛苦的哲理。这确实是一首"有境界"的"寄兴深微"的词作,又是具有浓厚愁苦感情色彩的"有我之境"之作。

土俗好为歌

黄遵宪《山歌》赏析

孙安邦

作者介绍

孙安邦,1939年生,山西汾阴人。20世纪60年代初山西大学中文系毕业。国家重点项目《中华大典》工委委员,《全元诗》常务副主编,退休前为山西古籍出版社总编辑、编审。

推荐词

著名诗人黄遵宪的家乡梅县,正是客家山歌诞生的摇篮,人们在青山秀水之间,以山歌对唱,抒情达意,自然对他的诗风会有影响,所以他在二十二岁时以"山歌"为名,采写了这九首歌咏爱情的民歌,诚如其序所言:"土俗好为歌,男女赠答,颇有《子夜》《读曲》遗意。"

山　歌

土俗好为歌，男女赠答，颇有《子夜》《读曲》遗意。采其能笔于书者，得数首。

自煮莲羹切藕丝，待郎归来慰郎饥。为贪别处双双箸，只怕心中忘却匙。

人人要结后生缘，侬只今生结目前。一十二时不离别，郎行郎坐总随肩。

买梨莫买蜂咬梨，心中有病没人知。因为分梨故亲切，谁知亲切转伤离。

催人出门鸡乱啼，送人离别水东西。挽水西流想无法，从今不养五更鸡。

邻家带得书信归，书中何字侬不知。等侬亲口问渠去，问他比侬谁瘦肥。

一家女儿做新娘,十家女儿看镜光。街头铜鼓声声打,打着中心只说郎。

嫁郎已嫁十三年,今日梳头侬自怜。记得初来同食乳,同在阿婆怀里眠。

自剪青丝打作条,亲手送郎将纸包。如果郎心止不住,看侬结发不开交。

第一香橼第二莲,第三槟榔个个圆。第四夫容五枣子,送郎都要得郎怜。

在民歌中,广东客家语系的"山歌"独具特色。张元济《〈岭南诗存〉跋》曰:"瑶峒月夜,男女隔岭相唱和,兴往情来,余音袅娜,犹存歌仙之遗风。一字千回百折,哀厉而长,俗称山歌。"晚清著名诗人黄遵宪的家乡梅县,正是客家山歌诞生的摇篮,人们在青山秀水之间,以山歌对唱,抒情达意,自然对他的诗风会有影响,所以他在二十二岁时以"山歌"为名,采写了这九首歌咏爱情的民歌,诚如其序所言:"土俗好为歌,男女赠答,颇有《子夜》《读曲》遗意。采其能笔于书者,得数首。"

"自煮莲羹切藕丝"一首语言通俗、词意明朗，写出了女子对爱情的向往和渴望，"莲羹""藕丝""箸""匙"，运用谐音，妙语双关，隐语寓意，雅俗共赏，同时写出了女子内心的担心和忧疑。

"人人要结后生缘"一首写两人相互依赖，矢志不离。"一十二时"，杜预注《左传》中卜楚丘"十时"之语，将一日分为十二时，曰夜半、鸡鸣、平旦、日出、食时、隅中、日中、日昳、晡时、日入、黄昏、人定。"随肩"出自《礼记》："五年以长，则肩随之。"字面通俗，寓意深刻，十分感人！"侬"，原歌作"厓"，即我，是客家山歌中常用的第一人称代词。想必是诗人为合于汉语规范所改。

"买梨莫买蜂咬梨"一首则借物喻人，"分梨"谐分离，"亲切"谐亲手切（梨），"伤离"谐伤梨，巧用谐音，语语相关，含有选择对象要选心地善良之人的意思。

"催人出门鸡乱啼"一首尤其耐人寻味。在鸡啼声中人要出门离去，既然不分离如同要使河水由东向西流一样根本不可能、毫无办法，那就只好从此不养五更鸡了。借物抒情，那种爱郎不舍之情表露无遗、耐人咀嚼。"五更鸡"，典出郭宪《洞冥记》："有司夜鸡，随鼓节而鸣不息，从夜至晓,一更为一声,五更为五声。亦曰'五时鸡'。"

"邻家带得书信归"一首,前两句写女子不识字之苦,后两句则以"瘦肥"二字,一语概括了女子深藏在内心的种种思念之情。"渠"字系粤语方言,第三人称代词。这首民歌则意象十分鲜明,饶有意趣。

"一家女儿做新娘"一首,非常微妙地写出了待嫁女子内心的细腻感受。"中心"谐"衷心","郎"谐"琅",为状语词。街头铜鼓声声打,恰似声声敲击着思郎的心坎,完全是毫不掩饰的自白,这正是民歌的本色。

"嫁郎已嫁十三年"一首十分确切地反映了客家人的婚姻关系和风俗习惯。据《嘉应州志》记载:"州俗婚嫁最早,有生仅匝月即抱养过门者,故童养媳为多。"女子正是借着同食乳、同怀眠,来唤起情郎甜蜜的回忆,回忆孩提时代的往事,回忆儿时的耳鬓厮磨、青梅竹马。

"自剪青丝打作条"一首,则借物抒怀。《魏书·乌丸鲜卑东夷传》注引《魏略》云:"《浮屠经》云:……发青如青丝。""条"当为"绦"。苏武诗有"结发为夫妻"之句。剪发用纸包好送给心爱的人,充分表达了女子浓烈的深情。一剪一送,剪送之间,令人动容,引人深思!

最末一首民歌，淋漓尽致地描摹了女子向往纯真爱情的意愿。据《嘉应州志》载："嫁要用莲子，取其连子也。""嫁娶之用枣子，取其蚤（早）子也。"又《善见律毗婆沙》云："折林者，男子与女结誓，或以香橼槟榔，更相往还饷致，以此结亲。"这正是客家人的婚姻嫁娶习俗。"橼"取姻缘之意，"莲""枣子"寓"连子""早子"，是一种良好的祝愿。前三句写物，末尾才婉转地道出了女子内心的愿望，余味无穷，寓不尽之意在言外。

作为晚清古典诗歌改革的倡导者，这九首采风整理之作真切地反映了客家女子对所爱之人的真挚感情。深情浓意，毫不做作；使用谐音、双关、隐语，纯熟而巧妙，十分近似《子夜歌》《读曲歌》。据说至今仍然回荡在梅县的青山秀水岭头溪尾间，是一份珍贵的民间文学遗产。郑振铎先生喻之曰："确是像夏晨荷叶上的露珠似的晶莹可爱。"

奇思妙句 务为精警

朱彝尊词二首赏析

赵山林

作者介绍

赵山林,1947年生,江苏扬州人,华东师范大学中文系教授、博士生导师。曾任华东师范大学文学与艺术学院副院长、中文系副主任、教育部高校中文专业教学指导委员会委员。出版有著作《中国戏剧学通论》《诗词曲艺术论》《戏曲散论》《诗词曲论稿》等。

推荐词

朱彝尊言:"予糊口四方,多与筝人酒徒相狎,情见乎词。后之览者且以为快意之作,而孰知短衣尘垢,栖栖北风雨雪之间,其羁愁潦倒未有甚于今日者邪?"朱彝尊于康熙十一年(1672)编成的《江湖载酒集》中,常有此类羁旅行役或吊古述怀之作。

蝶恋花·重游晋祠题壁

十里浮岚山近远,小雨初收,最喜春沙软。又是天涯芳草遍,年年汾水看归雁。

系马青松犹在眼,胜地重来,暗记韶华变。依旧纷纷凉月满,照人独上溪桥畔。

朱彝尊五十一岁应"鸿博"试之前,曾多年奔走于四方,为人幕客。王士禛《〈曝书亭集〉序》说朱彝尊这一阶段生活是"依人远游,南逾五岭,北出云朔,东泛沧海",是概括得很好的。至于这一阶段生活的具体情况和感受,则朱彝尊本人所言最为真切:"予糊口四方,多与筝人酒徒相狎,情见乎词。后之览者且以为快意之作,而孰知短衣尘垢,栖栖北风雨雪之间,其羁愁潦倒未有甚于今日者邪?"(《陈纬云〈红盐词〉序》)朱彝尊于康熙十一年(1672)

编成的《江湖载酒集》中，常有此类羁旅行役或吊古述怀之作。本首及下首即见于《江湖载酒集》中。

晋祠，故址在今山西省太原市西南悬瓮山麓，为周初成王弟叔虞封地，本古唐国，虞子燮父以其地有晋水，改国号为晋，因以名祠，祠叔虞。康熙四年（1665）朱彝尊曾过此，有《晋祠唐太宗碑亭题壁集杜》诗；五年（1666）二月游其祠，有《游晋祠记》文；六年（1667）又游其祠，故曰"重游"，并作此词。

上片先从远景落笔。连绵群山，远近错落，山色亦浓淡不一，而雾气袅袅，飘浮随心，仿佛画屏天开。陆游《白塔院》诗有句云："冷翠千竿玉，浮岚万幅屏。"此景似之。

此时微雨初霁，词人信步闲游，只觉被雨水浸润过的沙地柔软而富有弹性，不禁感到一阵欣喜。

春沙之软，不仅因为春雨的浸润，还因为春草在不知不觉中已经悄然绿遍大地。太原地处北国，尚且如此，那么天涯芳草已遍，便完全在人意中了。

南去的大雁，也已经归来。词人连续三年都到晋祠，此真所谓"年年汾水看归雁"了。唐李峤《汾阴行》诗云："不见只今汾水上，唯有年年秋雁飞。"词人此处写的是春归之雁，与李诗有别，但睹鸿雁而生乡思，感情正是一致的。

因为是重游，所以看到旧时景物，便仿佛面对故人，有一种亲切之感。这里说"系马青松犹在眼"，是举一端以例其余。胜地重来，旧景重见，似乎是不变；但不变中有变，这变者即为"韶华"，所谓"似水流年"，一去而不可复返。对于这种变，人力是无可奈何的，词人唯有心中"暗记"而已。

流连忘返之中，不觉天色已晚。月光如水，仍是旧时景象，而独上溪桥，伫立，沉思，亦如去年。末二句写惆怅之情极深，其意境颇似冯延巳《鹊踏枝》结尾"独立小桥风满袖，平林新月人归后"二句。

词人对晋祠景色情有独钟，是因为他从中联想到故乡的山水。他在《游晋祠记》中写道："逍遥石桥之上，草香泉洌，灌木森沉，鲦鱼群游，鸣鸟不已。故乡山水之胜，若或睹之。盖予之为客久矣！"细味此词，词人的这种感情，是能够唤起许多人共鸣的。

青玉案·临淄道上

清秋满目临淄水，一半是，牛山泪。此地从来多古意：王侯无数，残碑破冢，禾黍西风里。

青州从事须沉醉①，稷下雄谈且休矣！回首吴关二千里。分明记得，先生弹铗，也说归来是。

本首作于康熙七年（1668），一说八年（1669），词人四十岁或四十一岁。

临淄在今山东，为春秋战国时齐国故都，因城临淄水而得名。因此，当词人于清秋满月之际，奔走于临淄道上的时候，首先注意的便是淄水，并由此联想起齐景公的一番感慨。《晏子春秋》记载："景公游于牛山，北临其国城而流涕曰：'若何滂滂去此而死乎？'""滂滂"，是形容泪水流得多，这就无怪乎词人会产生"清秋满目临淄水，一半是，牛山泪"的联想了。生命的流逝确实是一个容易触发人们感慨的话题，特别是当一个人觉得自己的生命是在白白流逝的时候。词人《解佩令·自题词集》写道："十年磨剑，五陵结客，把平生，涕泪都飘尽。"表达的也是同样的感慨。

尽管曾有达观的诗人提出"古往今来只如此，牛山何必独沾衣"（杜牧《九日齐山登高》）的反问，但奔走于临淄

---

① 青州从事，美酒之隐语。《世说新语·术解》："桓公（桓温）有主簿善别酒，有酒辄令先尝，好者谓'青州从事'，恶者谓'平原督邮'。"

道上,面对不时扑入眼帘的残碑破冢,想到历史上那一个个曾经显赫的王侯将相,遥望西风禾黍之地,想到这里恐怕就是古代宗庙宫室的遗址,对比如此强烈,教人吊古伤今之感如何不油然而生!

临淄稷门有地曰稷下。据《史记·田敬仲完世家》,齐宣公喜文学游说之士,曾于稷下设馆,聘驺衍、淳于髡、田骈等七十六人为上大夫,赐第,不治事而议论,这就是著名的"稷下雄谈"。时过境迁,这些高谈阔论的能言善辩之士早已风流云散,也许只有美酒能让后人得到暂时的陶醉吧。使人难以忘怀的,倒是孟尝君的门客冯谖所唱的"长铗归来乎,食无鱼!""长铗归来乎,出无车!""长铗归来乎,无以为家!"联系词人后几年所写的《解佩令·自题词集》中"落拓江湖,且吩咐,歌筵红粉。料封侯,白头无分"几句,可以想象词人此时既自觉功名无望,回首乡关又在二千里之外,因此,他的这种感情是真正发自内心、不可抑止的。

本首将羁旅思乡之情与吊古述怀之意有机融合,蕴含丰厚,格调苍凉,堪称佳作。江尚质曾说:"竹垞检讨每拈一调,务为精警,奇思妙句,总不犹人。良由夙昔之博洽典籍,以暨平生之周览山川,复得胜情如此。"(沈雄《古今词话·词评》卷下引)本首可以作为一个印证。

尺寸之地而有万千沟壑

清人小令词四首审美鉴赏

吴功正

作者介绍

吴功正,1943年生,江苏如皋人。作家,文艺评论家。1967年毕业于南京师范大学中文系。1982年调至江苏省社会科学院任研究员、博士生导师。

推荐词

这篇文章欣赏了清代王鹏运、丁淑媛、况周颐的四首小令词,从不同内容情绪的表达、不同诗人风格的体现,反映出清代小令词的一些特色。曾有专家指出,清代是中国古代各种文学样式大总结的时代,历史上曾经出现过的文学现象,在清代几乎全都重新出现,好像是回光返照似的。小令词也表现出这样的时代特征。

玉楼春

王鹏运

好山不入时人眼，每向人家稀处见。浓青一桁拨云来，沉恨万端如雾散。

山灵休笑缘终浅，作计避人今未晚。十年缁尽素衣尘，雪鬓霜髯尘不染。

此词是《庚子秋词》中之一首。以庚子（1900）八国联军入侵北京、国破民难为背景的《庚子秋词》"墨痕和泪渍清冰"，"断尽愁肠"，发出"哀雁声声"（《浪淘沙·自题〈庚子秋词〉后》）。而本词却无这种激越情调，显得旷达清放，在对山抒怀中寻求幽愤压抑情绪释放的替代方式。词的审美对象虽是山，但它不是山水词，而是以眼前"好山"为发端，表现一种情绪，这就使词充分主体化了。

上片首句"好山不入时人眼",这里的"时人"就是世俗的人们。"山"用"好"修饰,包含着词人的主体判断和价值评价,不是指某一座具体的山,而是借山抒怀,获得山与人、对象与主体的同构对应。这样,首句和全词末句在意脉上就是充分一致的。"好山"不合"时人"俗流,"不入""时人"俗眼,高标脱俗。"每向人家稀处见",远离喧嚣的世界,不去追逐世俗的虚热闹,在"人家稀处",显现峥嵘的山姿。"浓青一桁拨云来"承上句而来,是对"见"的具体描述。"拨云"是气势描述;"一桁",如梁上横木,《文选·何晏〈景福殿赋〉》:"桁梧复迭",是景状描述;"浓青",郁郁葱葱,是色彩描述。"拨云"不仅仅是实景,而且具有审美的情调。它是拨开云霭,大现雄姿,包含着于描述中对"好山"品格的激赏。上片的三、四两句之间具有物感的情景相承关系。由目眺青山突现,引发出主体情思:"沉恨万端如雾散","沉恨"有国破民难的深刻内涵,"万端"以见情绪百般缠绕,但是一见青山之姿,顷刻间万端沉恨如烟消"雾散",获得情绪的解脱。这还不是通常的山水悦情,而是"好山"和词人具有主客对应关系,所产生的情绪感应,山即词人,词人即山,在互构中形成自然景观的人化。

过片处将上片对山的描述引入新的层次,异想天开地设想出和"山灵"的对话,这是自然景观人化的进一步发展。由于上片已奠定了山、人之间互构对应的审美基础,这里的山、人对话就有了艺术的逻辑性。虽然这回是首次见到"好山",缘分似乎不深,但往后"作计避人",常与"好山"做伴,为时尚或未晚,因此要"山灵休笑"。这是词人寻求"沉恨万端"的解脱方式、途路的表白,使词的格调显得旷达清放,也更使自然人化、对象主体化的审美内涵富于深度。半塘值谏垣十载,即"十年缁尽素衣尘"所标之时间。"缁尽素衣尘"化用晋陆机《为顾彦先赠妇》诗句:"京路多风尘,素衣化为缁。"缁,黑色。"缁尘",喻官场浑浊。元好问《自邓州幕府暂归秋林》有句:"归来应被青山笑,可惜缁尘染素衣。"尽管十年官场,浑浊如浆,但词人"雪鬓霜髯尘不染",独立自持,纤尘不染。这是词人与"青山"为友的主体人格条件。

全词饱含着心迹的表达,这又是通过山、人的主客体对应互构的审美方式实现的,显得十分独特。

浣溪沙·题丁兵备丈画马

王鹏运

苜蓿阑干满上林,西风残秣独沉吟。遗台何处是黄金?

空阔已无千里志,驰驱枉抱百年心。夕阳山影自萧森。

这首题画词,具有题画诗词审美上的一般特征:对象和主体,在对象身上发现和观照自身,从而使主体对象化;又有个别的特征:词人所抒发的情志为自身所独有,这从化用曹操、杜甫诗句中可以看出。丁兵备乃何许人也,不得而知;所绘马图,亦无从见到,这对于人们都是次要的,关键是看词人表达了什么,又是怎样表达的。

词人描述马的神态,体察马的"心""志",而又是以他自身的"心""志"来定向化地描述和体察的,于是题画便是述怀。全词的意脉是从外部环境入手,进入马像描述,再进入"心""志"体察,最后归结为外部环境,笔势几经盘旋曲折。

词的上片首句"苜蓿阑干满上林"。苜蓿,豆科草本植物,是喂马的饲料,汉武帝时自中亚西亚传入,《史记·大宛列传》曰:"马嗜苜蓿。"阑干,纵横散乱貌。上林,汉武帝时得大宛良马养于此。"满"字极言上林草料丰盛。一、二两句之间形成反差，"阑干"与"残秣"相比照，"满"与"独"亦成比照。本来，丰厚草料足可满足，何以要"独沉吟"呢？"西风"染化了"沉吟"的凄清牢落的色调。"沉吟"，意有所思；上下句间的比照暗示了"沉吟"的内涵，此马心志不在上林苜蓿之间也。第三句做出了回答："遗台何处是黄金"，意谓何处方是黄金台之遗址，用燕昭王筑台置千金于其上、延揽天下贤士之故实。黄金台又名燕台。可见，"沉吟"乃有志难展、宏愿难伸，虽有阑干苜蓿又何以满足？于是，"遗台"的寻觅便成为现实向历史的寄托。

过片后两句把牢落心绪具体化。"空阔已无千里志"，反用杜甫《房兵曹胡马》："胡马大宛名，锋棱瘦骨成。竹批双耳峻，风入四蹄轻。所向无空阔，真堪托死生。骁腾有如此，万里可横行。"曹操《龟虽寿》："老骥伏枥，志在千里。烈士暮年，壮心不已。"反用两诗，了无痕迹，自然凑泊，反映了良马心态，空系槽枥，心志已灰，更复千里？这不是自我贬抑，乃是环境所致。下句"驰驱枉抱百年心"，一个"枉"字吐露了空怀壮志、无以舒展的凄怨。最后句"夕阳山影自萧森"，构合成夕阳、山影、老马的景象，浓化了萧条森凛的环境氛围。

显然，词人是以自身的际遇感受来描述、感应他的对象——丁兵备马图中的马，从而使对象与主体之间出现对应和同构现象。咏马实为咏己，咏己之怀才不遇。朱祖谋《〈半塘定稿〉序》言王氏"其遇厄穷，其才未竟厥施"，词人的其他词篇就有集中抒发，而本词是借题画的形式，把主体情思寄寓于对象身上，使主体对象化，这便进入了审美。

十六字令

丁淑媛

听，窗外如何月有声？寒无寐，风雪正三更。

词的开篇，便以独词句"听"，塑造了一个听觉艺术形象，词人的一切感受都是通过听觉及其幻觉表现出来的。"听"以独词句处理，在审美和接受上具有双重功能。就审美主体而言，是对"窗外"的情景发生所激起的感受的选择。窗外情景对于审美主体所引发的是多种感受，而词人独独从"听"——听觉感受上切入，以听觉调动其他感受移入，这才会有下面感觉瞬时错乱所出现的幻觉。听觉是主体感受的最佳选择和确定，并联结着窗外主体和窗外景象。就接受主体而言，因了"听"的提示，感受器官遂引起注意，跟审美主体做相同方向的感觉体验。

"窗外"句把听觉的感受投向预设的目标。"如何月有声"的发问是感觉的疑惑。本来月色溶溶，清光无声，何以今宵会有声呢？疑问是对既有的生活感受的否定，却引发出对新的审美情趣的激发。月本无声却有声，是感觉的错位。又赖以视觉感受的经验参与所形成。窗纸映白，瓦亮一片，是视觉对"月"的感受肯定；风声四作，劲鼓猛吹，造成听觉对视觉的否定。肯定与否定之间出现了疑问句。词人全以感受来表述，因而是审美的艺术表现。同时，劈头独词句，其后是七字组成的疑问句，审美节奏的独特处理，对于激发接受主体的感受也有独到的作用。

从语义层面上看，下面两句"寒无寐，风雪正三更"，是对前句设疑的解疑，解释其中的原因。但这只是表象阐释，而不是审美鉴赏；只涉及语词，而不触及感觉。显然，词人是明知而故问。故问是为着造成感觉经验世界，调动读者的体验。而回答不是仅仅满足于说明，而是感觉传导。"无寐"是事实，却与"三更"时域相连，暗示出"无寐"

时间之久。"寒"是天寒、衾寒,还是心寒?心寒才是"无寐"的终极原因。"风雪"与"寒"相连,天寒激发心寒,亦更添心寒。至此,一位寒夜无寐、凄寒无告的主体形象便通过上述的感受被塑造出来。女词人独伴孤灯、谛听朔风、寂寞难诉,以心寒体察着天寒,细细地倾吐着内心的缕缕凄情幽思。这种感受和感受的表达方式细腻而独特。全词不着感受一字,却借助寒夜风雪表现俱足。尺寸之地有万千情感沟壑。

肉眼闭而心眼开,官欲止而神欲行,女词人不是以耳听而是以心听,因而是高层次的审美。

减字浣溪沙·听歌有感

况周颐

惜起残红泪满衣,它生莫作有情痴。人间无地着相思。
花若再开非故树,云能暂驻亦哀丝。不成消遣只成悲。

这首词的情绪出发点是词题所示之"歌","听歌有感"符合一般的物感式审美方式。"感"的内涵是"情痴",其具体对象是"相思",全词是对"情痴"的性质、状态的表述。况周颐《蕙风词话》卷一有所谓"词心"之说，这首《减字浣溪沙》正是以"词心"所写的绝妙好词。它不同于南宋梦窗有"情痴"之称的《风入松·听风听雨过清明》，本词偏重于对"情痴"这一具体情感形态的描述。

词人"听歌"而不限于歌，歌只是一种媒介而已，由歌引发出情绪，词篇便从情绪切入。词人是描述情绪，但没有对情绪做知性分析，而是从一个感性现象写起："惜起残红泪满衣。"就意象而言，颇似白居易、苏东坡所写的秉烛看衰红，但情调上更为深沉凄切。词人惜落花残红，不仅流泪，而且泪沾"满衣"，一个"满"字，显示了凄楚之深。这个情感现象描述是"情痴"的感性表征，而"残红"凋零又包含着情人玉殒的隐喻意味，这便隐约透现出"情痴"的情感指向。"它生莫作有情痴"，这是匪夷所思的来生企求。"它生莫作"正反衬出今生已是。"情痴"已使今生难以摆脱，则反映出痴情之深，背面敷墨，效果益显。"人间无地着相思"，"相思"点示了痴情的具体内涵，使情具有了确定性。浩浩宇宙，上穷碧落下黄泉，都无法在某一个角落里安置这相思痴情。相思之情，其程度、性质、范围得到极致性表述，把"痴"的含义大大深化了。

下片的首句在意脉和意韵上跟上片首句有一定联系。"花若再开非故树",花可以再开,但重开之花,已不再会是过去之"树"。这是上片首句"惜起残红泪满衣"的内在原因,把痴情的表达发挥得别开生面。在词人看来,花的存在、出现,人的情感存在、出现只能是一次。一旦消逝便无法追踪、不复再来。这是词人对痴情的深刻理解、体认和体察,其"词心"至为独特。"云能暂驻亦哀丝",那美丽的情人有如天边一片云,缥缥缈缈,悠然远逝,即便暂时驻足,也终究是要消失的,因而也只能增添哀伤。这便进一步表现了相思之情的首次性质和无法追回的特点。结句"不成消遣只成悲"点题。"听歌"本作"消遣",但效果适反,变成了"悲","悲"是词题"感"的具体化。这一句大得老杜"愁极本凭诗遣兴,诗成吟咏转凄凉"(《至后》)的神韵,是情感寻求替代性转换,反而更伤其心的独特表现。这是况周颐用其深微细腻的"词心"感应"情痴"的结果。

西风多少恨 吹不散眉弯

纳兰词漫笔

张宗刚

作者介绍

张宗刚,南京理工大学人文学院副教授。

推荐词

纳兰词的可贵,在于纯任性灵,发乎肺腑,仿佛传说中的夜莺一般,将自己的心脏抵在玫瑰花刺上歌唱不息,于飞泪溅血中,唱出了千古风情。

词兴起于唐五代，大盛于两宋，衰微于元明，复振起于清代。清词接武两宋，踵事增华，风格多元，为宋词后又一高峰。"五四"催生的新派学人胡适称"三百年的清词，终逃不出模仿宋词的境地，所以这个时代可说是词的鬼影的时代"（《〈词选〉自序》），不免以偏概全。固然，诚如王国维所言，一时代有一时代之文学，一种文体通行既久，染指遂多，不免自成习套，虽豪杰之士亦再难推陈出新，故往往另作他体，以求解脱。然有清以降词人众多，中兴气象昭然，纳兰性德即为其中之一大家。纳兰词的可贵，在于纯任性灵，发乎肺腑，仿佛传说中的夜莺一般，将自己的心脏抵在玫瑰花刺上歌唱不息，于飞泪溅血中，唱出了千古风情。"一切文学，余尤爱以血书者"（尼采），纵览文学史，古往今来，不要说用血书写，就是用心书写的文本，都少之又少；如此可知文学史上，为何总是多丘陵平原而少高峰峻岭，多野草灌木而少参天大树。尤其中国文学自古而下，折腾来折腾去，车载斗量填坑盈谷者，垃圾文字何其多！譬如所谓"E时代"的今天，满目所见，尽是注水之书，充数之文，果真如太仓之粟，陈陈相因，唯令人感慨系之。"请君莫奏前朝曲，听唱新翻杨柳枝"，纳兰性德一生倾力于词，独出机杼，不负词坛巨擘之誉。

纳兰性德父亲明珠为当朝太傅，权倾朝野。纳兰性德幼习骑射，少熟诗文，琴棋书画，样样精通，洵属聪颖早慧的贵族神童。他于17岁入太学，18岁参加顺天府乡试中举，22岁再次参加进士考试，中二甲第七名，一路春风得意。康熙授他三等侍卫官职，后升为二等，再升为一等。作为御前侍卫，纳兰不时随皇帝南巡北狩，游历四方，唱和诗词，译制著述，颇称圣意，一时成为前途无量的少年英才。但纳兰身在高门巨厦，常怀山泽鱼鸟之思。词人落拓无羁诗魂剑胆的性格，与他金阶玉堂平步宦海的现状构成一种矛盾的精神图像和心理范式。侍御的恭谨，随驾的小心，于纳兰词中时时流露，那种"不敢高声语，恐惊天上人"式的诚惶诚恐，正是纳兰压抑心理的映射。的确，纳兰性德拥有财富、权力、才学，也不乏友情和爱情，可他并不快乐。他如大观园中的怡红公子一般，从烈火烹油鲜花着锦之盛，遥感悲凉之雾遍披华林。纳兰于神器稳固江山鼎盛之际，看到了专制的穷途，生发出莫名的空虚。纳兰的痛苦，是一种先知先觉者的智慧的痛苦。《红楼梦》中林黛玉所吟联句"寒塘渡鹤影，冷月葬花魂"，那种"侬今葬花人笑痴，他年葬侬知是谁"的迷茫，可为纳兰心境写照。与生俱来的飘零感，性情与地位的冲突，常伴他吞声忍泪孤眠。生活闲适事业顺遂的纳兰性德，从一个王朝的青春盛年，即已感受到老大帝国的蹒跚步履，那是一种落日的余艳，在无望中苦苦地等待着涅槃。纳兰性德，从朝廷的倾轧中看到了时局的黑暗，从爱侣的死亡中看到了生命的脆弱，从人才的被摧残中看到了理想的渺茫，不免常怀临渊之忧，履冰之叹；一一达之于词，寄托心音，驱遣苦闷，也便生成了特有的文本格调。

纳兰性德出身钟鸣鼎食之家，自己又是康熙身边的一品带刀侍卫，可谓少年得志，众星捧月。但，"别来我亦伤孤寄。更那堪，冰霜摧折，壮怀都废"（《金缕曲》），处于王权倾轧下的纳兰永远是身影孤独的。清高绝俗的纳兰，贵族的血管里流淌着叛逆的血液，本质上，他是一个正直的书生。纳兰身居高位，却爱结交沉沦下僚的才士贤人，执着追求个性的解放和精神的自由。纳兰也曾熟习经济之学,满怀报国之志,然他耳濡目染官场之黑暗,世事之纷乱,唯有痛心规避。这位坦诚重义的翩翩浊世佳公子,厌于俗世荣华,无意仕途腾达,一意冲决桎梏而不得。"百感都随流水去,一身还被浮名束"(《满江红》),正是此种无奈心境的写照。纳兰词的忧愁,是封建压力下精神苦闷之体现。纳兰于工愁善恨之外,亦不乏沽酒射猎英姿勃发的一面,血脉中涌动着武士的豪情意气。纳兰于此有一段佳话流传,即他为顾贞观赎命词《金缕曲》所感,营救因文罹祸的江南文士吴兆骞之事。"绝塞生还吴季子,算眼前此外皆闲事",纳兰一生亦颇为此自许。当此世道浇漓之际,遥想古人之深情高义,岂不悠然神往?

要之,纳兰容若刚性的生命,隐于其温文尔雅的柔性外表之下,我见犹怜,复不掩英风。这只黄金笼中的囚鸟,总期待着展翅腾向云霄的那一刹那的快乐;然而纵便飞出金笼,他亦如失群的飞鸿,总在哀哀寻找着自己的神仙眷侣、至情同道。从他的词中,我们更多听到的,是一种在不自由中渴望自由的血泪和鸣。由是,纳兰容若绝非欢乐的黄鹂,栖息于静美的花园,忘情地歌咏春光;他是午夜的杜鹃,声声啼血——纳兰其人其词，确如子规啼血，凄美哀艳。纳兰词中，偌多美人香草，屈子哀怨，愁绪万端，愁肠百转，读来销魂无限，却又绝不颓废。纳兰填词，似不用力而用力，似用力而实不用力，可谓真正的风致天成，境由心生。纳兰一生，犹似流星划过夜空，留下灿烂轨迹；这是一种陨落之美。展读纳兰词，便会想起那句话："美，总不免叫人心痛。"（沈从文语）

"万里阴山万里沙，谁将绿鬓斗霜华。年来强半在天涯。　魂梦不离金屈戌，画图亲展玉鸦叉。生怜瘦减一分花。"（《浣溪沙》）"古戍饥乌集，荒城野雉飞。何年劫火剩残灰。试看英雄碧血，满龙堆。　玉帐空分垒，金笳已罢吹。东风回首尽成非。不道兴亡命也，岂人为。"（《南歌子·古戍》）"今古河山无定据，画角声中，牧马频来去。满目荒凉谁可语？西风吹老丹枫树。　从前幽怨应无数，铁马金戈，青冢黄昏路。一往情深深几许？深山夕照深秋雨。"（《蝶恋花·出塞》）"何处淬吴钩，一片荒城枕碧流。曾是当年龙战地，飕飕，塞草霜风满地秋。　霸业等闲休，跃马横戈总白头。莫把韶华轻换了，封侯，多少英雄只废丘。"（《南乡子》）"万帐穹庐人醉，星影摇摇欲坠。归梦隔狼河，又被河声搅碎。还睡，还睡，解道醒来无味。"（《如梦令》）从来才大人，面貌不专一，纳兰词风可谓千汇万状：婉约，劲健，忧郁，豪放，缠绵，明朗，复沓，洗练但终究天然一段忧郁，平生万种情思，凝结于心；纵是那些雄浑阔大的塞上诸作，亦不失其与生俱来的忧伤。纳兰容若，他是天生的忧郁之子，伤感之子。

纳兰性德一波三折的个人情感经历，是其无可纾解的哀愁悲怨的缘由。发妻卢氏之死，成为纳兰永远的痛。遥想当年，纳兰与卢氏这对神仙眷属，才子配佳人，天地浪漫，风月无边，何等的恩爱美满。纳兰每随圣驾在外，无不心系良人，千里抒怀。这双天造地设的比翼之鸟，一路欢歌而下，讵料婚后三载，双十年华的卢氏即因难产香消玉殒，从此在纳兰心中留下无可填补的空缺。其后纳兰虽又续娶，终究曾经沧海难为水。心如寒灰的纳兰性德，唯有常常在梦中与卢氏相会。"此恨何时已？滴空阶，寒更雨歇，葬花天气。三载悠悠魂梦杳，是梦久应醒矣！料也觉，人间无味。不及夜台尘土隔，冷清清，一片埋愁地。钗钿约，竟抛弃！　重泉若有双鱼寄，好知他，年来苦乐，与谁相倚！我自终宵成转侧，忍听湘弦重理。待结个，他生知己。还怕两人俱薄命，再缘悭,剩月零风里。清泪尽,纸灰起。"(《金缕曲·亡妇忌日有感》)如斯哀歌,一直在纳兰灵台萦绕。比之李后主,纳兰无国破家亡之痛,却多生离死别之恨。在生命的最后年华,他又与江南名妓沈宛情投意合,然碍于满汉不能通婚,有情人未成眷属。种种的生离死别,化作痛苦的倾诉,凄怆的呻吟,为纳兰词平添无数冷与暖,爱与死,悲与欢。"电急流光,天生薄命,有泪如潮。勉为欢谑,到底总无聊!"(《东风齐著力》)不意斯语竟成谶言,纳兰性德于三十一岁之年永诀红尘。纳兰此生,如同三春树,二月花,明媚鲜妍,在其最为灿烂的时节蓦然凋谢。

纳兰容若自称"不是人间富贵花",而是天上"痴情种"。天人永隔的悲痛,生死不渝的爱情,在其悼亡词中获得淋漓尽致的表达:"凤髻抛残秋草生,高梧湿月冷无声。当时七夕记深盟。　信得羽衣传钿合,悔教罗袜葬倾城。人间空唱雨霖铃。"(《浣溪沙》)"飞絮飞花何处是,层冰积雪摧残,疏疏一树五更寒。爱他明月好,憔悴也相关。　最是繁丝摇落后,转教人忆春山,湔裙梦断续应难。西风多少恨,吹不散眉弯。"(《临江仙·寒柳》)"林下荒苔道韫家,生怜玉骨委尘沙。愁向风前无处说,数归鸦。　半世浮萍随逝水，一宵冷雨葬名花。魂似柳绵吹欲碎，绕天涯。"（《山花子》）纳兰借丧偶之痛，悲欢离合，感慨世事无常，悲悼美好事物的易于破灭，由此而心怀惊悚，心有戚戚，益发加重了深深的绝望感。非有大爱深痛，无以为纳兰词。在一个"兄弟如手足，女人如衣服"的价值观大行其道的时代，纳兰性德不唯重义，亦更重情。一生金阶玉堂、历尽奢华的纳兰，与发妻卢氏梦萦魂牵念兹在兹的至情至爱，正是现代人歌之咏之寻寻觅觅的梁祝化蝶式的美丽传奇。这一份缱绻深情，怎不铸就跨时空的缠绵浪漫？今天，在对那种"不求天长地久，只求一朝拥有"、那种"过把瘾就死"的后现代式瞬间快感的忘我追逐中，一切真风流往往随同雨打风吹去，一切真性情亦都成绝唱；然而永驻于紫陌红尘的，还是纯真的诗心，赤子的衷肠。纳兰以其生命与性灵，结撰出一阕阕人生的、爱情的、文学的、艺术的绝妙好词。"子规夜半犹啼血，不信东风唤不回"，展读纳兰词，感受其文字的冷香与热力，每每感叹于词人天年竟夭，高名难没；恨不得倩东君出手，系住流年，重扶韶华！遍览古今，似纳兰这般才貌双全的极品男儿，可谓少之又少，这些男人中的花朵，到头来往往落得天地难容，鬼神相妒，乃至昆冈玉碎，年寿不永。思之岂不怆然？

纳兰词叙事抒情，状物造境，多以白描取胜；对于他，小令也好，长调也罢，均各擅胜场，自具高格。纳兰词风固偏于阴柔，极尽哀艳，然而绝不绮靡，时有冲荡之气，绝非绮筵公子、绣幌佳人把玩之物。一如纳兰其人，玉树临风的形貌，不掩其伟丈夫的内质；纳兰词于愁肠百结中，自有英雄情怀，在铜琶铁板中，又含断肠柔声。他那些以纯美天性结撰而成的冰雪文字，真如陌上金丸，闺中素手，别具一番灵动旖旎。身为一代词坛巨擘，纳兰性德杂糅百家而空诸依傍，转益多师而自铸新辞，不喜掉书袋，假雕饰，由是生成了纳兰词的奇气、逸气、英雄气，敲之可得金石之声、琉璃之音。尽管纳兰词中不乏"马踏三秋雪，鹰呼千里风"式的少年俊逸，不乏"秋日平原好射雕"的豪情，但他内心并不快乐，反多悲凉。如同李后主一样，纳兰笔下，悲情犹似长江水，绵绵不绝；纳兰之悲，实为一种人类之悲，而非一己之悲。那样一种凄绝哀伤的高贵之思，正合尼采所言"美的慢箭"，于不知不觉中自可征服人心。纳兰词中挥之不去的凄苦愁绪，让人油然想见"秋阴不散霜飞晚，留得枯荷听雨声"的李商隐。然而纳兰词毕竟又是明朗、健康复清逸的，犹如春光,犹如火焰,犹如黄鹂:"一半残阳下小楼,朱帘斜控软金钩。倚阑无绪不能愁。 有个盈盈骑马过,薄妆浅黛亦风流。见人羞涩却回头。"(《浣溪沙》)以其真纯深婉、明快亮丽,彰显纳兰词别一种底色。生命的多元色调的交织,文辞之美与性情之美的交织,成就了这样一个千古无二的纳兰容若!

纳兰性德被公推为李煜后身。李后主之词,粗服乱头而不掩国色,洗尽铅华而更显风韵;纳兰词本色亦是如此。概而言之,纳兰词远挹南唐二主、大小晏、柳屯田、秦淮海、李易安、周美成、吴梦窗一脉风神,尽态极妍,柔情万千,复又别开生面,犹似一鹤冲天,排云而上;即或霜重鼓寒,而声犹能起。一般而言,凡执于阴柔者,笔下往往沉溺不振,不免流于词的末技与小道,纳兰词则因了生命意识的渗透与贯注而力克此弊。想一想纳兰的出身、职业和地位,毕竟是入关伊始的满洲武士,性情中自有一段天纵豪迈,不可消磨。纳兰文武兼济,心志超脱,故其文本能于锦瑟银筝之外,平添雄鹰雕鹗之气;他视野的宏阔,胸次的博大,诚为生于深宫、长于妇人之手的李后主所不及。我之爱纳兰词,既爱其明明如画,亦爱其暮云春树般的朦胧。的确,纳兰词有时迷离惝恍,有时简洁疏朗,有时徙倚彷徨,有时翔舞飞扬,有时轻浅可人如小溪,有时浩阔奔腾如大海。雾里看花,沧桑看云;真力弥漫的纳兰词,如玉玲珑般晶莹剔透,复不乏壮音。其内心一段凄苦忧伤,常常让人想起姜白石的"数峰清苦,商略黄昏雨"。

纳兰每随君王出行,往往车水马龙,前呼后拥,极尽威武热闹,但他心中并不快乐。他喜欢的是清静,他需要的是一方静美的花园,聊供心灵憩息。"山一程,水一程,身向榆关那畔行,夜深千帐灯。 风一更,雪一更,聒碎乡心梦不成,故园无此声。"(《长相思》)壮丽的千帐灯下,无眠的万颗乡心,生生写出了词人孤寂伤感、厌于扈从生涯的感情。对于自己的职业,纳兰颇感无奈,却又改变不得,遂形成解不开的心结。"缺月挂疏桐,漏断人初静。谁见幽人独往来,缥渺孤鸿影。 惊起却回头,有恨无人省。拣尽寒枝不肯栖,寂寞沙洲冷。"东坡学士这首《卜算子》恰可为纳兰一生绘像。纳兰出身豪门偏又不恋荣华,可谓阴差而阳错,南辕而北辙。与李白一样,纳兰容若,这个秋水为神玉为骨的谪仙人,虽是匆匆过客,却在人世间留下永远亮丽的影迹,千载之下,英声不坠。

纳兰性德学识渊通,才高行洁,故其诗文既出,则笔花四照,掷地有声,引得嘉评鹊起。1676年《侧帽词》刊刻,两年后《饮水词》刊刻,一时洛阳纸贵,凡有井水饮处,莫不争唱。读《侧帽》,咏《饮水》,谈纳兰,在当时诚为风雅之事。至晚清,则掀起研究纳兰容若的高潮,乃至有了"纳兰一族"之说。平心而论,纳兰词隽秀超逸,排众独出,大多映射出贵族情调,虽乏广泛的社会意义,然情真意切,自具一种华贵的悲哀,优美的感伤。有感于心,有慨于事,有达于性,有郁于情,复有假于言;纳兰词不拘于方幅,不泥于时代,风致天成,深美闳约,一如赤子野人。"容若小词,直追后主"(梁启超),"《饮水词》哀感顽艳,得南唐后主之遗"(陈维崧),有清一代,纳兰容若得与朱彝尊、陈维崧并称"词家三绝",良有以也。柔而不软、悲而不颓的纳兰词,不作靡靡之音,不为扭捏之态,既具青春之气,复多迟暮之思,让人在肠断魂销中听取生命的急管繁弦。这是怎样的一种阅读感受!

"纳兰容若以自然之眼观物,以自然之舌言情。此由初入中原,未染汉人风气,故能真切如此。北宋以来,一人而已。"(王国维《人间词话》)高处不胜寒的纳兰性德,心中始终渴望永恒之爱。其作品回肠九转,气韵高华,用词亦不忌重复浅露,如流泉呜咽,天籁自鸣,似行云流水,不黏不滞。说到底,纳兰词的特异处,在于能够将一己愁绪放大,化作永难磨灭的对浩渺宇宙、茫茫人世的沧桑感知,一代伟人毛泽东之谓从纳兰词"看出兴亡",一语中的。自古而来,凡不朽之作,无不或浓或淡地蕴含着预示兴亡存废的种种神秘信息。纳兰性德生于清初,其真纯简约清新明丽的词风恰恰应和了大清王朝的开国之象;但从历史的总体观照,则清前期虽有康乾盛世,却已是封建时代回光返照的最后辉煌,表面的繁华背后,是没落下沉的必然,又怎堪比附汉唐气象?一叶落知天下秋,望腾云而感神龙。敏感的词人既躬逢其世,必然悄然感触到那种"无可奈何花落去"的衰飒景象,莫名的愁怨遂流诸笔端。明丽凄迷的纳兰词,正是彼时代帝国命运的传神写照。

纳兰性德,这位表面春风得意、内心伤痕累累的贵胄公子,这个在王权中苦苦挣扎,渴求真爱与和平的唯美词人,诚为天地间的情种,沧海中的飘萍,浮世中的传奇;而在快餐文化盛行的今日,能够时时吟咏纤尘不染的纳兰词,自是一种灵魂的洗礼,一种情感的荡涤,一种莫大的享受。

桃花扇底系兴亡

《桃花扇》的历史意识

郭英德

作者介绍

郭英德,1954年生,福建人。师从启功教授、邓魁英教授,学习中国古典文献学,1988年获博士学位。北京师范大学中文系副主任、教授,中文系中国古典文献学专业博士生导师。

推荐词

带着关心天下的经世精神、难以解脱的兴亡感慨和反思历史的现实态度,孔尚任创作了《桃花扇》传奇,以凄清痛楚的笔调,描写了明代末年和南明时期复社名士侯方域与秦淮歌妓李香君悲欢离合的爱情故事,表达了他对明末清初动荡历史的深刻反思,对封建社会江河日下的忧虑哀伤。

一

清代文学家孔尚任一生著作等身，但最享盛名的则是《桃花扇》传奇。孔尚任的友人刘中柱《桃花扇题辞》评道："一部传奇，描写五十年前遗事，君臣将相，儿女友朋，无不人人活现，遂成天地间最有关系文章。往昔之汤临川（指汤显祖），近今之李笠翁（指李渔），皆非敌手。"

孔尚任是孔子的六十四代孙，又受到康熙皇帝的"优容之恩"，从布衣之士破格提拔为国子监博士，为什么偏偏看中了"弘光遗事"，历二十年不变，时辍时续，最终撰成感慨明朝兴亡的《桃花扇》传奇呢？究竟是什么成为他如此持之以恒的创作动力呢？

这与孔尚任深受清初思想家顾炎武等人"经世致用"思想的影响不无关系。孔尚任主张治学"必求有益于身心，有益于经济，而不但为辞章训诂之儒"（《答卓子任》）。所以他一直关心天下大事、国运盛衰，用自己的心灵去倾听时代的脉搏。

这也与孔尚任如痴如醉地咀嚼品味明清改朝换代兴亡历史的特殊心态不无关系。孔尚任在江苏扬州一带湖海漂流的时候，所接触的人，大多是内心中充满家国之痛的明朝遗老遗少；所作的诗歌，便大多流泄着悲叹历史兴亡的浓重的感伤情调。如《泊石城水西门作》其三云："满市青山色，乌衣少故家。清谈时已误，门户计全差。乐部春开院，将军夜宴衙。伤心千古事，依旧后庭花。"这里显然包含着对南明君臣荒淫误国的指斥。《过明太祖故宫》云："最是居民无感慨，蜗庐僭用瓦琉璃。"对人们那么轻易地淡忘亡国的悲哀，甚至对此无动于衷，孔尚任不免痛心疾首。《拜明孝陵》其一云："厚道群瞻今主拜，酸心稍有旧臣来。"以康熙皇帝拜祭明陵与明朝旧臣的哭奠故主相对比，颇具象征意味。其二云："萧条异代微臣泪，无故秋风洒玉河。"则泄露出自身的难以名状的感伤情调。至于《集冶城道院试太乙泉》所说的"道人丹药寻常事，只有兴亡触后贤"，则更直接表露出兴亡对于他具有特殊的意义。

而更重要的是，明清易代的社会大动乱和老大帝国一旦灰飞烟灭所引起的巨大震惊，促使人们迫切地希望从历史的反思中获得解决现实问题的答案。历史意识在社会动乱和变革时期总是比较活跃的。动乱和变革是某一社会稳态的终结，这时人们失去传统惯性的支配力量，变得无所适从了，必须对今后的出路做出抉择，因而认真的、实事求是的历史反思就显得相当重要。人们之所以会对历史产生兴趣，是因为现实生活提出了某些问题，这些问题与历史有关，激发起人们的历史联想，所以人们迫切地希望从历史中去寻求答案。诚如意大利著名的历史学家克罗齐所说的："历史的判断标志着在行动中站一站或看一看，其作用是要打破任何妨碍人们看清环境的障碍。"（引自怀特《分析的时代》第42页）孔尚任正是怀着深切的现实感受，沉迷于南明王朝兴亡历史的。

正是带着这种关心天下的经世精神、难以解脱的兴亡感慨和反思历史的现实态度，孔尚任创作了《桃花扇》传奇，以凄清痛楚的笔调，描写了明代末年和南明时期复社名士侯方域与秦淮歌妓李香君悲欢离合的爱情故事，表达了他对明末清初动荡历史的深刻反思，对封建社会江河日下的忧虑哀伤。

二

《桃花扇》所叙明季及南明史事，大率据实敷写，卷首有《考据》一项，便一一详列了创作传奇所依据的文献的细目。孔尚任在《桃花扇凡例》中说："朝政得失，文人聚散，皆确考时地，全无假借。至于儿女钟情，宾客解嘲，虽稍有点染，亦非乌有子虚之比。"这种忠于客观史实的精神，在明清传奇史上实属前所罕见。近人吴梅对此赞不绝口，说："观其自述《本末》，及历记《考据》各条，语语可作信史。自有传奇以来，能细按年月确考时地者，实自东塘为始。传奇之尊，遂得与诗文同其声价矣！"（《中国戏曲概论》）

然而，《桃花扇》固然大体忠于史实，但要说"语语可作信史"，那就言过其实了。实际上，孔尚任不仅在"儿女钟情，宾客解嘲"等细节上"稍有点染"，即使全剧的一些大关节，也颇有更动史实、凭空虚构的地方。为了使人物更完整突出，使情节更集中精练，他并不完全依照历史来写人物。众多研究者的成果说明，剧中的史可法、杨文骢、阮大铖、左良玉、黄得功等人物形象，都与历史人物有所出入。甚至主人公之一侯方域，也难以和历史人物混为一谈。易言之，《桃花扇》中的艺术形象，大多是作者以历史人物为原型而进行艺术再创造的结果。

再进一步看，如孔尚任刻意把"南朝兴亡，遂系之桃花扇底"，穿云入雾，如龙戏珠，使故事情节可奇可传；如作者着力塑造老赞礼和张道士作为全剧的一纬经，"总结兴亡之案"，"细参离合之场"，并以柳敬亭和苏昆生穿插于情节之中，余韵于收场之际，隐寓深沉的哲学思考和文化反思。这是得自于历史事实，还是出自于艺术想象，岂非不言自明？作者借老赞礼之口明确地表白："借离合之情，写兴亡之感。"这不正告诉我们，那些"实人实事，有凭有据"的历史事实，只不过是作为作者的"哭一回，笑一回，怒一回，骂一回"的"兴亡之感"的艺术载体（均见《桃花扇》试一出《先声》）。

孔尚任的挚友顾彩最能体会作者之衷曲和剧作之三昧，在《桃花扇序》中他写道："斯时也，适然而有却奁之义姬，适然而有掉舌之二客，适然而事在兴亡之际，皆所谓奇可以传者也。彼既奔赴于腕下，吾亦发抒其胸中，可以当长歌，可以代痛哭，可以吊零香断粉，可以悲华屋丘山。虽人其人而事其事，若一无所避忌者，然不必目为词史也。……

若夫夷门复出应试,似未足当高蹈之目;而桃叶却聘一事,仅见之与中丞一书;事有不必尽实录者。作者虽有轩轾之文,余则仍视为太虚浮云、空中楼阁云尔。"顾彩明确强调不必将《桃花扇》"目为词史",而宁愿视为"太虚浮云、空中楼阁",是作者艺术虚构的产物,是作者艺术情感的寄托,这真不愧是孔尚任的知音。任何优秀的历史剧都不是历史原貌的忠实摹写,而是作家主体情感的投射和映照,《桃花扇》也不例外。

三

当然,《桃花扇》既然取材于明末清初的真实历史,就不能不包含着作者总结明亡教训的用心,这构成《桃花扇》历史意识的表显层次。孔尚任以侯方域、李香君的离合之情为中心线索,旨在展开南明一代的兴亡历史。孔尚任的友人徐旭旦作《桃花扇题辞》,对《桃花扇》的创作意图有一段评论,孔尚任是深以为然的。徐旭旦说:

> 场上歌舞,局外指点,知三百年之基业,隳于何人?败于何事?消于何年?歇于何地?不独令观者感慨

涕零,亦可惩创人心,为末世之一救矣。(《世经堂初集》卷十七。按,孔尚任《桃花扇传奇小引》即据此文改作。)

孔尚任的《桃花扇小识》也说:

传奇者,传其事之奇焉者也,事不奇则不传。桃花扇何奇乎?妓女之扇也,荡子之题也,游客之画也,皆事之鄙焉者也。为悦己容,甘刬面以誓志,亦事之细焉者也。伊其相谑,借血点而染花,亦事之轻焉者也。私物表情,密缄寄信,又事之猥亵而不足道者也。桃花扇何奇乎?其不奇而奇者,扇面之桃花也。桃花者,美人之血痕也;血痕者,守贞待字,碎首淋漓,不肯辱于权奸者也;权奸者,魏阉之余孽也;余孽者,进声色,罗货利,结党复仇,隳三百年之帝基者也。帝基不存,权奸安在?惟美人之血痕,扇面之桃花,啧啧在口,历历在目,此则事之不奇而奇,不必传而可传者也。

小小的一柄桃花扇,不仅是侯、李的定情物,更是南明兴亡的历史见证,于是"南朝兴亡,遂系之桃花扇底"

(《桃花扇本末》)。而孔尚任将南明王朝的倾覆归罪于马士英、阮大铖等"魏阉之余孽",这种权奸祸国、党争误国的观点,正是清初许多有识之士总结明亡教训时的共同认识。如《明史·吕大器等传》说:"明自神宗而后,浸微浸灭,不可复振。揆厥所由,国是纷呶,朝端水火,宁坐视社稷之沦胥,而不能破除门户之角立。"

《桃花扇》以形象的画面和诛心的笔锋,展示了权奸祸国的全过程。剧中描写马士英、阮大铖出于一己的私心,迎立福王朱由崧,建立了南明弘光小朝廷。他们"只劝楼台追后主,不愁弓矢下残唐",唆使朱由崧征歌选舞,声色犬马,荒淫佚乐,做个"无愁天子",过着纸醉金迷的生活:"万事无如杯在手,百年几见月当头。"(第二十五出《选优》)而马、阮等奸党则攫取军政大权,公开卖官鬻爵,任用亲信,排斥异己,使"正士寒心,联袂高蹈",群小当政,朝局日非。剧中特别渲染了马、阮当权后重兴党狱的恐怖气氛,他们罗列黑名单,缇骑四出,大肆缉捕东林党人和复社文人,绝不"剪草留芽","但搜来尽杀"。一时间黑云压城,人心惶惶。张薇作为旁观者,也不禁感慨地说:"从此正人君子无孑遗矣!"(第二十九出《逮社》)正是这伙祸国殃民的奸臣,当清兵南下、国势倾危之际,却只有"跑"和"降"二法(第三十二出《拜坛》)。第三十四出《截矶》中,左良玉痛骂南明昏君佞臣时唱道:"替奸臣复私仇的桀纣,媚昏君上排场的花丑,投北朝学叩马的夷齐,吠唐尧听使唤的三家狗。"可谓一针见血!

南明小朝廷不仅"文争于内",而且"武争于外"。泗州高杰、庐州黄得功、淮安刘泽清、临淮刘良佐等江北四镇,投靠马、阮,同室操戈,争权内讧,并与武昌总兵左良玉火并。他们信奉的是:"国仇犹可恕,私怨最难消。"督师史可法对此一筹莫展,只能痛恨道:"没见阵上逞威风,早已窝里相争闹,笑中兴封了一伙小儿曹!"(第十八出《争位》)结果河、淮一带,兵势空虚,清兵得以长驱直入,攻陷扬州,史可法力尽沉江,壮烈殉国。就这样,弘光朝闹闹哄哄地持续了一年就夭折了,犹如昙花一现。

四

但是,归根结底,对亡明历史教训的总结并不是孔尚任历史意识的真谛,而仅仅是他表达兴亡之感的一条艺术途径,一种艺术媒介。换句话说,对南明人物的道德评判并不是他的创作主旨，毋宁说他只是借用传统的说法，来表达自己了然于心却未能了然于口的时代感受。这正是："当年真是戏，今日戏如真。两度旁观者，天留冷眼人。"（第二十一出《孤吟》）当年兴亡，宛如戏剧；而今戏剧，犹似当年。这怎能不使"两度旁观"的"冷眼人"倍觉感伤？这种时代感受，构成《桃花扇》的深潜层次。

《桃花扇》全剧表现了正、邪两种力量的剧烈搏斗：正面力量有侯方域、李香君和其他复社人士，有柳敬亭、苏昆生、李贞丽等下层平民，还有主张抗清的史可法等官僚；反面力量则以阮大铖为代表，包括弘光皇帝、马士英、田仰等人，世称"弘光群丑"。正、邪两种力量搏斗的最后结局，真正殒命的是阮大铖、马士英，而侯方域和李香君却历经坎坷，最后团圆了。

然而，侯方域和李香君在劫后重逢时，并没有丝毫的欢悦感，而是充满着破灭感和失落感。这是为什么呢？原来，侯方域和李香君的结合从一开始就带有明显的政治色彩，他们的命运是和国家的命运（所谓"南朝气数"）密切相关的，埋葬侯、李爱情的恶势力就是倾覆南明王朝的恶势力。在历经悲离，最终团圆的时候，他们所面对的是一个破碎的

国家和呻吟的民族,他们怎么能够欢笑起来呢?请看第四十出《入道》中道士张瑶星与侯方域的一段对话:

> 〔张〕你们絮絮叨叨,说的俱是那里话?当此地覆天翻,还恋情根欲种,岂不可笑?
>
> 〔侯〕此言差矣!从来男女室家,人之大伦;离合悲欢,情有所钟,先生如何管得?
>
> 〔张〕呵呸!两个痴虫,你看国在那里?家在那里?君在那里?父在那里?偏是这点花月情根,割他不断么?

张道士的一番话,说得侯、李"冷汗淋漓,如梦忽醒"。处身如此江山,他们无法找到一块干净安逸的土地生活下去,更不可能以宁静的心境享受幸福的爱情,因此只有出家入道,远离凡尘,去求取心之所安。对此,剧中批语说得很明白:"非悟道也,亡国之恨也。"

侯方域和李香君的出家,于史无凭,纯属孔尚任的艺术虚构。孔尚任似乎觉得,无论是根据史实描写侯方域的屈节应试、降顺清朝(据侯洵《侯方域年谱》,顺治八年[1651],侯方域应乡试,中副榜举人),李香君的"依卞玉京以终"(叶衍兰《秦淮八艳图咏》),还是屈从传统编造侯方域和李香君的洞房花烛、团圆喜庆,都无法表达他内心中翻滚不息的深沉的破灭感。这种深沉的破灭感,不仅仅指明朝的溃亡。因为孔尚任对明季政治的腐败并无好感,对清朝统治者也不乏赞扬,他并没有像明朝的遗老遗少们那么浓烈的亡国哀痛。孔尚任以艺术之笔,强有力地刻画了历史的必然性破败,无疑包含着一种对封建末世的刻骨铭心的现实感受,对封建社会不可救药的急剧下沉趋势的无可奈何的叹息。

事物本身并不能说明和解释自己,它必须以其他事物作为自己的参照,因此对现实和未来的说明的最有效的途径是借助于历史。时间跨度的扩展可以增加主体与对象之间的距离,主体由此获得认识上的超越——超越对对象的依附感而进行跨时空的观照。以历史事件为题材的作品所展示的艺术世界,同艺术家立足于现实的主观认识,二者构成一个历史过程,在这一过程中,可以从动态的角度观察人们的心态性格和历史进程的变化演进,于是局部与全局、历史与现实就无须说明地存在着相互阐释与发微的关系。《桃花扇》所展示的南明兴亡历史与孔尚任的现实感受二者之间,就构成了这样一重意蕴丰富的解释的空间。

在《桃花扇》最后一出《余韵》中,已经做了渔翁的说书艺人柳敬亭和已经做了樵夫的昆曲歌唱家苏昆生,相会于山间水涯,有一段沉痛的"渔樵对话"。苏昆生告诉柳敬亭,他前些天到南京卖柴,凭吊故都遗迹,只见孝陵已成刍牧之场,皇城满地蒿莱,秦淮阒无人迹,他在回来的路上伤心不已,编成一套北曲,名为《哀江南》。他首先描述了自己的所见所闻:

> ……残军留废垒,瘦马卧空壕。村郭萧条,城对着夕阳道。
>
> 野火频烧,护墓长楸多半焦。山羊群跑,守陵阿监几时逃。鸽翎蝠粪满堂抛,枯枝败叶当阶罩。谁祭扫,牧儿打碎龙碑帽。
>
> 横白玉八根柱倒,堕红泥半堵墙高。碎琉璃瓦片多,烂翡翠窗棂少。舞丹墀燕雀常朝,直入宫门一路蒿,住几个乞儿饿殍。
>
> 问秦淮旧日窗寮,破纸迎风,坏槛当潮,目断魂消。当年粉黛,何处笙箫?……

面对这一派衰落破败的景象,苏昆生吐露出一种苍老悲凉的历史感受:

> 俺曾见金陵玉殿莺啼晓,秦淮水榭花开早,谁知道容易冰消!眼看他起朱楼,眼看他宴宾客,眼看他楼塌了。这青苔碧瓦堆,俺曾睡风流觉,将五十年兴亡看饱。那乌衣巷不姓王,莫愁湖鬼夜哭,凤凰台栖枭鸟。残山梦最真,旧境丢难掉,不信这舆图换稿。诌一套《哀江南》,放悲声唱到老。

苏昆生的悲歌,不仅是对回光返照的南明王朝的凭吊,不仅是对三百年大明江山一旦覆亡的伤感,也不仅是对瞬息万变的历史兴亡的慨叹,在这些凭吊、伤感和慨叹的深层,含蕴着对封建社会"忽喇喇似大厦倾,昏惨惨似灯将尽"的历史趋势的预感,唱出了封建末世的时代哀音!在这种时代的哀音中,流溢着封建末世文人心中破败感、失落感、忧患感交织躁动的感伤情怀。也许,正是这种感伤情怀,销蚀了封建帝国原有的生命力?也许,正是这种感伤情怀,激励着人们憧憬和追求新的时代、新的生活?

早在先秦时期,孔子在《论语》中评论管仲时就说:

"微管仲，吾其被发左衽矣。"这种源远流长的民族意识，至少在汉族人心中是根深蒂固的。而清朝正是一个少数民族取代汉族统治而建立的王朝，因此明清易代的现实引起了人们深刻的反思和深沉的感伤。顾炎武在《日知录》卷十三《正始》指出："有亡国，有亡天下。"所谓"亡国"，指的是"改姓易号"，即改朝换代；所谓"亡天下"，指的是"仁义充塞，而率兽食人，人将相食"，即民族的沦亡，百姓的灾难。因此，"保国者，其君其臣肉食者谋之。保天下者，匹夫之贱，与有责焉耳矣"。而明清易代，无疑不是单纯"亡国"的朝代更替，而是有着"亡天下"性质的天下易主。正因为如此，有清一代的汉族士夫百姓，对待清王朝，始终抱着一种既不能接受、又不能不接受的痛苦而矛盾的政治态度。正是这种刻骨铭心的痛苦情感和难以解脱的矛盾心理，促使孔尚任沉迷于南明王朝兴亡的历史，借以抒发他对封建末世的感伤情怀和悲剧情调，从而表达了空前未有的历史意识。

秋月冬雪两轴画

《记承天寺夜游》与《湖心亭看雪》的写景欣赏

梁 衡

作者介绍

梁衡,1946年生,山西霍州人。1968年毕业于中国人民大学。历任《内蒙古日报》记者、《光明日报》记者、国家新闻出版署副署长、《人民日报》副总编辑、中国人民大学新闻学院博士生导师、中国作家协会全委会委员、中国记者协会全委会常务理事等职。著名新闻理论家、散文家。

推荐词

这两文的作者,当时一被贬在黄州,一隐居山中,他们所抒的情自然是一种闲情。他们塑造的美,也是一种清雅、超逸的美。

有一种画轴，且细且长，静静垂于厅堂之侧。她不与那些巨幅大作比气势、争地位，却以自己特有的淡雅、高洁，惹人喜爱。在我国古典文学宝库中，就垂着这样两轴精品，这就是宋苏东坡的《记承天寺夜游》和明张岱的《湖心亭看雪》。

一

凡文学，总要给人一种美。然而这美的塑造，于作家却各有各法。

秋之美，大抵是因了那明月。和刺目的阳光比，月色柔和；和沉沉的黑夜比，月色皎洁。月光的色相大致是青的，她不像红那样热，也不像绿那样冷，是一种清凉之色，有一种轻柔之感。人们经过一天的劳作后，在月光下小憩，心情自然是恬静、明快的。月色给人以甜美。

道理虽这样讲，但文学却是要靠形象来表达。苏东坡只用了十八个字，就创造出了这个意境：

>庭中如积水空明。水中藻荇交横，盖竹柏影也。

庭、水、藻、荇、竹、柏，他用了六种形象，全是比喻。先是明喻，"庭中如积水空明"。月光如水，本是人们用俗了的句子，苏轼却能翻新意，而将整座庭子注满了水。水，本是无色之物，实有其物，看似却无，月光不正是如此吗？"空明"二字更是绝妙，用"空"去修饰一种色调，出奇制胜。第二句用借喻，以客代主，索性把庭中当作水中来比喻，说"藻荇交横"，最后总之以"盖竹柏影也"，点透真情。这样先客后主，明暗交替，抑抑扬扬，使人自然而然地步入了一片皎洁、恬静的月色之中。柳宗元写《小石潭记》，以池清之如无水作比，苏轼写月，反以庭明之如有水来作喻，异曲同工。看来文章要精，要活，就要善于诉诸形象。

月光是青色的，人们在月光下尚可看到一些朦胧的物；而雪则干脆是白色的，白得什么都没有。花红柳绿，山川形胜，都统统盖在一层厚被之下。再加上寒气充塞天地，生命之物又大都冬眠和隐遁。这时给人的感觉是清寒、广漠、辽阔、纯洁。春光有明媚的美,这雪景也另有一番清冷的美。

张岱是用四十二个字来创造这个意境的:

> 雾凇沆砀,天与云与山与水,上下一白,湖上影子,惟长堤一痕、湖心亭一点、与余舟一芥、舟中人两三粒而已!

他这里没有像苏轼那样借几个形象来比,偌大个全白一世界,用何作比呢?作者用直写的手法,高屋建瓴,极目世界,突出一个白字:"天与云与山与水,上下一白。"三个"与"字连用得极好,反正一切都白了。由于色的区别已无复存在,天地一体,浑然皆白,这时若偶有什么东西裸露出来,自然显得极小。而这小却反衬了天地的阔,天地的清阔,则又是因为雪的白和多。这正是其中的美和趣。作者是怎样写出这种美感和情趣的呢?他无多笔墨,而是精选了几个量词:痕、点、芥、粒。按照陈望道先生的辞趣之说,语词本身就带有自己的历史背景和习惯范围。这恰如一种无形的磁场。我们只要说出一个词语,自然就能勾起人们的一大堆联想。这痕、点、芥、粒,本是修饰那些线丝、米豆之类的细微之物的,如今却移来写堤、亭、舟、人。毋庸多言,他（它）们自然也就变得极小，那天地自然也就极阔了。陆游说，功夫在诗外，这里实在是功夫在"词"外。这功夫从文章的最基本单元——词作起，文章哪能不精？

这两则短文的妙处正在这里，她们像那纤细的画轴，追求的是一种精美。

二

文章之精，也易。精雕细刻，反复推敲就是了。但难的是如行云流水，精巧而又不露斧凿之痕。这两篇短文都是作者的随手笔记，并不是他们的戮力之作。正因为如此，才现其自然之美，也见其功夫之深。文章是写景，但都先不点景，一个写解衣又起，一个写买舟下湖，使读者随作者自然地步入景中。当笔锋触到景时，也是求其自然。苏东坡记文与可画竹之法说："画竹必先得成竹于胸中，执笔熟视，乃见其所欲画者，急起从之，振笔直遂。"写文也应如此，统观全局，眼前之景熟稔于心，然后用写意笔法，一挥而成。苏轼写月，开头就是"庭中如积水空明"，一下就把你推入月光之下，那竹柏影就在你的头前身后婆娑摇曳。张岱写雪，"天与云与山与水，上下一白"，巨笔如椽，直扫天际，让你视野与心胸顿然开阔，一饱冬雪之美。看到什么写什么（如月光空明、天地皆白等），自然成文；想到什么写什么（如竹、柏似藻、荇，堤、亭、舟成痕、点、芥），顺理成章。刘勰说："目既往还，心亦吐纳。"作者是成"景"在胸之后，将景和情融在一起，于笔端自然地流泻出来而为文的。景不生造，情不做作。

三

这两文的作者，当时一被贬在黄州，一隐居山中，他们所抒的情自然是一种闲情。他们塑造的美，也是一种清雅、超逸的美。当然，同是月色、雪景，我们还可以塑造出各种各样的美。但这不必苛求古人，小小画轴自有她自己美的价值。

至情言语即无声

读归有光《项脊轩志》

黄秋耘

作者介绍

黄秋耘,原名黄超显,1918年生于香港,原籍广东省顺德县。清华大学肄业。1943年毕业于中山大学。曾任中共香港文委候补委员、粤赣湘边纵队第一支队参谋。新中国成立后,历任新华通讯社福建分社代社长、《文艺报》编辑部副主任、广东省出版事业管理局副局长、中国作协广东分会副主席、中国作协第四届理事等职。有《黄秋耘自选集》《黄秋耘散文选》《黄秋耘文学评论选》出版。

推荐词

他只是从亲人和朋友的日常生活和身边琐事中选取素材,用平易、朴素和淡雅的笔触,略加渲染,勾勒出人物的音容笑貌,抒写出自己寄托于这些人物身上的深挚感情,哪怕只有寥寥数笔,也都是至情言语,沁人心脾。

归有光是明代的著名散文家。他的作品数量不算很多,却别具一格。他很少写什么重大题材,也不抒发什么豪情壮志,更不采用华丽的辞藻和生僻的典故,丝毫不作矫揉妆束、雕章琢句之态。一般地说,他只是从亲人和朋友的日常生活和身边琐事中选取素材,用平易、朴素和淡雅的笔触,略加渲染,勾勒出人物的音容笑貌,抒写出自己寄托于这些人物身上的深挚感情,哪怕只有寥寥数笔,也都是至情言语,沁人心脾。王锡爵说归有光的散文"无意于感人,而欢愉惨恻之思,溢于言语之外",可谓知音。如果说,宋代词人中可以分为豪放派(如苏轼、辛弃疾)和婉约派(如秦少游、欧阳修),那么,在散文创作中,归有光似乎也可以归入"婉约"一派的。

《项脊轩志》全文不到八百字。开头只描写了项脊轩这座破阁子的清幽、静谧而又有点萧瑟、荒凉的环境,烘托出作者孤寂、凄婉的心情。接着通过老妪回忆作者的童年往事，追述作者早已辞世的母亲和祖母对他的关切和期望，虽然只有几句话，几个小动作，却情深意切，娓娓动人。作者对于自己的怀旧心情，只用了两句话来描写："语未毕，余泣，妪亦泣。""瞻顾遗迹，如在昨日，令人长号不自禁。"我们读到这里，也禁不住"心有戚戚焉"，引起了共鸣同感。因为像这样的童年往事，几乎是每个人都经历过的，"人生自是有情痴，此恨不关风与月"（欧阳修《六一词·玉楼春》），已往的岁月，总会给我们留下有时模糊、有时清晰的印象，一经别人提起，就历历如在目前，让我们重温心弦上的旧梦，这些旧梦，有时是那么美好，有时是那么惆怅，有时又是那么辛酸。

《项脊轩志》最后的一节是作者悼念他的亡妻的，只有一百多字，所记述的也只是一些日常生活中的琐事。但最后一句，"庭有枇杷树，吾妻死之年所手植也，今已亭亭如盖矣"，却引起读者"人亡物存"的深沉感慨，正因为说得平淡，更显得凄凉，令人掉泪，使人心酸。

散文可以叙事，可以写景，可以刻画人物……但如果要它打动读者的心，就总归要以抒情为"点睛"之笔。归有光的《项脊轩志》是这样，他的另外两篇名作《先妣事略》《寒花葬志》也是这样。柳宗元的《永州八记》、范仲淹的《岳阳楼记》、王守仁的《瘗旅文》、袁枚的《祭妹文》……也是这样。假如我们要从事散文创作，这种手法是大可以借鉴的。"至情言语即无声"，要打动读者的感情，主要还是得依靠一些发自作者衷心的至情言语。司马相如的《上林赋》《子虚赋》，辞藻非不华丽，文词非不丰富，但读起来一点也不动人，只因为它们缺少激发感情的酵母——至情言语。

朴质无华　迈古烁今

说方文《舟中有感》

吴小如

作者介绍

吴小如,北京大学中文系教授、中国中古史研究中心教授、中央文史研究馆馆员。主编过《中国文化史纲要》,著有《读书丛札》《中国文史工具资料书举要》等二十多种图书。

推荐词

在诗中以发议论或讲道理欲为抒情手段,这并不奇怪。关键乃在诗句立意是否新颖,措辞是否警策精辟,道理是否通达。相反,纵使满纸风花雪月而尽属老生常谈或陈词滥调,也并不能算作好诗。

宋人好以议论为诗，于是在诗中发议论便每为世人所诟病。其实写诗固然以抒情为主，而形象思维也被公认为写诗的艺术手段。我国自有诗歌以来，诗中便一直有议论和说理的成分。我常举《诗经·伐檀》为例，"彼君子兮，不素餐兮"难道不算是议论？屈原、陶渊明都是一代大诗人，他们作品中讲道理发议论的地方恐怕比其他诗人还要多些。唐代的杜甫、韩愈是宋代诗人最推崇的祖师爷，其以议论为诗处之多自不必说；即以白居易为例，他在《放言五首》的一首中有四句脍炙人口之作，称得上家喻户晓，却是不折不扣地发议论。其诗云："周公恐惧流言日，王莽谦恭未篡时。向使当初身便死，一生真伪复谁知！"可见诗中发议论原不妨害其为名篇佳作。昔人誉李商隐为晚唐抒情圣手，而他的两句名作"历览前贤国与家，成由勤俭破由奢"却被不少人讥评为纯属逻辑思维的说理诗句，认为不宜写入诗中。直到最近周振甫先生编注《李商隐选集》，强调这两句诗不是议论而是抒情，这桩"公案"才算"平反"。其实，在诗中以发议论或讲道理欲为抒情手段，这并不奇怪。关键乃在诗句立意是否新颖，措辞是否警策精辟，道理是否通达。相反，纵使满纸风花雪月而尽属老生常谈或陈词滥调，也并不能算作好诗。这道理本不难懂。

我之所以发了如上一通议论，乃缘近时读清初诗人方文《涂山集》，其中有一首专以发议论为主的七律，题为《舟中有感》。我认为这首诗写得确实精彩，不宜因其为发议论之作便轻易加以否定。这首诗是：

> 旧京宫阙已成尘，宝马雕鞍日日新。万劫不烧唯富贵，五伦最假是君臣。诗书无恙种先绝，仁义何知利独亲。三百年来空养士，野人痛哭大江滨。

方文字尔止，安徽桐城人，是明末金陵四公子之一方以智（字密之）的族叔，清初古文家方苞的前辈族长。他生于明万历四十年（1612），卒于清康熙八年（1669），因此他亲眼看到明末的农民大起义以及明王朝的覆亡；南明小朝廷的昙花一现，更是他的亲身经历；而清王朝入关后一系列软硬兼施的政治把戏，如一面屠杀一面怀柔，一面文网森严一面歌颂盛世，他也都掌握了"第一手材料"，有切身感受。于是在顺治三年岁次丙戌（1646）这一年，他写下了这首义愤填膺的《舟中有感》。

作为明末遗民，方文有故国之思是很自然的事。此诗第一句，"旧京宫阙已成尘"，在平淡无奇的字面中表达了诗人的黍离麦秀之感。明王朝自成祖迁都北京，始终以南京为陪都；1645年，福王弘光帝在南京即位，未几即被清兵逐杀。作者第一句从远处说，当然有凭吊燕京失陷这一层比较虚的意思；而从近处说，更直截了当地实指南京的宫阙已成尘土。第二句"宝马雕鞍日日新"，既讽刺清朝新贵入关后耀武扬威的气焰，同时也指投降清室的那些趋炎附势的南明官僚，因摇身一变而日益显达，骑着新置办的雕鞍宝马招摇过市。后者当是作者更加痛恨的对象。由此便自然生发出第三、四两句最有力度和深度的名言。以作者大半生经历而言，明末农民大起义对封建官僚地主（包括一般士大夫）无疑是一场浩劫；崇祯帝的自杀和南明小朝廷的灰飞烟灭显然又是在劫难逃；而清王朝对汉族人民的残酷镇压和入骨剥削，更属劫火烧身。一个人经历了这么多劫难，照理讲应该有所憬悟；可是有些人硬是不死心，一有机会，为了追求富贵而寡廉鲜耻，甚至无恶不作，只要钱和势一天不到手，他们便一刻也不罢休。甚至得了小富贵还想进一步捞取大富贵，为一己、一家、一族谋求私利是永无止境的。这就叫作"万劫不烧唯富贵"。盖利令智昏，为了富贵，犯法砍头都在所不惜，何况向清朝屈膝称臣，以求得高官厚禄呢！窃以为此诗说的是清初社会现实，却足以启发读者联想。夫求富贵之心，既然万劫不烧，则当今之世，此类人亦正不在少数。然后知方文此诗艺术概括力之强，其典型意义是十分深远的。

第四句"五伦最假是君臣"，在作者本心，应为谴责降清诸臣对前朝故国忘了君臣大义的名分，其所讽刺揭露的对象本来是在一定范围之内的。但这一诗句给读者所提供的思维领域却要大得多。因为几千年来，维系封建社会的纲纪主要是靠五伦关系，而五伦之中以朋友关系较为平等，志同道合则彼此交在，道不同则可以不相为谋，它作为封建宗法制度的纽带是没有太大约束力的。至于父子、兄弟、夫妻关系，其等级高下之形成皆出自血缘上的联系，除了礼教、宗法上的约束外，多少还有一定的感情基础。唯独"君臣"关系,纯属人为硬性规定,本来就十分勉强。及至鼎革易代之际,随着民主启蒙主义思想的出现(如黄宗羲的《明夷待访录》和唐甄的《潜书》),作为一种时代呼声,方文于是也咏唱出了"五伦最假是君臣"这多多少少带有叛逆色彩的诗句。这就从实质上道破了维系封建等级名分貌似最强力而实际却最脆弱不堪的所谓伦常纽带的虚伪性。从这一意义上讲,方文此诗的认识价值与进步作用就大大超出了其本身所原有的思想意识范畴。而此诗之所以能迈古烁今,其意义亦正在此而不在彼也。

第五、六二句比起上面两句来看似稍觉逊色而实亦相当有力。"诗书无恙种先绝",秦始皇焚书坑儒并不足惧,真正的愚民政策乃是想尽各种办法让子孙后代不爱、不愿甚至讨厌读书。正如20世纪十年浩劫时代,公开宣扬"读书无用论"并未产生应有效果;倒是近十多年来由于"人人向钱看"的思想以及形成"脑体倒挂"的严峻现实,反轻而易举地造成了人们既"望子成龙"又"患为人师"的矛盾心态。"诗书无恙"而无人爱读,让读书人自然而然地绝了种,从社会上逐渐消失,这才是形成文化沙漠最有效的措施。同理,第六句"仁义何知利独亲"用今天的话说,即人们根本不知仁义为何物，等于说不知精神文明建设的重要性，不懂社会公德，不讲团结互助，而只知唯利是图，一任每个人都去拨弄自私自利的小算盘。这就是"利独亲"的确切含义。

此诗中间四句纯以议论为主，却是全诗最警策动人之笔。不仅有深刻的思想内容，而且具有凝练精辟的艺术表现魅力，大大增强了诗的说服力和战斗性。这样的以议论为诗，虽议论亦复何害！

第七句"三百年来空养士"，作者总结了有明一代知识分子政策的失败，出之以惋惜口吻而兼有悲怆情绪。不过我们如果把顾炎武的《日知录》和吴敬梓的《儒林外史》中反八股思想拿来给这句做注脚，那么它也就有了相应的具体内容。第八句，或嫌作者落笔太直，太欠含蓄。其实诗人一腔孤愤，写到这里已情不自禁，必须放声"痛哭"，把埋藏于心底的抑郁不平之气迸发出来，其初衷本亦不求含蓄。"野人"一词，虽出自先秦古书（如《论语》《孟子》《左传》等皆习见），但在明清之际却有其特定含义。如张岱、王思任及其他一些爱国诗文作家，皆往往以"野人"自称或自许，实际上它已成为"遗民"的代称。诗人更以"痛哭"收束全诗，乃借用贾谊《治安策》的开头处"可为痛哭者一,可为流涕者二,可为长太息者六"诸语之遗意,足以证明作者是一位真正的爱国遗民。事实上,方文在当时知名度很高,不少名人学者都同他有交往,但他一生从未出仕,以布衣终身。这也说明他是个表里如一的人。此诗虽朴质无华,且不免过于切直,作粗疏生硬之语,然而其内涵却不浅也。

布局新巧　笔法多姿

侯方域《马伶传》赏析

李如鸾

作者介绍

李如鸾(1931—2006),著名古典诗词鉴赏家。

推荐词

我国的传记散文具有优良的传统,自司马迁以来,历代不衰。概言之,可分两类:一类是较全面地记述人物的终生事迹,如《项羽本纪》《李将军列传》,这类传记多见于正史;一类是所记人物业绩不显、声名不彰,只有择其零星生活片断结撰成篇,如韩愈的《圬者王承福传》、王禹偁的《唐河店妪传》,这类传记多见于文人别集。

《马伶传》是一篇布局新巧、笔法多姿的人物传记,作者是被称作"明末四公子"和"清初三家"之一的侯方域。

马伶,姓马的伶人,伶人是古代对音乐工作者的称呼,后来也指演戏的人。这里指的是明末天启年间南京的一位名叫马锦的戏剧演员。封建社会,伶人地位低下,作者肯为这样的人立传,加以表彰,是难能可贵的。

《马伶传》这篇文章由六段组成。

首段简介主人公的身份,并展示了他活动的社会背景。

开篇一句"马伶者,金陵梨园部也",是说姓马的伶人属于南京的梨园行。这句话直扣题面,开门见山,先点明本文主人公的身份。接着便着重介绍当时南京的地位和时尚:南京是明代的留都而又赶上"太平盛时",人们都贪图享受,士女们寻访桃叶渡、游览雨花台等名胜的摩肩接踵,络绎不绝。文中特别遣用"人易为乐"四字，可知他们对戏剧演出等娱乐活动也是饶有兴味，并有较高的要求。本段末句"梨园以技鸣者，无论数十辈，而其最著者二：曰兴化部，曰华林部"，意思是，梨园行因技艺高而有声望的，不止几十个，其中最著名的要算兴化和华林两个戏班。这样写就突出了马伶及其对手李伶，因为他们是这两个戏班的佼佼者，是绝不可少的主要演员。以上三句，笔墨相生，各司其职，无一废词，都属于交代铺垫文字。

第二段，叙述马伶和李伶的第一次技艺较量，马伶败北，文章掀起了波澜。

作者先交代发起竞演的是徽州府的大富商，应邀的观众是贵客文人，还有美艳妇女、大家闺秀。文中的"大会""遍征""毕集"等词语，不但状写了当时演出的盛况，渲染了紧张热烈的氛围，而且别有寓意。那就是，观众都属于南京中上层社会，文化修养高，对戏剧的鉴赏力强，他们的好恶褒贬，势必对两个戏班的命运和前途，特别是对马伶和李伶今后的艺术生涯产生直接而重要的影响，形势可谓相当严峻。

文章接着写道："列兴化于东肆，华林于西肆。"安排兴化班在东边的剧场,华林班在西边的剧场,这是交代两个戏班演出的方位,明确观众可以同时看他们的表演,正所谓"唱对台戏"。"两肆皆奏《鸣凤》,所谓椒山先生者",是写演出的内容。《鸣凤》,即《鸣凤记》传奇,传为明代王世贞门客作,演杨继盛(号椒山)与奸相严嵩斗争、被害惨死的故事。只有表演相同的剧目,才能够比较鉴别,分出高下。"迨半奏,引商刻羽,抗坠疾徐,并称善也",是描述两个戏班同时演出的情况。等到演唱了一半,两个班子都严格按照曲调的要求歌唱,声音高低快慢,同时博得了好评。"并称善也"四字,文势作一顿挫,与上段的"其最著者二"一句,保持着意脉上的联系,呼应紧密。"当两相国论河套,而西肆之为严嵩相国者曰李伶,东肆则马伶",是说明马伶与李伶所扮演的角色,同时也暗示了他们所在的戏班。对他们所在的戏班,作者不在前面另行介绍,而是随着叙述演出情况顺势托出,语言"一身而二任",简约之至。马、李两位名伶的声望和演技本来堪称伯仲,如今到了一决雌雄的时刻,他们自会使出浑身解数想战胜对方。抗衡的结果如何?"坐客乃西顾而叹,或大呼命酒,或移座更近之",寥寥数语,极为传神地表现观众对李伶演技的激赏;

"首不复东",则说明观众对马伶已经是不屑一顾了。这是从看戏者的角度来对照地反映他们的演出效果。作者不去正面表现两个人演技的高低,那样要费许多笔墨,容易流于空泛,讲不清楚,难以使读者把握,而是采用侧面虚写的手法,这样,既生动又简洁,文笔实在高明。

相形见绌,兴化班遭此冷遇,不等演完就收了场,原因是马伶耻居李伶之下,"易衣遁矣"。第一次较量就这样以马伶惨败而告结束。

"马伶者,金陵之善歌者也,既去,而兴化部又不肯辄以易之,乃竟辍其技不奏,而华林部独著。"这是必要的补笔,时空概念很清楚,事情的结果也有了着落,并起着文意过渡的作用。其中"而华林部独著"一语,关合着前文"而其最著者二"字样,语言缜密无懈。

第三段,叙述马伶与李伶第二次较量,马伶大胜,文章再次掀起波澜。

"去后且三年而马伶归",承接前段马伶"既去"文意;"遍告其故侣",邀集兴化班的旧同伴,表明此次演出仍是原班人马。马伶向原来发起竞演的巨商提出即日与李伶再度比试,观众仍是"前日宾客",演出内容仍是《鸣凤记》,条件合情合理。他的话虽很委婉,但委婉中透着自信,可谓柔中带刚,不卑不亢,从中可见出他要急于洗雪前耻、重振兴化的愿望。作者在这里有意制造悬念:马伶离开南京将近三年究竟到哪里去了?他何以如此自信?他的自信意味着胸有成竹,艺高人胆大,那么他的技艺又是如何得以精进的?这些,读者都迷惑不解。这次演出,马伶与李伶仍旧都是饰演严嵩的角色。角逐的结果是李伶大败,兴化班的声望从此便远远超过华林班。

这段文字记叙此番演出的过程是何等简洁!这当然是由于前段对首次比赛描述较详的缘故。文章写马伶中场大胜,仅仅用了"李伶忽失声,匍匐前称弟子"十一个字,又是何等洗练!简直是惜墨如金。最令人叫绝的是,作者写鹿死谁手,虽然也同样采用侧面虚写手法,但与前段并不雷同,其秘诀就在于又换了一个角度——从李伶的情态动作来写马伶技压群芳,独占鳌头。这又是何等超绝的笔法!真是同中有异,异中有同,异曲同工,各尽其妙。比试的结果叙明了,但是读者的悬念冰释了没有呢?应当说不仅没有,反而更加深了。这都是章法的妙处。

第四段,通过马伶自述,阐明取胜原因,真相大白。

当天夜晚，华林班的伶人们往访马伶，见面就说"子，天下之善技也"，这是在对马伶表示敬意和折服；随后又说，"然无以易李伶，李伶之为严相国至矣"，这也绝非溢美之词。明乎此，则前番观众的动情，才见出不是虚妄，李伶的获胜也不是出于偶然，而马伶的受挫也不是一时的失误。最后他们向马伶提出"子又安从授之而掩其上哉"的疑问，也正是读者亟待知晓的谜。

马伶的答话看似语气平缓，却饱含着多少辛酸。他听说当朝的顾秉谦是严嵩一类的人物，便奔赴京师，请求在顾氏门下当了近三年的差役，天天在朝中侍奉他，观察他的举动，谛听他的讲话，日久天长也就把他揣摩透了。作者引述马伶的话，几个动词用得极为准确："闻"，是多方打听，表明消息的来之不易；"走"，是立即趋往，此行路程迢迢数千里；"求"，是想方设法托人求情，拉关系找门路；"侍"，是精心伺候，不得稍有疏怠；"察"，是细致体察，并非一般性接触；"聆"，是认真仔细听取，潜心揣摩，足见马伶"所为师也"之艰，也可见他为了成功地扮演严嵩这一角色，不惜付出重大代价，其人意志之坚定，行为之勇毅，对事业追求之执着，都远非一般艺人所能及。

第五段,补写马伶身世,正文至此结束。

第六段,作者根据马伶其人其事发挥议论,提出"以分宜教分宜,安得不工"的立论,"分宜"是严嵩的籍贯,即今江西省分宜县。这里用借代修辞方式,前一个"分宜"指"严相国俦"顾秉谦,后一个"分宜"指严嵩,全句意思是,用严嵩那样的人教学严嵩,怎能不酷似呢。这与我们今天所提倡的文艺家要深入生活,体验生活,要熟悉所表达的事物的观点,是有某些相通之处的。三百多年前的侯方域能有如此真知灼见,的确十分难得。他最后还提出"有志者事竟成"的道理,也都是可取的。这里值得一提的是,作者竟然把当朝相国顾秉谦视为奸臣严嵩之流,说他"严相国俦也","见昆山犹之见分宜也",暗寓贬斥深意,也是颇有胆识的。

这最后一段,作者仿照《史记》"太史公曰"的论史笔法,在传记后加上赞语,它与正文相结合,能收到画龙点睛和相得益彰的效果,会给读者一定启发。

我国的传记散文具有优良的传统,自司马迁以来,历代不衰。概言之,可分两类:一类是较全面地记述人物的终生事迹，如《项羽本纪》《李将军列传》，这类传记多见于正史；一类是所记人物业绩不显、声名不彰，只有择其零星生活片断结撰成篇，如韩愈的《圬者王承福传》、王禹偁的《唐河店妪传》，这类传记多见于文人别集。侯方域的《马伶传》属于后者，是后一类传记的精彩范例。

从题材选择来看，本文紧扣主人公的伶人身份，重点写他两次与同行进行技艺较量的事迹，其余都略而不写。是否没有别的题材可选呢？不是的。鉴于作者与马锦是同时期的人，马锦又是"天下之善技"者，作者所掌握的定然不会只有写入文章中的这些材料。作者所以这样剪裁，是要让文章中心突出，题旨显豁，使读者即事明理，从其事迹中受到启发，有所取法。这个目的，作者是达到了。

本文的显著特点在于组织题材，具体说，即布局新巧，笔法多姿。首段先用概括写法，其内容为后文张本，然后转入具体描述。二、三两段是事迹主体，均用侧面虚写笔法，场面虽同，却角度各异，前后交相辉映，比衬强烈。为了行文活脱，作者更巧运匠心，有意将表述取胜原因的重点段落置于表述取胜结果的文字之后，以形成悬念，使文章波澜迭起,一浪高过一浪,读之给人以沿石径而上直达峰顶之势,并感受到"倒吃甘蔗渐入佳境"的妙处。第五段再用补笔。结局则以议论的笔墨、咏叹的情调收住全篇,使题材的认识意义得以深入开掘。

"性灵"说的经典之作

解读袁枚《峡江寺飞泉亭记》

吴功正

推荐词

本文的笔墨线索在感官上是目与体,在感受上是悦与适,仅有其中之一还不行,而是要两结合,派生到具体的景观上则是瀑与亭,这又是一个两结合。

袁枚在文学主张上，继明代公安派之后，力倡"性灵"说；其诗文俱佳，成为其文学主张的成功体现，真率自然、情趣盎然。这篇《峡江寺飞泉亭记》就是其代表作。该文入选人民教育出版社的现行初中语文课本第五册。

　　文章一开篇，就直奔主旨。"余年来观瀑屡矣"表明袁枚以观赏瀑布作为自己的旅游喜好和审美取向，犹如别的旅行家、文学家对山、树、江、云等各有所好一样。"屡"，在语义上是言其多，就不仅体现了上述的喜好、趣尚的独特性，而且体现了丰富性。这一点对于解读下文颇为要紧。在这么多的游历中，他唯独"至峡江寺而意难决舍"，情有独钟、难舍难分，其原因何在呢？作者紧随一笔点出："飞泉一亭为之也。"第一句就主旨明确，将自己的主观喜好，不做任何修饰地点示出来。这里有"性灵"派真率的审美特点,同时,这一句扣合的是"意难决舍"的"意",这又体现了"性灵"派重"意",重主体感受的审美特点。这一句从话语现象上看,明白而清晰,但从话语意脉上看,却存在着一个隐含的疑问:作者看的是"瀑",难舍的却是"亭",两不相及。然而,这正好为下文拓开了笔路。

但是,随后的笔墨并没有顺势而下,却是甩下飞泉亭,另开笔径,畅述自己的"观瀑"感受。这就使文情有了波澜。"凡人之情,其目悦,其体不适,势不能久留。"仍然扣合自身感受,扣合"性灵"笔法来写。其感受的核心是:既要满足视觉的愉悦感受,又要满足身体的舒适愿望。如果仅获"目悦",却"其体不适",那就无法"久留",保持长久的审美观赏兴趣。下面,作者就举了自己亲历的例子:浙江的"天台之瀑,离寺百步",相隔过远;浙江的"雁宕瀑旁无寺";其他如江西的庐山、广东的罗浮山、浙江青田县的石门山,"瀑未尝不奇",但游人都曝晒在太阳之下,蹲"踞危崖",就"不得从容以观",犹如"倾盖交",匆匆一面,"虽欢易别"。这里暗承上文的"屡",看得多,才有比较,实际上隐隐回答了自己钟情飞泉亭的原因。到这一步,文章的特点便露出来了:所有描述来源于主观感受,而感受的焦点则是目悦体适——视觉感受和身体感受同时愉适。这一小节对其他瀑布景点施抑笔，是为了从反面褒扬飞泉亭，欲扬先抑，效果更佳。

经过文势抑扬，文章便进入直接描写部分。一个"惟"字，有撇开他山，独写此山之意，文脉得以聚拢。"粤东峡山"，指广东清远县的峡山。它虽然"不过里许"，不以高大著称，但是，"磴级纡曲"，不是直上直下、坡陡难爬，显得从容舒坦，此为"体适"之一。又加之"古松张覆，骄阳不炙"，清爽宜人，此为"体适"之二。此处文章则对比了上文的"暴日"之苦。于"体适"之外，还看到一种奇特的树："鼎足立，忽至半空凝结为一"，它使人"目悦"，从而丰富了登山的感受内容和描写对象。"凡树皆根合而枝分，此独根分而枝合"，作者不禁脱口而出一声赞叹："奇已！"迸发出审美惊喜感。可见，作者登山过程心情不错，迥异于别处。这为下文描述目悦而体适的飞泉亭观瀑又做了感受上的铺垫。

接下来便是本文的重点部分。但是在笔墨配额上，写瀑只一句："登山大半，飞瀑雷震，从空而下"，可谓惜墨如金；但是写亭却是洋洋洒洒，则可谓泼墨如雨。略加寻绎可以看出，本文的笔墨线索在感官上是目与体，在感受上是悦与适，仅有其中之一还不行，而是要两结合，派生到具体的景观上则是瀑与亭，这又是一个两结合。然而，作者没有平摊笔墨，从一开始就标示着他更重视体、适、亭，把握了这一点，才能很好地解读本文。身体舒服、舒适，心情也才舒畅，作者在本文中所要体现的"性灵"派感受性特点在这里得到强化。"瀑旁有室，即飞泉亭也。"到这一步，作者正式点出了他所要描写的对象。"旁"字对应了上文所述瀑旁无亭之苦，"室"则表明它不是一般意义上的亭——"唯有此亭无一物"（苏轼《涵虚亭》句）——四面皆空，而是修建成"室"了——"八窗明净"，这正是作者踏破铁鞋所寻觅到的理想处所。喜悦的审美情感渐上笔端。"闭窗瀑闻，开窗瀑至"，开阖之间会出现不同的审美景象，形成不同的审美感受，笔端喜情加浓，遂致笔墨喷溅："人可坐，可卧，可箕踞，可偃仰，可放笔砚，可瀹茗置饮。"可以满足人的身体和文化的诸多需求，这便是"适"的完美体现。作者的喜情继续高涨："以人之逸，待水之劳，取九天银河置几席间作玩"，作者终于站出来拍手赞赏道："当时建此亭者其仙乎"，视同仙人一般，是最高档的赞美。行文至此，文章又出现了一个新的两结合：欣赏瀑布的自然山水审美意识，濡墨品茗的文化审美意识，而这次的两结合，作者的着眼点是：声。从而在文路上形成视觉形象的观瀑向听觉形象的听声的转化。而作者对声的渲染，则着意于声的交响。先写弈棋，这显然是文化行为。作者没有着意于孰赢孰输，而是写出声的交汇："水声、棋声、松声、鸟声，参错并奏。"再写吟咏，这同样是文化行为。"老僧怀远，抱诗集尺许，来索余序。于是吟咏之声，又复大作。"接着作者表述了自己所企求的最高理想境界："天籁人籁，合同而化"，自然人文，合而为之，同奏一曲雄壮的交响乐。这正是中国文化、美学天人合一，自然人文融化精神的具体表征。"不图观瀑之娱，一至于斯"，其审美感受的意外获得，正是作者"屡"次追求的意中实现。其喜情溢于言表，主观感受再次露出字面，但作者笔锋却一转，又落在"亭"上——"亭之功大矣"！"亭"是作者的笔墨重心、审美重心，于此也再次显现构思意图。在作者看来，这一切都是"亭"所提供的、所赋予的，这就把"亭"之功能、功效推到极致，也把全文推向高潮。

随后笔墨一挪，笔势遂一跌："坐久日落，不得已下山。""坐久"显示爱之既深,"不得已"是因"日落"所致,表现了情绪的无可奈何、感受的无限眷顾,反过来突出了飞泉亭观瀑之"体适",突出了作者审美的高峰体验。接下来交代写作此文的缘起,没有流于一般的叙述程序,仍然是"性灵"做派,突出感受。"宿带玉堂,正对南山。云树蓊郁,中隔长江,风帆往来,妙无一人肯泊岸来此寺者",流露的是对不知识赏者的惋惜之情。"寺何能飞?惟他日余之魂梦,或飞来耳。"以他日梦回魂绕的想象之言,强化了眷念之情,复以僧人的点示:"公爱之",进一步提点了作者的热爱之情。于是,在文章结构上,虽属于主干之后的尾声,但是,由于作者几次挑起感受波澜,遂成为高潮之后富于情绪浮荡的余波涟漪。

通过自然环境中的弈棋、吟诗活动,增添了观瀑的文化氛围和书卷气,并以天人相合的精神,提升了文章的文化品位和审美境界,体现了中国文人雅文化行为的审美情趣和精神需求特征。这是本文思想亮点之所在。

跟整个宋代思想理学化、文学议论化倾向相同步,散文则出现理念化,自然对象不是审美的终极目标,而是借以发表议论、表达某一理念的载体。例如范仲淹《岳阳楼记》、苏轼《石钟山记》、王安石《游褒禅山记》等。到明代随着公安派"性灵"说的出现，中国散文审美出现重要变化，不是理性化，而是感觉化，所表现的是审美创作主体的感受、感觉、情趣，经验主体的色彩很浓，例如袁宏道的《满井游记》和《虎丘记》等。"性灵"说在清代得到延伸。就本文而言，它虽属于游记散文一路，但不同于通常笔法，不是把审美重心放在对象世界上，而是放在审美感受上，这便使本文具备了"性灵"说的基本特点。

它所描述的不是经国之大业，也不发表宏深之议论，而是表达旅游中生理的某种感受——"体适"。这就把散文引入最寻常、最普通的生活和感受世界中来，告别宏大叙事，并以一种最直接的方式来表达对这种感受的喜好，是心灵的自然流露、心声的自由表达。

在结构上不是根据景物而移步换形，也不是根据理思而起承转合，乃是根据感受而委曲抒露。它不是理思化散文，有着一望而知的事、理，景、论两大板块模式，而是不拘一法或成法，让感受如细流涓涓流注在字里行间，渗透进文章肌体之中。本文就感受的内容而言，有憾意、有惊喜、有满意、有赞赏、有无奈、有眷顾等。就感受的表达而言，有起有落、有抑有扬,还有高峰体验后的些微失落,富于节奏性。因观瀑"屡"多的经历而萌生"其目悦,其体不适"的非平衡性缺憾。由未得而去觅得,一旦觅得,则尽情占有和享受,飞泉亭内的适情适意不断强化和浓化;俟餍足人心,则又出现曲终人散,"不得已下山"的惜情。它典型而完美地体现了"性灵"派构想、运思、传达的特点,遂成为其经典之作。

酒与英雄的不解之缘

古典小说艺术漫笔

周先慎

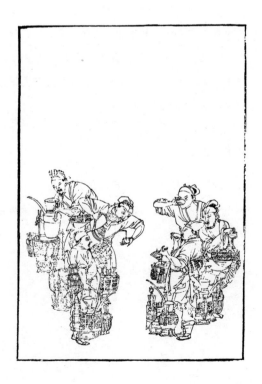

作者介绍

周先慎，1935年生，四川成都崇州市人。1959年毕业于四川大学中文系，执教于北京大学中文系，任教授、中国古代文学专业博士研究生导师。出版有著作《中国文学》（宋元明清部分）、《中国文学史参考资料简编》（宋元明清部分）、《古典小说鉴赏》《中国四大古典悲剧》等。

推荐词

将两位原本毫不相干的好汉放在一起，是想谈一谈酒与英雄——古典小说在情节的提炼和艺术处理上值得我们学习和借鉴的一些艺术特色。

一

古代英雄好像跟酒结下了不解之缘，尤其是那些性格豪爽的壮士武夫，差不多没有一个不喜欢喝酒。因此，古典小说中常常通过写酒来表现英雄。《水浒传》里有两句诗单说那酒的作用，道是："能添壮士英雄胆，善解佳人愁闷肠。"前一半便关涉艺高胆大的英雄。

无独有偶。《水浒传》和《三国演义》里有两段脍炙人口的章节，都写到了酒与英雄，那就是著名的《武松打虎》和《温酒斩华雄》。这是中国老百姓家喻户晓的故事。凡读过这两部名著的人，总忘不了武松和关羽，也忘不了这两段写得生龙活虎的精彩故事。这真是两场惊心动魄的生死搏斗。武松和关羽，一个是宋代的草泽英雄，一个是三国时期威震天下的名将，时代不同，身份各别。但若从小说艺术表现的角度看，这两段故事里的两位主人公确有若干相似之处:他们都是初露头角,由一个无名之辈经此一举而赫赫传名于天下;他们都表现出过人的勇武和力量;更重要的,在展开一场紧张激烈的生死搏斗之前,都跟酒发生了关系。我在这里将两位原本毫不相干的好汉放在一起,是想谈一谈酒与英雄——古典小说在情节的提炼和艺术处理上值得我们学习和借鉴的一些艺术特色。

二

武松是《水浒传》里热烈歌颂的农民起义英雄之一。作者以比较集中的篇幅,通过一系列典型情节,成功地刻画出这个人物的思想性格及其转变。这就是著名的"武十回"。打虎故事是一系列精彩故事中的第一个。作者在武松出场后不久就安排这样一个惊心动魄的打虎场面,是为了使他在卷入尖锐的矛盾斗争之前就在读者的面前显示出英雄本色。

情节的高潮是打虎。那老虎的一扑、一掀、一翦,武松在一连三闪之后,是打折哨棒,然后继之以脚踢拳打。如此紧张惊险,写来却有条不紊,严整有法,表现出很高的艺术水平。但从情节的组织安排说,打虎以前的描写更值得我们注意。在武松上景阳冈之前,作者用了大量的篇幅详详细细地叙写他在酒店喝酒的情形。用笔从容不迫，好整以暇。看他先写那面招旗："三碗不过冈。"这是点明酒性之烈。可别忽略了这面招旗，下边一系列戏剧性情节都由此敷演而出；正是围绕着这叫"透瓶香"又名"出门倒"的烈酒展开的武松与店家之间的冲突，成功地展示出武松的思想性格与英雄本色。他豪爽机警，却焦躁得近于粗暴。一个要痛痛快快饮，一个却好心好意不卖。结果是，一般过往行客"三碗不过冈"，而武松则是一气吃了十八碗"却又不曾醉"。数次斟酒，写武松三番叫好："这酒好生有力气！""好酒！""端的好酒！"写打虎就写打虎，干吗花那么多笔墨来写吃酒？粗看似乎主次不分，轻重倒置。然而这正是作者的高明之处：写酒就是写武松，写吃酒就是写打虎。英雄赞好酒，好酒衬英雄。单是通过他的酒量食量，一个"大碗喝酒，大块吃肉"，性格豪爽的打虎英雄就已经站在我们的面前。读者相信：景阳冈上跳出的纵然是一只"吊睛白额"斑斓猛虎，这条躺倒了没人扶得住的英雄汉子是能够把它打死的。

然而，对酒的描写，其作用还不止于艺术上的渲染烘托。十八碗烈酒下肚，还为武松上冈打虎壮了胆，添了力。作者笔下的武松，虽是一位象征力和勇的理想英雄，但他毕竟是一个跟平常人一般无二的血肉之躯。离开酒店时他对酒家说："便真个有虎，老爷也不怕！"但这不过是出于对酒家的过分警觉，逗一时之气夸下的海口。等到在山神庙前"读了印信榜文，方知端的有虎"时，却也因为胆怯而产生了动摇踌躇："欲待转身再回酒店里来，寻思道：我回去时，须吃他耻笑，不是好汉。难以转去。"武松是一个具有鲜明个性的英雄，他把脸皮、声誉看得比性命还重要，宁可冒险上山，也不能吃人耻笑。经过短暂的思想斗争，终于硬着头皮、边走边为自己壮胆打气，一步步走上景阳冈了。心存胆怯，稍有犹豫，但毕竟是"明知山有虎，偏向虎山行"，不失英雄本色。这就是作者笔下有血有肉有生命的武松。他虽是酒量如海，但到底是十八碗"透瓶香"下肚，作者便是写他仗着那渐渐发作的满肚烈酒走向老虎的。且看一路之上，作者不断点出那酒："武松乘着酒兴，只管走上冈子来。""看看酒涌上来。""武松走了一阵，酒力发作，焦热起来。"武松的步态身姿，也全然是一副醉酒英雄形象："横拖着哨棒，便上冈子来。""一只手把胸膛袒开，踉踉跄跄，直奔过乱树林来。"一再交代，反复点染，透露了作者在安排和组织情节上的艺术匠心：酒壮英雄胆，酒添英雄力，正因为有那十八碗"透瓶香"下肚，才有下文动人心魄的打虎，足见上冈前那一大篇文字不是白写的。饮酒与打虎，紧密相连，不可分割，成为一个有机的整体。如果删去吃酒的描写，武松打虎就要大为减色，甚至简直不可思议，人物形象也绝不可能像现在这样血肉丰满，真实动人。

三

再看看《温酒斩华雄》。鲁迅先生曾赞美这段故事表现了关羽的"丰采及勇力"，在《中国小说史略》中特别征引，用来说明《三国演义》人物刻画的成功。

关羽的出场，经过作者精心的布置，巧妙的安排。十七镇诸侯组成的讨董盟军攻打汜水关，首战失利，遇到了吕布手下的一员骁将华雄。作为关羽对立面的华雄，作者采用了欲抑先扬的手法，先写他英勇善战，十分了得。不仅一连斩了盟军将领鲍忠、祖茂、俞涉和潘凤，而且率军夜袭孙坚兵寨，将孙打得狼狈而逃，连头上的赤帻都扔掉了。在盟军接连败兵折将、挫动锐气的情况下，先锋孙坚伤感，主帅袁绍心惊，众诸侯束手无策，"并皆不语"。就在华雄得意忘形、猖狂叫战，众将大惊失色、惶惶不安之时，作者让关羽出场了。未见其人,先闻其声,只听得阶下一人大呼出曰:"小将愿往斩华雄之头,献于帐下!"这两句话平平常常,几乎每个武将出战时都可能有类似夸耀武艺的豪言壮语,但在上述特定的情景和气氛之下,就显得很有分量而引人注目了。作者一下子就将他所要刻画的人物置于矛盾冲突的中心地位。接着作者以精练之笔勾画了人物的外形:"其人身长九尺,髯长二尺;丹凤眼,卧蚕眉;面如重枣,声如巨钟,立于帐前。"但是作者并没有马上让关羽跟华雄交手,他又故作顿挫,使情节生出波澜:袁术因关羽不过是刘备手下马弓手而瞧不起他,怒喝"安敢乱言!与我打出!"远见卓识而又爱才的曹操出来为他说情:"……试教出马,如其不胜,责之未迟。"意想不到作者写关羽主动立下了军令状:"如不胜,请斩某头。"这就将本来已经紧张的气氛渲染得更加紧张了:关羽出战,能否斩华雄之头,不仅关系到盟军的胜败,而且关系到关羽个人的生死。制造了这样紧紧抓住读者的悬念,在关羽临出战之前,这才写到酒:"操教酾热酒一杯,与关公饮了上马。"此时酾酒,真是酾得其时,酾得恰到好处。这杯酒,既写了曹操,也表现了关羽。曹操酾这杯热酒,是为了预祝关羽胜利,鼓励他,寄希望于他，为他壮壮胆气行色。与那些自私而又庸懦的众诸侯比较起来，这件小事确实表现了曹操作为一个政治家的眼光、气度和胸怀。更值得注意的是关羽对这片深情厚意的回答。他不是端起来一饮而尽，然后乘酒兴挥刀上马，而是毫不经意地轻轻说了这么一句："酒且斟下，某去便来。"这八个字，同样普普通通，几乎是人人都能道得出。然而此时此刻，此情此景，在性命攸关、一场险恶的生死搏斗之前，由关羽的口里说出来，而且出语如此轻松安闲，从容不迫，实在是掷地有声，不同凡响。作者就是通过这杯酒，在关羽尚未出战之时，就毫不费力、十分自然地表现了关羽那非凡的英雄气概。但是，跟读了武松在酒店里喝酒以后便相信武松定能打死老虎不同，由于描写的简括和前面对华雄威武的极力渲染，对于关羽此去能否获胜，读者仍然半信半疑。作者精心布置的悬念，一直紧紧抓住我们。接下去，聪明的作者并没有从正面直接描写这场惊心动魄的激战，而是从天摧地塌的声响，从人们大惊失色的反应，进行侧面烘托，让读者自己去想象。然后是："鸾铃响处，马到军中，云长提华雄之头，掷于地上，其酒尚温。""其酒尚温"四字，乃一篇故事的画龙点睛之笔。"温"字言时间之短，表明斩华雄之首，恰如探囊取物，轻而易举，正应前面关羽"某去便来"四个字。真所谓"传神写照，正在阿堵中"。一个"温"字，一以当十，以少胜多，让读者自己去想象那场战斗的激烈和关羽之勇武，人物的精神风采见于笔墨之外。到此，我们方才领会到作者对于华雄与关羽关系在艺术处理上的抑扬之妙：正如写酒店饮酒是为了写打虎一样，写华雄是为了写关羽，前面写华雄的一大段文字全都落到了关羽身上。"某去便来""其酒尚温"，便是一篇关捩之处。

写酒到此为止，与整段故事同时终结。至于关羽回到军帐以后是否饮了那杯酒，是怎样饮的，作者没有交代，也不必交代。

四

与民间说话艺术有着血缘关系的中国古典小说，长于组织生动的故事情节。然而优秀的作家，并不以情节的曲折动人作为自己的目的。精心提炼和组织情节，是为了写人，为了在矛盾冲突的进程——事件发展中，表现人物的思想性格。

以胆力勇武为特色的英雄性格，在紧张激烈的斗争中最容易得到表现。《水浒传》和《三国演义》中的英雄人物带有传奇色彩，跟作者往往通过紧张惊险的情节表现人物分不开。但是来自生活的艺术情节，跟生活本身一样，是十分自然，存在内在规律的。它不可能一紧到底，也不可能孤峰独峙，它总是张弛相间、起伏有致，总是有发展、有高潮。从上面分析的两段故事情节来看，古典作家的高明之处，不但表现在能以传神之笔写出那激动人心的高潮，而且表现在着眼于高潮，却又并不孤立地写高潮。他能把握生活的内在联系，从各方面突出高潮，映衬高潮，表现高潮，使高潮的出现不仅脉络分明、合情合理，而且丰富多彩、跌宕多姿。试一设想，如果作者写打虎英雄而眼里心中只有打虎，视野不广，笔墨施展不开，会写成什么样子？相反，从表面上看，吃酒跟打虎似乎关系不大，但作者掌握了它们之间的内在联系，就敢于放开笔墨去写吃酒。效果如何呢？如前所说，写吃酒就是写打虎，醉酒英雄就是打虎英雄，吃酒与打虎，融为一体，完整有力地表现了以力和勇为特征的豪爽、机警而又带有强烈的英雄主义色彩的武松的思想性格。从组织情节的艺术说，写吃酒是为写打虎的高潮做铺垫和准备。作者在精心提炼生活的基础上，全局在胸，写来不慌不忙，从容不迫，却是一步步地在你不知不觉中将故事推向高潮。

《温酒斩华雄》中写酒,情况略有不同。毫无疑问,曹操不为他酾那杯热酒,关羽照样斩华雄。不过,从艺术表现的角度看,酾那杯酒和不酾那杯酒,效果却大不一样。作者只是用那杯温酒略加点染,便使全篇故事锦上添花,顿生光彩,收到了举重若轻的艺术效果。

作为组织情节的艺术,写好高潮是很重要的。但是只看到高潮,孤立地写高潮,就一定写不好高潮。譬如优秀射手表演射箭,最激动人心的自然是发矢中的那一瞬。然而这之前,他从容挽弓,运气使力,那身姿、动作、眼神,都无一不显示出那精绝的技艺和英武的风姿。如果让一个聪明的艺术家来表现这位射手,他绝不会只去捕捉那飞箭离弦的那一瞬。

形而上学是艺术创造的大敌。任何生活现象都不是孤立的存在。只有透过现象看到事物的本质、看到事物内在联系的优秀作家,在提炼情节表现生活时,才能真正做到从生活出发,写得丰富多彩、生动有力,而避免单调枯燥。虽然这两段情节都在生活的基础上做了很大的提高和夸张,带有浓厚的浪漫主义色彩,但它们给人的印象仍然是真实的。所取得的强烈的艺术效果,应该使我们得到启发。

这两段典型情节中,酒对于表现英雄人物都起了很大的作用。然而,同样写酒,同样写在一场紧张的生死搏斗之前酒与英雄的关系，在艺术处理上却又同中有异，各具特色。武松是一气喝了十八碗，醉醺醺地走上景阳冈去打老虎的；关羽则滴酒未尝，挥刀斩了华雄之头，"其酒尚温"。可见，酒的作用显然不同：前者实，后者虚。武松进酒店时是晌午时分，上冈打虎是日色西坠以后（大约是酉牌时分，即下午六七点钟），作者拥有充裕的时间去驰骋笔墨，穷形尽态地描绘武松在酒店里吃酒的种种情形；曹操酾酒则是在关羽上马赴战之前，寨外有华雄大骂搦战，寨内众诸侯心急如焚，形势紧张，间不容发，只能容许作者以精练之笔画龙点睛。因此，写法很不一样：前者详，后者略。这实、虚、详、略之间，大有讲究。生活的复杂多样，决定文艺作品艺术表现的千姿万态。作品所反映的具体矛盾冲突不同，人物所处的特定的生活情境不同，即使构成情节的是相近的生活形式（例如喝酒），在具体描写上也要做迥不相同的艺术处理。从生活出发提炼和安排情节，使情节符合于生活的逻辑，恰到好处地表现人物，表现生活，正是古典小说值得我们借鉴的艺术特色之一。

一记悲沉的晚钟

《金瓶梅》与中国古代性文化

丁 东

❧ 作者介绍 ❧

丁东,1951年生,1982年毕业于山西大学历史系,后供职于山西社会科学院,现居北京,主要从事当代民间思想史和"文革"史的研究。出版有著作《冬夜长考》《和友人对话》《尊严无价》《午夜翻书》《思想操练》《精神的流浪》《教育放言录》《反思历史不宜迟》等。

❧ 推荐词 ❧

回到《金瓶梅》的世界里,我们却分明感受到中国古代性文化的延续发生了重大的危机。

一、中国古代性文化的信息库

《金瓶梅》是一部奇书。据吴晗考证,《金瓶梅》问世大约在万历年间,即距今约四百年。清朝以后,《金瓶梅》屡次遭禁,历尽劫波。至今在中国大众中,耳闻此书者甚多,目睹此书者甚少,目睹此书全豹者尤少。

究其原因,无非是犯了一个"淫"字。在中国人的伦理观念中,"万恶淫为首"。《金瓶梅》既然被视为"淫"书,被禁也就不足为怪了。然而,由于此书佳处自在,自它问世以来,就不断有文人为之辩诬。明袁宏道称它"云霞满纸,胜于枚生《七发》多矣"。清张竹坡提出"第一奇书非淫书论",为之撰写长篇回评。苏曼殊说它"声价当不下于《水浒》《红楼》"。尤其是鲁迅在《中国小说史略》中对《金瓶梅》做了肯定性评价之后,《金瓶梅》的地位在学术界似乎已没有太大的争议了。

细究起来,事情却不是那么简单。

同样肯定《金瓶梅》在小说史上地位者,其立论的标准其实是很不相同的。

一种看法是,《金瓶梅》全书是有价值的,而其中的性描写是负值的,是败笔。因性描写在整部书中所占篇幅有限,因而瑕不掩瑜,不妨碍人们从社会、政治、经济、民俗、语言等角度认识此书的精华。此种意见,以郑振铎先生三十年代发表的《谈〈金瓶梅词话〉》为代表。郑先生说:"其实《金瓶梅》岂仅仅为一部秽书,如果除净了一切的秽亵的章节,它仍不失为一部第一流的小说,其伟大似更过于《水浒》,《西游》《三国》更不足和它相提并论。""表现真实的中国社会的形形色色者,舍《金瓶梅》恐找不到更重要的一部小说了。"比之站在道学立场上否定《金瓶梅》者,郑先生的见解自然高明出不知多少。以后,郑先生身体力行,在其主编的《文艺复兴》杂志上连载《金瓶梅词话》删节本,也为普及这一文学名著做了独到贡献。

郑先生对《金瓶梅》社会价值的发现,对《金瓶梅》与《三国》《水浒》美学价值的比较,我都是赞同的。但郑先生的高见之中,也有自相矛盾之处。他既肯定《金瓶梅》的伟大在于表现真实中国社会的形形色色、"世纪末"的荒唐景象，又提出应除净一切秽亵的章节，《金瓶梅》方不失为第一流小说。那么，难道秽亵的章节不属于真实的中国社会的形形色色么？难道这些描写不是展示了"世纪末"社会病态的重要方面么？因而，我认为郑先生的见解仍然是不彻底的。

另一种看法，则是在肯定《金瓶梅》全书价值的同时，肯定《金瓶梅》性描写的价值。例如，荷兰学者高罗佩在《中国古代房内考》中提出，《金瓶梅》"不仅是一部具有很高文学价值的小说，而且也是一部很重要的社会学文献"，"因为它们为研究当时中国私人生活和公众生活的道德风尚和性习俗提供了大量信息"。"在《金瓶梅》中没有当时淫秽小说中特有的那种对淫秽描写的津津乐道，即使是在大肆渲染的段落里，也是用一种平心静气的语气来描写。"高罗佩把色情小说与淫秽小说分开，认为《金瓶梅》不专以淫猥取乐，而是平心静气地状写世情，是明代色情小说的代表，与专以淫猥取乐的淫秽小说不同，比后者价值要高。日本学者池本义男在《关于〈金瓶梅〉的主旨》中也提出："笑笑生将那种人所尽知的、谁也不写的事，写了出来，把那种处于几乎完全禁锢的家庭妇女，在性生活中表现的情态逼真地写出来，公之于世。……它不是从一个侧面反映和批判了万历年间社会混乱人欲横流的历史现实吗？从它反映的这一现实里，不也可以看出它具有一定的反映社会本质的较高价值吗？"台湾学者刘师古在《闲话金瓶梅》里干脆说："《金瓶梅》之被目为淫书，主要在于两性描写的赤裸与直率，毫无一点掩饰。与中国人历史传统的欲盖弥彰方式完全不同，离经叛道，挑战传统，在当时实是惊天动地的大事。但我们细细咀嚼，作者写到这些性戏场面时，态度庄重自然，一点也不曾有轻佻浮薄的感觉。""《金瓶梅》全书中直率地写性，不是全无意义。只有人性的卑鄙猥琐，才是值得口诛笔伐的邪恶风气。"近来，大陆也有新一代学者，超越了传统的伦理框架，正面研究《金瓶梅》性描写的价值。张国星在《性·人物·审美》中便提出："《金瓶梅》——且不论它的价值尺度如何——把性作为揭示人物性格心理、昭示其命运的重要艺术角度，这本身就是古代文学史上一个重大的美学进步，一种突破性的贡献。"

这些见解之间虽有诸多差别，但都较前一种看法彻底。

从《金瓶梅》本身看，其生活内容固然有政治、经济层面,但重心在家庭人伦层面。整部《金瓶梅》兼写家庭与社会而侧重家庭,兼写同性交往与异性交往而侧重异性交往,兼写代际关系与平辈关系而侧重平辈关系,兼写户外活动与房内之私而侧重房内之私。因此,衡量《金瓶梅》的价值,其性文化内容是回避不了的。

西方人说,爱和死是永恒的主题。其实,中国文学概莫能外。饮食男女,人之大欲存焉。中国古代的文学作品,从最早的《诗经》起,表现性爱的传统一直绵绵不绝。但不论诗歌也好,词赋也好,散文也好,传奇也好,笔记也好,杂剧也好,其表现性文化的深度与广度,都无法与长篇小说相比。从上述文学体裁中,我们虽然可以找出当时性文化的一些痕迹,但其规模,无非是一片波澜、一幅侧影、一纸速写而已。像《金瓶梅》这样以长篇小说的规模,用斑斓的长卷,翔实的笔触,表现一个时代性文化风貌的方方面面,在中国文学史上,的确是前无古人的。《金瓶梅》从社会底层,到社会上层;从豪门之内,到妓院勾栏;从明媒正娶,到勾搭成奸;从男女相悦,到男女相虐;从自然行为,到性之变态,多层次、多角度地展示了当时性文化的全息景观,这本身就是了不起的创造。

研究中国古代的性文化，正史野史、医书、房中书、笔记、画册、实物固然都是重要资料，但像《金瓶梅》这样的长篇小说自有其不可替代的独到价值。小说从伦理层面、社会层面，一直描述到心理层面、生理层面乃至工具技术层面。这种全息性、生动性，正是其他史料的薄弱处或空白处。

因此，《金瓶梅》不仅是中国古代小说史上的一座奇峰，而且也是中国古代性文化研究的一座宝贵的信息库。

二、男性的坟墓

《金瓶梅》书名虽以三位女性的名字中各取一字为题，但小说的第一号主角却是一个男性——西门庆。

关于西门庆的评价，前人见仁见智，诸说不一。

有人说，西门庆是地主、商人、官僚三者合为一体的家伙；有人说，西门庆是集奸商、黠吏、流氓、土豪于一身的封建势力代表；有人说，西门庆是16世纪中国的新兴商人。这些看法虽然差别不小，但大体上都是从政治、经济的角度给西门庆划成分。

西门庆是商人，是官僚，这都不假。但就小说着墨的重点而言，西门庆首先是个性欲狂热的男人。君不见，小说写西门庆经商赚钱、官场应酬,多用侧笔、简笔,一掠而过;写西门庆飘风戏月、床上征战,多用正笔、详笔,浓墨重彩。西门庆的全部人生活动可概括为捞钱、捞权、捞女人。但他捞钱、捞权的目的还是在于更多地捞女人。性享乐在西门庆全部人生目的中居于榜首的位置。西方有将《金瓶梅》译为"中国的唐璜"。把西门庆比作唐璜,这倒触及了他性欲狂热的特质。

书中第三回,王婆对西门庆说,挨光要五个条件,潘、驴、邓、小、闲。潘安的貌,驴大行货,青春少小,是生理条件;邓通般有钱,是经济条件;有闲工夫,是社会条件。西门庆经商是为飘风戏月创造经济条件,而做官又是为经商赚钱提供政治保证。西门庆在社会上由私倒而官倒的发迹史,同时就是他由宅内而宅外对众多女性的征服史。两条轨迹合一便是西门庆的全部人生线索。而小说的重点,正是沿着后一条线索展开的。

西门庆的正式配偶是一妻五妾,但实际上其性对象远不止此数。书中第二回写道:

> 他父母双亡,兄弟俱无,先头浑家早逝,身边止

有一女。新近又娶了清河左卫吴千户之女，填房为继室。房中也有四五个丫环妇女。又常与勾栏里的李娇儿打热。今也娶在家里。南街又占着窠子卓二姐，名卓丢儿，包了些时，也娶来家居住。专一飘风戏月，调占良人妇女。娶到家中，稍不中意，就令媒人卖了。一个月倒在媒人家中去二十余趟。

由此可见西门庆性史复杂之一斑。

张竹坡开过一张"西门庆淫过妇女"的清单：李娇儿、卓丢儿、孟玉楼、潘金莲、李瓶儿、孙雪娥、春梅、迎春、绣春、兰春、宋惠莲、来爵媳妇惠元、王六儿、贲四嫂、如意儿、林太太、李桂姐、吴银儿、郑月儿。加上吴月娘与原配陈氏，共计二十一名女性。这只是西门庆与女性交接的最低限。此外，他还与书童、王经等有同性性行为。

西门庆与数十位女性周旋，既要占有她们的肉体，又要征服她们的心灵，这本身是一道超乎其自然能力的难题。

固然，西门庆占据了潘、驴、邓、小、闲五个条件，在性的战场上有一个胜利的开端。武大郎、花子虚、蒋竹山都不是他的对手。他一度所向披靡，潘金莲、李瓶儿，一个个心甘情愿地投入他的怀抱。宅内群妾争宠,宅外醋海翻波,处在中心地位的西门庆好不红火热闹!有的女人为了向他取宠,不惜出卖尊严;有的女人为了独占其宠,不惜互相厮杀;有的女性为了得到他的钱财,不惜满足他种种变态要求,诸如施炙、喝尿、肛交之类。西门庆随心所欲,在不同的性对象身上肆行种种花样翻新之举。

然而,这种男女之间的以寡敌众、既不平等也不对等的格局,无论从生理上还是从心理上,都埋伏着毁灭的种子,很难长久维持。在这种性秩序里,不论是征服的一方,还是屈服的一方,不论是施虐的一方,还是受虐的一方,都焕发出某种兽性,都要产生和释放破坏性能量。随着双方互相角斗,进而互相消耗,互相吞噬,最后互相毁灭。

君不见,西门庆在官场上春风得意时,却在性的战场上由盛而衰。他渐渐感到精力不支,只好靠胡僧药来维持他雄性的攻势。事情往往有两面。当官固然为西门庆经商更多地赚钱,从而为更多地搞女人创造条件,然而,官场上频繁的应酬交际,无形之中就破坏了揍光的社会条件——"闲"。小说开头,当西门庆还是个闲散商人时,他征服女人是何等有心计!何等有精力!但他步入官场,成为当地要人之后,则越来越少向群妾发怒了。正像夏志清在《〈金瓶梅〉新论》里说的，这时他多姿多彩的性生活，"都是出自习惯而非内在冲动"，"他差不多是自虐狂地以兴奋的淫乐来处罚自己了"。最后，西门庆在潘金莲床上油尽灯枯，一命呜呼，已不是潘金莲失误造成的偶然，而似乎是西门庆性活动史的必然归宿。

西门庆由盛而衰的性经历，是意味深长的。

与其把西门庆看作是当时性文化秩序中变态的典型，不如看作是常态的典型。西门庆的性行为方式，在当时虽然不是普遍的，却是具有代表性的。在他征服一个个妇人的过程中，不但有王婆等媒人热心牵线，有应伯爵等帮闲主动捧场，更重要的是像李瓶儿、孟玉楼等富孀，嫁给他当小老婆亦不觉为耻，甚至感到成功。书中的韵文虽对西门庆多有指斥，但这种环境描写，分明让我们感受到西门庆的性行为在当时是合乎社会潮流的。所以，西门庆是当时性文化秩序的正常产儿，而非逆子。西门庆虽然是个没有多少文墨的暴发户，但他的性经历，仍可作为中国古代男权统治的性文化秩序的标本，并具有某种象征意义。

中国古代的性文化可谓源远流长。华夏民族自文明以降，就沿袭一夫多妻的婚制，和信奉基督教的民族一夫一妻的婚制有鲜明的区别。传说中"黄帝御千二百女而登仙"（《玉房指要》），后来帝王配偶的理想数字是一后、三夫人、九嫔、二十七世妇、八十一御妻。贵族配偶的数量虽不能与帝王相比，但也能分出妻、妾、婢等若干等级。商代甲骨文中便有"妃""娣""嫔""妾"等字，由此可推测当时贵族的婚姻状况。这种男女不对等的性秩序，本身就潜伏着反自然的因素。然而它却能维系几千年之久，主要就是靠文化的力量来支撑了。具体到华夏民族的性文化支柱，我以为主要是先秦时代形成的儒道二家。

儒家性文化是一个以传嗣为中心的体系。"大昏，万世之嗣也。"（《礼记·哀公问》）不孝有三，无后为大。为着保障传宗接代，形成了一整套性的规范。男尊女卑，妻妾有序，男主外女主内，男女授受不亲。性的快乐功能要服从于生育功能。妇女要守贞、守节，恪守生育和养育的义务。

道家性文化的中心本来是养生，主张清静无为，返璞归真，通过修行，达到长生不老的目的。与儒家的男尊女卑不同，道家最初崇拜女性。老子说："玄牝之门，是谓天地之根。"道家更多地考虑女性的生理和心理需要，主张男女双方分享性所带来的益处。然而，道家在求长生不老过程中发展起来的炼丹术、导引术、房中术等，后来却演化成了为帝王和贵族所需要的性技术文化。在一夫多妻的家庭中，性关系的平衡是很难维持的。一个男子的性能力很难满足众多女性的需要，得宠与失宠就会在闺阁中引起纠争。这样，道家房中术中服务于一男御多女之目的的种种药物和技术，自然大受帝王、贵族乃至整个社会的推崇。其采阴补阳的理论，更从哲学层面上投合了男权社会的理想。

回到《金瓶梅》的世界里，我们却分明感受到中国古代性文化的延续发生了重大的危机。

儒家性文化的危机表现为礼崩乐坏之态。西门庆虽然是个俗人，但他思想中还是有受儒家价值观影响的一面。生儿子传宗接代，在他的观念里是极重要的。李瓶儿生儿子之后，他是何其兴奋！但是，全书的结局，使西门庆家庭几乎成为绝后的家庭。李瓶儿之子未成人而早夭，潘金莲怀孕不足月而流产，孟玉楼、李娇儿、孙雪娥干脆不生，最守儒家妇德的正妻吴月娘，为怀孕求秘术仙方，直到西门庆命归黄泉后才产下遗腹子孝哥，最终又被和尚收了去。只好让小厮玳安顶名西门安，如此勉强传承香火，岂不是一种讽刺？再看众多妇女，上自贵妇，下至女仆，一个个色胆包天，尽情追求官能之乐，儒家的一套规范实在是分崩离析了！

道家性文化的危机表现为目的与手段的颠倒。本来，在道家性文化中，房中术是手段，养生延年是目的。但就西门庆而言，手段被推崇到至高无上的地位，各种新奇的房中药术都是他兴奋中心所在，纵欲发展到几近自虐的程度，养生自然是谈不上了。西门庆死于春药，便是手段与目的颠倒的绝好象征。

这里需要附带讨论的是，给西门庆授药者不是道士而是胡僧，是天竺来的和尚。胡僧药与道家房中术何干？据荷兰学者高罗佩考证，印度佛教的房中秘术和中国道家不仅十分相似，而且存在着历史联系。如道家的固精法便是先传到印度后来又由印度回传到中国的。（见《印度和中国的房中秘术》）胡僧的口诀说的"服久宽脾胃，滋肾又扶阳""玉山无颓败，丹田夜有光""一夜歇十女，其精永不伤"之类，都分明源出于道家。西门庆使用的"药煮白带子"，更可在道家房中术中找到记载。

儒家、道家两根支柱都出现了坍塌倾倒之势，中国以男权为本位的性文化也就进入了衰老期。西门庆的暴卒，不过是这种文化衰老的一种外在表现。而当时整个社会的败象，则是从民间一直到宫廷，都处在"世纪末"的病态之中。所以，鲁迅才有这样的高见：

> 故就文辞与意象以观《金瓶梅》，则不外描写世情，尽其情伪，又缘衰世，万事不纲，爰发苦言，每极峻急，然亦时涉隐曲，猥黩者多。后或略其他文，专注此点，因予恶谥，谓之"淫书"；而在当时，实亦时尚。成化时，方士李孜僧继晓已以献房中术骤贵，至嘉靖间而陶仲文以进红铅得幸于世宗，官至特进光禄大夫柱国少师少傅少保礼部尚书恭诚伯。于是颓风渐及士流。都御史盛端明布政使参议顾可学皆以进士起家，而俱借"秋石方"致大位。瞬息显荣，世俗所企羡，侥幸者多竭智力以求奇方，世间乃渐不以纵谈闺帏方药之事为耻。（《中国小说史略》）

下至西门庆这样的乡绅，上至皇帝，都热衷于房中奇术奇药，可悲的就不是某一个人，而是整个男性社会了。从现代医学的眼光看，凭借春药人为地激发性力，虽可奏效于一时，从长远看无异于饮鸩止渴。从现代性哲学的观点看，崇拜药具，也是一种异化，人在这种性关系中变成了工具的奴隶，而失去了自由与活力。

西门庆死了。

以男性为本位的中国古代性文化老了。

横在男性面前的，是一座巨大的坟墓。

三、女性的炼狱

如果说，在《金瓶梅》里，埋葬男性的坟墓是以象征的方式让人感受的，那么，煎熬女性的炼狱，则是以实在的方式让人来体验了。

整部小说，或详或略，写了几十位妇女的命运。她们身份高低贵贱不等，性格柔弱强悍不一，但几乎无不在人生的苦海里挣扎、沉浮。我不可能逐一细加评说，只能选几位最有代表性者，做简略分析。

《金瓶梅》里的妇女，其人生目的大约有三种取向。一种以性欲为最高追求，潘金莲可为代表；一种以求嗣为最高追求，吴月娘可为代表；一种以财物为最高追求，宋惠莲可为代表。其余妇女，大致都可归入三种之一，或介于某二种之间。

最先进入人们眼帘的女性，当然是潘金莲。

自《水浒》问世以来，潘金莲的名字在中国已家喻户晓，成为汉文化中"淫妇"的代名词。当代川剧怪才魏明伦虽煞费苦心，专写一出大戏为她做翻案文章，但仍难洗清几百年的成见。

依我看，不论是施耐庵笔下的潘金莲，还是魏明伦笔下的潘金莲，都不如笑笑生笔下的潘金莲有血有肉，活灵活现。在这里，潘金莲是个十足的女人。她美艳之极，伶俐之极，生命力健旺之极，性欲强烈之极，心狠手辣之极，遭遇悲惨之极。

如果潘金莲有机会重新投胎的话，她也许可以充当《乱世佳人》里的郝思嘉，或者施奈德扮演的"女银行家"。然而，她生不逢辰，又生不逢地。她偏偏生在一个不能容忍女子性欲旺盛的时代，生在一个不能容忍女子求得性欲满足的文化环境。她生在一个穷裁缝之家，父亲早逝，九岁便被母亲卖到王招宣府学弹唱，十五岁又被转卖到张大户家为奴。身心正当发育期，先被强行烙上三道深深的创伤。

张大户年过六旬，身体多病，既老且衰，却硬要受用如花似玉的潘金莲。潘金莲身为家奴，别无选择，只好怪自己心高命不强，苦水往肚里咽。这是第一道心理创伤。

张大户妻子余氏，醋性大发：不能惩罚自家男人老风流，却把一肚子怨气撒在潘金莲身上，将她甚是苦打。这是第二道心理创伤。

张大户既要遮余氏耳目，又要继续厮会金莲，遂倒陪房奁，把金莲嫁与为人懦弱、模样丑陋的武大郎。潘金莲满肚子晦气，无处发泄，这是第三道心理创伤。

有压抑，迟早要宣泄。压抑得愈重，宣泄得愈猛，潘金莲生命力如此旺盛，一旦找到宣泄的突破口，就没有什么理性或顾忌可言了，因而，潘金莲为勾搭西门庆毒死武大郎，虽手段残忍，却是畸形的社会使然。畸形的社会先把潘金莲扭曲成畸形人，畸形人格才干出如此伤天害理事。

女性的性欲具有后天开发的特点。潘金莲一旦从西门庆那里得到欲仙欲死的感官乐趣，便进入了性欲疯狂状态。潘金莲和西门庆两个都是自私自利者。他们追求的只是肉欲，谈不上丝毫爱情；追求的只是占有，谈不上什么给予。潘金莲想独占西门庆，然而当时的性文化规范却不允许她独占西门庆，只能让她与其他女人分享西门庆。西门庆有权独占潘金莲，却不满足于独占潘金莲，他还要同时占有其他女性的肉体。这样，在潘金莲和西门庆的关系中，就可以明显看出一个反差：西门庆在性行为过程中对潘金莲是否获得快感是不关心的，他只关心自己的快乐；而潘金莲则不得不千方百计地刺激西门庆的快感，因为只有这样才能达到更多地占有西门庆的目的。这更能证明潘金莲与西门庆在性生活中是不平等的，实际上是西门庆多次在性交中给潘金莲造成生理上的痛苦，并在点燃潘金莲的性欲之火后又故意去冷落她（对李瓶儿也用过这种手段）。潘金莲最不能忍受的就是后者。她到西门庆家后，饱食终日，无所寄托，除了和男人性交，还有什么释放生命能量的渠道？但是，一夫多妻的格局，加上娼妓制度，注定了潘金莲要有厮守空房的日子。于是，她私通琴童、陈经济，与其他妻妾争宠肇事，毒杀人子，虐待丫环，变态心理驱使出一系列疯狂的举动。

潘金莲只会一味跟着感觉走，却没有能力自省她处在一个怎样的生存环境之中。她的社会地位之所以一度提高，完全靠西门庆。西门庆不仅是她发泄性欲的对象，而且是她权力和安全的来源。西门庆在，她才能以"五娘"的身份在丫环面前抖"主子"的威风，也才能依仗自己的"好风月"在妻妾争宠的格局中不时占一点上风。西门庆不在，这一切顷刻就会烟消云散。终于,某次西门庆已与王六儿折腾得筋疲力尽之后,欲火焚身的潘金莲用三丸胡僧药把男人送上了黄泉路。

西门庆暴卒,潘金莲仍然跟着感觉走,又与陈经济纵欲,终于被吴月娘卖给了仇人武松,潘金莲死到临头,心里还是想着男人,单相思地把身材魁伟的武松当成了未来的性伙伴。

潘金莲死了。在那种性文化格局中,一个竟胆敢追求性欲满足的女人,能有更好的下场么?

如果说,潘金莲是因为背叛妇德而被强大的传统押上了断头台,那么,吴月娘则因恪守妇德,而成为小说主要角色中仅存的善终者。似乎,她以自己的德行,躲开了笼罩在西门家族头上的死亡阴影。

然而,用现代人的价值观来考察,吴月娘的命运,仍然是一个悲剧,只不过她自己不觉悟,笑笑生也不这样认为罢了。好在,笑笑生是写实的高手,从他提供的细节中,我们仍不难感受到隐含在其中的悲剧意味。

小说第二十一回,描写吴月娘夜半焚香,坦露心迹:

> 妾身吴氏，作配西门，奈因夫主流恋烟花，中年无子。妾等妻妾六人，俱无所出，缺少坟前拜扫之人。妾夙夜忧心，恐无所托。是以瞒着儿夫，发心每逢夜于星月之下，祝赞三光。要祈保佑儿夫，早早回心，弃却繁华，齐心家事，不拘妾等六人之中，早见嗣息，以为终身之计，乃妾之素愿也。

吴月娘这番话，倒是当下感动得在背后潜听的西门庆作揖道歉，拥抱求欢。然而，以后的事实，却处处与她作对，无一令其素愿遂心。

西门庆仍然流连烟花，并且变本加厉。

吴月娘怀孕得胎，到乔大户家串门，在楼梯上滑脚，不足月而流产。

第六房妾李瓶儿生子官哥，似乎应了求嗣之愿。西门庆却因此对李瓶儿倍加宠爱，帮闲们也将李瓶儿捧上了天。潘金莲稍加挑唆，便勾起了吴月娘满腔的妒气。

可见，她的妇德，不但在现实生活中处处碰壁，事到临头，自己的内心也不免发生冲突，坚守不住。

靠薛姑子的药，吴月娘总算再次怀孕。待孝哥生出，西门庆刚好一命呜呼。

孝哥长到十五岁,指望承家嗣,正欲与云小姐成婚,又被普静和尚幻化而去。"可怜月娘,扯住恸哭了一场,干生受养了他一场。"这不正是人生悲剧么?

还有一层女人的悲剧,是小说没有明写的。

吴月娘作为一个女人,在那样淫荡的生活氛围中,难道就没有性欲要求?笑笑生为了突出她的妇德,似乎要把她塑造成吃斋念佛、清心寡欲之人。然而又要她两度怀孕,所以还是描写了她仅有的两次性生活。

第一次在二十一回,吴月娘当下"低声睥帏睨枕,态有余妍,口呼亲亲不绝"。事后"鬓乱钗横兴已饶,情浓尤复厌通宵。晚来独向妆台立,淡淡春山不用描"。

第二次在五十三回,吴月娘心中暗时道:"他有胡僧的法术,我有姑子的仙丹,想必有些好消息也。遂都上床去,畅美的睡了一夜。"

可见,吴月娘并非性冷淡。五十一回她说:"俊姐姐,那怕汉子成日在你那屋里不出门,不想我这心动一动儿。一个汉子,丢与你们,随你们去,守寡的不过?想着一娶来之时,贼强人和我门里门外不相逢,那等怎么过来!"那都是反话、气话,其性欲的压抑,是显而易见的。

西门庆暴死时,吴月娘不过三十出头。到七十岁"善终",当中是将近四十年的寡居岁月。对于一个身心健全的女性来说,这是多么漫长的煎熬。其间,吴月娘有过改变命运的机会。八十四回,吴月娘上泰山求香,先遇殷天锡在碧霞宫中求欢,后遇清风寨王英欲娶她做押寨夫人。正统的贞节观注定她不可能像《十日谈》里的巴托罗米霞那样毅然转嫁强盗。然而,具有讽刺意味的是,到一百回她又梦见云离守要"和她云雨"。稍做心理分析,便不难从这一梦中窥见吴月娘内心潜在的饥渴了。

从这个意义上讲,吴月娘作为女性的悲剧,于中国古代妇女来说,比潘金莲的悲剧更具普遍性。千百年来,多少中国女性的青春和欢乐,就埋葬在这高高的贞节牌坊下面!

宋惠莲在小说中不是贯穿始终的主人公。她从二十二回出现,到二十六回便消失了。但考察当时女性的命运,她仍具有代表性。

宋惠莲出场时,已历经婚变,做了仆人来旺的老婆,并在西门庆家灶上当佣人。她早年的经历与潘金莲相差不多,在社会下层几经磨难。但此时潘金莲已做了西门庆的第五房，身为"家人之妇"的宋惠莲，地位显然矮一大截。宋惠莲不甘穷困，便以自己的姿色为唯一资本，在西门庆宅子里开始了人生赌博。西门庆素有莲癖，见宋惠莲比潘金莲脚还小，又好装扮，岂能放过？于是，一匹蓝缎子便把她搭上了手。接着，用衣服、汗巾、首饰、香茶、银钱，以及做第七房小老婆为诱饵，进一步占有了她的身心。宋惠莲手里有了几个钱，便一改先头穷酸相，得意忘形，"常在门首成两价拿银钱买剪截花翠汗巾之类，甚全瓜子儿四五升量进去，散与各房丫环并众人吃"（二十三回）。众妻妾打秋千，她也跻身其间露一手。宅内各种活动中，俨然半个主子，一时尝到了以姿色换钱财的甜头。然而，仆妇与主人长期通奸，在那种一夫多妻的社会里，也仍然为纲常所不容。宋惠莲想得美，请西门庆给丈夫另娶一房媳妇，自己便可长久地做小老婆。岂不知，潘金莲就不容，与她争宠。于是略施小计，西门庆便把来旺诬陷入狱，发配徐州。良心未泯的宋惠莲生生被逼上了绝路！

在《金瓶梅》的世界里，情场即战场，情场即屠场。尔虞我诈，弱肉强食。虽无刀光剑影，却是你死我活。男人里，武大郎、花子虚、蒋竹山不如西门庆心黑，只好先下地狱；女人里，宋惠莲、李瓶儿不如潘金莲手毒，只好早归黄泉。潘金莲心够黑，手够毒的了，但不如吴月娘老谋深算，又一命呜呼。西门大姐自尽，孙雪娥自缢，王婆受戮，说到底，都是弱肉强食的结果。

性，原本焕发欢乐，这里却造成无边的痛苦。

性，原本孕育生命，这里却导致可怕的死亡。

从《金瓶梅》里，我们看到的就是这样一幅中国古代性文化的缩影。

四、绝望的敲钟人

《金瓶梅》是中国古代性文化的一记悲沉的晚钟。

兰陵笑笑生是一位绝望的敲钟人。

笑笑生何许人也？有人说他是当时的"大名士"，有人说他是下层失意文人，还有人说他是民间说唱艺人。他的真名实姓，学术界迄今已出现十余种假说，然而因缺少第一手证据，无法定于一尊。这位在小说史上开风气之先的大师，行文时直言不讳，署名时却留了一手。在当时，或许是安全需要，舆论压力使然，无意之中，却给中国文学史留下一个万古之谜。

笑笑生的真名实姓，仍可留给专家们继续考证。在得出公认的答案之前，却不妨碍我们把笑笑生当作一位明代作家加以研究。无论他属何种身世，他都不失为生活在"世纪末"的一位神经极为敏锐的人。

他是一位感觉大师，先觉地感受到社会无可挽回的颓势，感受到世纪末种种文化病态，并把这种病态再现为一种大厦将倾的艺术氛围。

他是一位纪实大师，给我们展示了细致逼真的社会生活长卷，如许的黑暗，如许的丑恶，如许的腐败，如许的罪孽，栩栩如生，尽在眼底。

他是一位讽刺大师，一切画皮，一切假面，一切伪装，一切掩盖，都用锋利的刀一下划开，暴露于光天化日之下。

这里没有一点美，因为笑笑生看不到一点美。这里没有一线光明，因为笑笑生看不到一线光明。

除了敲响这声悲沉的晚钟，笑笑生无法排遣心底的绝望和苦闷。

探寻笑笑生的性价值观，不免又要遇到一个难题：一方面，从小说卷首的"四贪词"到小说卷终的七言律，宣扬因果报应，劝人戒淫戒欲的说教俯拾即是；另一方面，从西门庆茶房戏金莲,到陈经济私会韩爱姐,性生活描写堪称连篇累牍。劝诫之词虽多,但千篇一律,无非是当时流行的陈词滥调,显得何其苍白无力,而一个个男女主人公,放浪形骸,色胆包天,却又显得肆无忌惮,势不可挡!笑笑生到底是旨在宣淫,还是旨在惩戒,《金瓶梅》问世以来便引起人们争议,许多人批评他爱憎不明。

就事论事地评判这个问题,恐怕永远也说不清楚。若将这一矛盾放到当时整个社会文化的矛盾中考察,或许能产生新的认识。

我以为,书中戒词的苍白无力是因为当时现实生活中的旧道德樊篱已经千疮百孔,一触即溃;书中主人公的肆无忌惮,是因为当时现实生活中人的情欲已像江水决堤,一泻而出。旧的性文化行将寿终正寝,新的性文化即将出土萌生。晚明中国就处在这样一个文化变动的前夜。只不过后来因为满族入关,清朝入主中原,才暂时延缓了这一文化裂变的进程。

笑笑生的内心矛盾在于,他是旧文化步入坟墓的记录者,却不是新文化萌芽的发现者;他感受到旧秩序将亡,却看不到新生命将出。大厦将倾,不知旧地基上能崛起新的建筑。有的论者说他发现了新的价值观,主张人性的解放,那是过誉之词，缺少事实的支持。对于笑笑生来说，还是只能驾轻就熟地顺手牵来传统礼教诅咒现实，虽然这一套陈词滥调已不怎么顶用了。对于我们来说，无须苛求笑笑生去超越时代，高瞻远瞩，只要理解这种内心的矛盾、苦闷和绝望是他刻意审丑的内在精神动力，便不难与他的心相通了。

当然，笑笑生的苦闷还不够彻底，他对那社会还存有一丝幻想，西门庆到底有了儿子，西门家业到底有了传人。如同后来高鹗塞给《红楼梦》一个兰桂齐芳的结尾一样，他们都不忍心让这古老的大厦落得一片白茫茫大地真干净。

笑笑生没有走完的路，只好留给后人继续向前走。

逆正相生　相反相成

谈《水浒》人物描写的"反常美"

汪远平

作者介绍

汪远平,出版有著作《水浒艺术探胜》《四大古典小说欣赏》等。

推荐词

让我们来看看《水浒》是如何运用"反面敷粉""逆正相生"手法,把人物塑造引向反常美的艺术胜境的。

人类社会生活的复杂性，造成艺术表现的丰富性。生活本身和人本身是充满矛盾的，是处在不停顿的发展变化之中的，是不时出现着偶然现象、意外现象、反常现象的，如有了"出嫁闺女哭是笑，落第举子笑是哭""男愁唱，女愁浪""嬉笑之怒，甚于裂眦，长歌之哀，过于恸哭"的诸般反常生活现象，于是也有了大奸似忠、大智若愚、怒极而默、亲反而疏、冷反而热、悲反而笑、喜反而哭诸如此类内在心理与外在表情的对立统一形态……"此中有真意，欲辨已忘言"，以上现象表明：人的内在感情与外在表情，不仅是又矛盾又统一的，而且是可以在特定情形下互为转化、相反相成的。对于技巧高超的大手笔来说，决不会满足于"轻车熟道"，而是善于将生活辩证法转为艺术辩证法，突出表现那些易被人忽略、却富于新颖性的特征，特别是通过描写那些违反人们常情常理常事的反常现象，来达到更真实更深刻反映性格特征和生活本质的目的，以求"以乐景写哀，以哀景写乐，一倍增其哀乐"的强烈效果。这就是我们所说的反常美。

反常美的艺术境界的追寻，有叫"反笔""反形"法的，即相对于直笔而言，讲究从反面去衬托正面意思；有叫"反常合道"的，就是反常的表现要有生活、感情的依据，符合辩证法；有叫"无理而妙"的，讲究借助近似"无理"的描写，去反映更真实而合理的现象。古典评点家毛宗岗称之为"用逆"，说欲显刘备忠厚，偏写他乖觉，欲显鲁肃老实，偏要写他的使心："忠厚人乖觉，极乖觉处正是极忠厚处，老实人使心，极使心处正是极老实处。"另一著名古典评点家金圣叹，结合《水浒》实际，精辟论述了从反面、从侧面、从间接描叙别个人物去刻画人物的艺术手法，称为"反面敷粉"。

下面，就让我们来看看《水浒》是如何运用"反面敷粉""逆正相生"手法，把人物塑造引向反常美的艺术胜境的。

一、有"悖"于主导性格的"出格"描写

任何性格都有质的规定性。典型化的一条基本原则，便是严格保持性格的确定性与一贯性。像林冲、鲁智深、石

秀、燕青等形象，就是按照这样典型化原则塑造出来的。但任何成功的性格又是具体的活生生的，是要通过丰富多彩的形态表现出来的。因此，性格的确定性、一贯性与表现形态的复杂性和变动性，便构成了本质和现象的辩证统一。古今中外的许多评论家、作家都主张从"反面"下手去丰富人物性格。莱辛一方面要求"人物性格不能有自相矛盾之处，他们总是一贯的，总是与自己相似的"，另一方面又提倡"去描绘反面的特点，并且把反面的和正面的特点结合起来，使二者融为一体"。金圣叹要求小说家打破简单直解式的手法，主张多侧面多角度，如"反面敷粉"那样去刻画性格的独特形态。晚明时期的李贽，在评论《水浒》时十分重视对复杂矛盾性格特征的剖析。例如，他指出宋江性格中既有"忠义"的一面，又有叛逆的一面，既有才识兼备的一面，又有虚伪性的一面。这就是说，世上万物都是对立矛盾的统一体，不可能有纯粹的东西，这是完全符合辩证法的。当然，这些论述都在《水浒》之后，《水浒》作者不可能按这样的思想去自觉指导自己的创作。但是，依据生活实际和艺术规律的启示，《水浒》作者却在人物"出格"描写上，进行了卓有成效的实践，积累了丰富经验。其实，也正是这样丰富的创作实践，才为理论概括提供了根据和范例。那么，《水浒》是怎样进行"出格"描写的呢？让我们以李逵为例，略加阐述。

众所公认，李逵以粗直著称，以粗直为根本性格特征。可作者偏偏进行了许多出乎意料的"出格"描写，即表现李逵种种"不直"的言行举止，请看：

李逵初识宋江，直呼"黑宋江"，戴宗要他下拜，他却说："若真个是宋公明，我便下拜。若是闲人，我却拜甚鸟！节级哥哥，不要赚我拜了，你却笑我。"这是"留点心眼"的"不直"言语，其艺术目的就在于，"偏写李逵作乖觉语，而其呆愈显"。

为了骗得钱，明明身无分文，却煞有介事地说："我有一锭大银。"撒谎当然是"不直"。骗得银子又去赌。赌输了，就赖就抢，说："我这银子是别人的。"猴急了"便就地下掳了银子，又抢了别人赌的十来两银子，都搂在布衫兜里，睁起双眼说道：'老爷闲常赌直，今日权且不直一遍。'"这般"不直"表现，便达到"越无理，越可笑，越妩媚"的艺术效果。

李逵不识水性，被张顺激下浔阳江，喝了一肚子水。

张顺饶了他，他却"在江里探头探脑，假挣扎赴水"，如此"偏写他假处"，为的也是愈显其又呆又直的"天真烂漫"。

"江州劫法场"时，李逵乱砍乱杀，直把晁盖等引到江边险绝处，众人叫苦不迭，他却说："不要慌，且把哥哥背来庙里。""不要慌，我与你们再杀入城去，和那个鸟蔡九知府一发都砍了快活。"分明是李逵本人最粗蛮，最急躁、慌张，却口口声声叫别人"不要慌"，这也是"假处"。

李逵被"活神仙"罗真人"整"到"天"上去，又忽地"从天"而降，落到了蓟州府的地上，被马知府当作"妖人"，他却顺水推舟，耍弄小聪明，声称自己是"罗真人亲随直日神将"，把那些节级、牢子吓住了，并诈得酒食吃。再如，他自告奋勇要下深井救柴进，临下井时却又煞有介事地嘱咐众人："我下去不怕，你们莫割断了绳索。"吴学究说："你却也忒奸猾。"

对李逵如此种种"反常"的"不直"假象的描写，都包含了"正常"的"粗直"的实质内容。李逵内在的性格美也往往在"作假""奸猾""使乖"的反面形式中表现出来，即以"假"出"真"，以"乖"显"呆"，以"奸猾"写"朴至"，貌似"相反"，实则"相成"。这不单突现了性格主导性，而且还隐蓄了一种幽默感和诙谐的因素，从而带来了异乎寻常的艺术效果：从"不直"处越发使人感到李逵的非常之直，"直"得天真可爱，"直"得幽默可笑。因为这种"不直"的"骨子"里终究是"粗直"的。比如，他怕戴宗"赚"他而不愿立刻对宋江下拜，但当宋江自报名字后，他便拍手叫道："我那爷，你何不早说些个，也教铁牛欢喜。"并"扑翻身躯便拜"。从这举动里，不就活画出李逵毕竟是个粗直纯朴的铁汉吗？再如，他下井救柴进时嘱咐众人"莫割断了绳索"，也是多余而可笑的，归根到底还是粗直。因为如果别人想戏弄他，照样是可以在他下井后再割断绳索的，吴用那"奸猾"的戏语，也正说明李逵的憨直。由此可见，这种在"反常"中显正常的写法，很有利于形成、补充、丰富和突出主导性格特征，并启发我们破除形而上学观念，认识性格的无限广阔的表现天地。

反常的用"逆"的描写，既可适于刻画褒扬之情的人物，也适用于贬抑之意的人物。高俅的"定性"，当然是个反动的恶棍，但这样的人也不可能每时每刻、自始至终，一切都是坏透了的，他也可能有瞬间的动摇和转念，如在设计陷害林冲之初，他便表现出一定的犹豫，当他听都管说完陆虞候的计谋后,这样说道:"如此,因为他浑家,怎地害他?……我寻思起来,若为惜林冲一个人时,须送了我孩儿性命,却怎生是好?"这样描写还是真实的,正如金圣叹在此处所批点的:"恶人初念未必便恶,却被转念坏了,此处特地写个样子。"(《水浒传会评本》第170页)黄文炳是"贯行歹事"的"黄蜂刺",但也有长处,如写他超人的缜密精细和敏锐善断。董超、薛霸是见利忘义、见钱行恶的"恶差",但在举棍结束林冲之命之际,却也念了一通"经",诉说什么身不由己的"苦衷":"不是俺要结果你,自是前日来时,有那陆虞候传着高太尉钧旨,教我两个到这里结果你,立等金印回去回话。便多走的几日,也是死数,只今日就这里,倒作成我两个回去快些。休得要怨我弟兄两个,只是上司差遣,不由自己。你须精细着:明年今日是你周年。"如此用逆,是为了更深邃更丰裕地映出"反面人物"那多面的恶劣的性格特征。如高俅转念之后,反而更坚定地策划阴谋陷害林冲,表现的是一种更自觉的恶德恶行;黄文炳的干练,恰好表明他是一个更高明,也更能干坏事的"坏蛋";薛霸的"念经",则是阴谋"得逞",占了便宜又"卖乖",更反衬其卑鄙可憎!

二、有"悖"于常情的"违情"描写

一般说来,人物的常情决定人物的行动。但也常常出现违反常情的举止,这就是人们经常议论的"出其不意"的描写,即由人物多方面性格特征所决定的一种独特而出奇的言行,它具有"奇崛之处寓魅力"的妙致。如"武松威镇安平寨"所展现的。此回写武松为哥哥报仇,杀了奸夫淫妇被刺配孟州,来到牢城营"安平寨",所经历的一段"不平常"的奇遇。在那"太祖武德皇帝旧制"的淫威下,官府差吏是可以任意毒打甚至处死囚犯的。因此,按一般常情,囚犯初来乍到,总是要送去贿银的。武松来到牢城营,出于关心,囚徒们劝他送银子给差拨管营,以免吃那要人命的杀威棒。武松偏不送,对差拨说:"你倒来发话,指望老爷送人情与你,半文也没。我精拳头有一双相送!金银有些,留了自买酒吃,看你怎地奈何我?没地里倒把我发回阳谷县去不成!"面对军汉和杀威棒,又说道:"都不要你众人闹动,要打便打,也不要兜拖。我若是躲闪一棒的,不是好汉。从先打过的都不算,从新再打起。我若叫一声,也不是好男子!""要打便打毒些,不要人情棒儿,打我不快活。"管营有意开脱他,故意"启发"地问道:"新到囚徒武松,你路上途中曾害甚病来？"武松道："我于路不曾害病，酒也吃得，肉也吃得，饭也吃得，路也走得。"管营道："这厮是途中得病到这里，我看他面皮才好，且寄下他这顿杀威棒。"两边行仗的军汉低低对武松道："你快说病。这是相公将就你，你快只推曾害便了。"武松道："不曾害，不曾害，打了倒干净！我不要留这一顿寄库棒，寄下倒是钩肠债，几时得了！"两边看的人都笑。武松如此表现是常人常情所不能理解的，也可以说是"违情"的。这一描写，在一定程度上突出了英雄的刚烈秉性，同时，由于"语愈硬，事愈险，人愈急"，使管营态度的突变，产生了一种美妙的戏剧性效果。

按照常情，夫妻长别是心酸动情、催人落泪的，可"吴用智赚玉麒麟"一回，却做了违情的描绘。吴用设计诱骗卢俊义离家出走，当李固被迫先行出城之时，"李固去了，娘子看了车仗，流泪而去"。看，李固的别离，使这女人动了感情而不能自持了，那别时辛酸泪是想忍住，却不自禁地淌了出来，正是"心中无限事，尽在不言中"。次日卢俊义动身之际，娘子反而不流泪，只是"例行公事"地要丈夫"频寄书信回来"。倒是对主子忠心耿耿的"燕青流泪拜别"。

这就"怪"了,丈夫避难远走,吉凶未卜,不为自己丈夫难过,却去眷念着一个管家,这不能不说是"违情"的表现。但是,细加体察,这"违情"却包含了更真实深刻的"真情",即"娘子旧日和李固原有私情",也正因为如此,所以李固与卢娘子一唱一和,托词不愿"出差",所以李固遭卢俊义斥责之后,下意识地看着卢娘子,所以卢娘子无可奈何地"漾漾地"走了进去……可见,如此违情表现,既含蓄简练,引人入胜,又别出心裁,新颖独特,确有曲径通幽之妙。

一般说来,喜则笑,悲则哭,但《水浒》却常用"违情"描写,去表现那更深沉动人的喜情悲绪,如从笑声中让人感到泪水的苦味。第十五回"吴学究说三阮撞筹"中,当吴用表明来意,说到"如今在一个大财主家做门馆,他要办筵席,用着十数尾重十四五斤的金色鲤鱼,因此特地来相投足下"的时候,那阮小二只是"笑了一声",此处的"笑"包含着什么情感呢?吴用到了石碣村,首先见到的是"一张破渔网"和"十数间草房",这就是三阮的住处:他们穿戴的是"破头巾、旧衣服",他们吃饭如"狼餐虎食",好一副饿煞相。从如此恶劣的生活条件里,我们首先感受到了阮小二那"笑"声里包含着生活的苦味;由于"如今泊子里新有一伙强人占了，不容打鱼"，无奈何弟兄"连日去赌钱"，这又让人感到那"笑"里包含着生计无着落、英雄压抑不得志的酸涩味。可见，阮小二的那"笑了一声"，抒发出了他此时此境中丰富而深沉的情感，包含着苦、辣、酸涩的百般滋味，这种苦笑，比含泪的哭诉，更使人感到酸楚，也更能激起人们的同情。正所谓"世间有些微笑比眼泪更悲惨"。

三、有"悖"于常理的"悖理"描写

《水浒》里某些描写，在内容上违反人们习以为常的常理常事，但依其对立面的转化，却能使"悖理"中透露出合理性，使反常事务中包含正常因由。比方说，按常规习惯，写急事多用简笔，因为多用笔墨，如处理不当，容易造成行文的拖沓，反把"急"事写"缓"了，达不到"急"人的效果，即"盖多用笔则其事缓矣"。但《水浒》反其道而行之，"偏是急煞人事，偏要故意细细写出"，而如此愈用缓笔，则事情反而显得愈紧急，从而臻其"相反相成"的艺术佳效。"梁山泊好汉劫法场"就是成功一例。世间之急，莫过于杀人、救人之事也。"劫法场"写的便是此等急煞人事。那"第六日早晨",宋江、戴宗即将押送刑场,就要死于屠刀之下。然而,对此等特急之事,作者偏偏以缓笔出之,细细铺写行刑之前的众多琐事:如写派人打扫法场,点起士兵、刽子手到"大牢门前伺候"。细写如何给犯人判斩字。写众多节级牢子的思想活动,又是如何给宋江、戴宗"匾扎起,又将胶水刷了头发,绾个鹅梨角儿,各插上一朵红绫子纸花",又"各与了一碗长休饭,永别酒"。还有描述那压肩叠背的看客。细叙宋、戴二人的不同坐向,犯由牌上的字。又以从容舒展的笔触去细叙法场东南西北四处的一伙伙人群,争相拥向法场的情景,等等。如此"急事缓写",极力放慢情节进展节奏,主要是为了造成巨大的戏剧性效果。即诚心不让"急事遂解","使读者乃自陡然见有第六日三字,便吃惊起,此后读一句吓一句,读一字吓一字",从而使读者获取"不惊吓处,亦便不快活"的一种艺术快感。

为使"悖理"描写形成出人意料的艺术效果,《水浒》除了运用"劫法场"这样的细笔外,还采用了故作"停顿"与"叉开"的闲笔手法。第三回写鲁达拳打镇关西,作者在写"拳打"之前,布置氛围,写鲁达寻找借口戏弄对方,以激怒郑屠,而后借机大打出手。但就在剑拔弩张的一触即发之际,却故意把笔端叉开,多费闲笔,如特地写店小二前来报信,因见鲁达坐在门边,不敢拢来,那买肉的主顾也不敢拢来。当郑屠被激怒,操起剔骨尖刀,追赶鲁达到街上的紧张时刻,再故意写众邻舍不敢劝阻,"两边过路的人都立住了脚,和那店小二也惊的呆了"。这般越紧张越闲散,以闲写忙,便骤然加剧了紧张气氛,其实同样也收到了相反相成的艺术佳效。

关于"李逵之死",《水浒》安排了一个看似悖理,令人难以置信的情节,即让宋江亲手予药酒鸩死李逵。此一举止,从根本上"违背"了宋江那口口声声标榜的"手足之情"和"兄弟情义",因而是"悖理"的。但细加体察,从事物本质分析入手,此悖理事件中,却包含了极大真实性,是完全符合宋江思想性格发展之"理"的。我们知道,所谓"忠义"和对招安的梦寐以求,一直是宋江的精神支柱和指导思想,但也时时遇到重重阻力——这便是梁山有股反招安投降的力量,李逵则是这股力量的杰出代表。宋江对李逵的"手足情"是要服从于宋江祈求招安的政治路线的。一旦触犯了这一原则,"宋大哥"是会"大义灭亲"的。在"菊花之会"上,在剿灭王庆之时,宋江都严厉斥骂李逵:"反心尚兀自未除!"因此李逵的"反心尚兀自未除"已成了宋江的一块心病。"死之将至,其鸣也哀",在喝下毒酒起程升上忠义"天国"之际的宋江,主要的是"哀"自己"清名忠义"能否保持住。按他的想法:"我死不争,只有李逵现在润州都统制,他若闻知朝廷行此奸弊,必然再去哨聚山林,把我等一世清名忠义之事坏了。只除是如此行方可。"在这种一心保全自己忠义声名的思想支配下,宋江便断然采取了诱骗李逵前来喝毒酒的行动。可见,这悖理描写,是多么深刻地反映了人物性格的真实性。

四、"逆正相生"溢情致

上述《水浒》"反面敷粉"的形态表现,使我们对其反常美的独特魅力有所领悟,并会然于心。从中不难看出,《水浒》的用逆,是富于情致的,即用"逆"归于"正",补充于"正",丰富于"正",集中于"正"。如上述谈及李逵初遇宋江那赖赌、抢鱼、打架诸般"不直"表现,乃是人物在特定典型环境中的一种特殊表现,即是因为无钱又急于请宋江喝酒,一时"猴急了"的行为。如此"不直"中寓

"直",这"直"便显得愈加憨直、益发厚实可爱了。如此"出格"行为,正是为了促成"入格"行为的更加个性化,从而造成奇境奇趣,使所反映的生活和性格特征,更富深远的情致逸趣。

娴熟用"逆",能造成"曲径通幽"的情节曲折美。正所谓"文似看山不喜平""作人贵直,而作诗文贵曲""文章要有曲折,不可作直头布袋"。而曲折,便往往就是从"反常"中来的,即是将作品情节意境从常规现象折入反常现象中,即在人物性格和情节铺展中,发生了从隐到显、从暗到明、从"不知到知"的变化,进而引起突转,造成文势的曲折。那李逵的"不直",促成了他与张顺的矛盾,引出了趣味盎然的"黑旋风斗浪里白跳",宋江对李逵"反心未除"危险性的"发现"及认识的深化,促使他决然采取鸩死李逵的突转行动。卢娘子那"违情"表现,也酿成了重大的生死矛盾冲突。总之,用"逆"的反形法,乃是造成文势起伏曲折美的一项重要手段。

那么,如何逆正相生、相反相成,造成反常美的情致魅力呢?

首先，艺术上的反常描写，必须以生活中的反常现象为依据，必须以大量正常描写为基础。这是因为，源于生活的反常现象，才便于人们认识与体验，也才可能进一步进行提炼、升华与凝聚。我们所说的"反常"，是相对于大量正常描写而言的；没有大量正常描写，也无从谈及反常。如果《水浒》不是通过许多情节事件渲染李逵的粗直的本质特征，而是一味突出他的所谓"不直"，那么，李逵的"反常"便成了"正常"，也失去现在这样活脱可爱的李逵形象了。如果不写卢娘子与李固那微妙而隐蔽的"偷情"，不写卢娘子对卢俊义"假正经"的"两面派"态度，而直写卢娘子与卢俊义公开"闹别扭"，就像潘金莲公开咒骂武大郎那样，那么，卢娘子送别卢俊义时"不落泪"的表现，不就显得很正常吗？何来什么违情的表情？所以，那通向反常的道路是要用正常来铺设的，没有大量正常描写，也就不可能达到反常境界。

其二，要处理好正与逆、正常与反常的对立统一关系。不管何种人物性格，都有个"定性"，"性格的特殊性中应该有一个主要的方面作为统治的方面"，即人物性格那一贯的质的规定性，由此"正"，才有人物形象的性格基本面貌和基本形态；另一方面，人物性格又有它的丰富性、复杂性和形态表现的多样性，即"使个别人物有余地可以向多方面流露他的性格，适应各种各样的情景，把一种本身发展完满的内心世界的丰富多彩性显现于丰富多彩的表现"。此其中，就包括我们在前面所述的许多恍若与"正"相左、相差的"反常"现象，即"逆"。而这"逆"经对立统一的转化，则反过来更突出那"正"，因此，"逆"终归要用来强化与反衬"正"，这样，既显示出生活本质和性格主导特征的外部表象的复杂性、多样性，又显示出生活本质和性格自身的深刻性、丰富性，也就是以"正"统"逆"，以"逆"扶"正"，达到和谐一致。

其三，处理逆正相生关系，要讲界限、讲分寸。界限，乃为事物的质的规定性或限度。超过一定限度，此事物就会变为彼事物。因此，运用反形法，就要讲究"质"与"量"的界限，这就是要适度，要有分寸感，正如托尔斯泰所说："没有分寸感，从来没有，而且也不会有艺术家，正像没有节奏感就没有音乐家一样。"《水浒》的反常描写，多数情况是掌握好适度和分寸的，像李逵的那些反常表现，因为有大量正常描写为铺垫，而反常描写中又隐含了正常因素，还有反常描写与李逵性格的喜剧性因素又是相互吻合呼应的，所以显得自然，合乎分寸。"武松威镇安平寨"中反常描写的分寸掌握，就略差些。说武松不愿送人情银子给差拨，这是可以理解的。但一再渲染武松要求挨"杀威棒"，而且说打得愈毒愈好等等，这确是"反常"的，也如前面所述，一定程度上表现了武松的刚烈，并造成戏剧性效果。但此反常，不能讲很自然，可谓略失分寸感。因为，它缺乏生活实际和人物性格的依据，同此一情节前后的武松为人，也不太协调。武松是精明人，绝不是蛮干的粗鲁汉。说他不怕死，是对的；说他要主动寻死，却是荒谬的。在那个极为黑暗、残酷的牢狱里，囚犯是随时随地会被置于死地的。武松干什么要这般嘴硬，要这么逗惹差拨发火？万一把差拨激怒了，不就等于白送死吗？武松会这样傻吗？因此，此处的反常描写，有失分寸，金圣叹对此反常描写的赞颂同样有失分寸。

逆正相生、相反相成，是一种极富魅力情致的艺术辩证法。辩证法，使人正确、使人聪颖。但如同生活那样，辩证法也是复杂丰富、变幻多样的，绝没有固定模式或不变之法，需要的是"运用之妙，存乎一心"，如此才能得心应手、左右逢源。"无穷如天地，不竭如江河"，让我们在生活和实践中不断探索对立统一的表现手法，以造成像《水浒》反常美这样的艺术胜境。

"杀女人是为了突出英雄"

《水浒传》三桩女人命案之我见

李延祜

作者介绍

李延祜,1936年生,山东省菏泽人,毕业于北京大学中文系。曾任北京语言大学中文系主任、教授,校学术委员会委员,北京市第九、十届人大代表。历任《红楼梦》学会会员、寓言学会会员、北京《水浒》研究会学术委员会委员等。

推荐词

英雄与美人永远是冤家,儿女情长,必然英雄气短。三桩女人命案的描写,正是施耐庵这一设计思想的体现,也让我们看出了一个详而不察的艺术破绽。

一个艺术家的手段就在于他能在你不知不觉中，慢慢引导你走进他的艺术殿堂，这座艺术殿堂体现了他的设计思想、美的标准和追求，有其内在逻辑的合理性。因为你是在他的导游下逐步进入他的主观世界的，一开始就是按照他的标准审视欣赏他的作品的，就很难有自我意识，很难看出他艺术的破绽。如果我们能从他的导游中解脱出来，独立思考，可能就会发现他的设计思想的缺陷和笨拙。《水浒传》详写的妇女被杀案有三起：宋江杀阎婆惜、武松杀潘金莲、杨雄杀潘巧云。作者为了证明这三个女人当杀是费了一番苦心的，设计了一种艺术氛围，制造了一种"舆论"，安排了相应的情节，希望他用笔对三个女人判斩时能赢得读者一片喝彩。我们作为"法院"旁听席上的观众，如果听信作者"一面之词"，而不多问几个为什么，不保持清醒的头脑，可能就会鼓起掌来。

现在我们就以"多问几个为什么"的态度来重新审视一下这三桩命案。

一、合法而不般配的婚姻

这三对人组成的家庭是和谐、般配的吗？他们能相爱吗？

先考察阎婆惜和宋江。阎婆惜是个卖唱的，聪明伶俐，年方十八岁，颇有姿色，从小在行院长大，学会了诸般技艺，人人爱她。宋江呢？虽以义孝闻名天下，但长得却又黑又矮。身高才六尺，仅比侏儒武大郎高一尺。人称"黑宋江""孝义黑三郎"。作者赞美他"坐定时浑如虎相，走动时有如狼形"。可是在阎婆惜这位风尘女子眼中，这种形象和性格未必中意。且宋江年又三旬，比她几乎大了一倍。

一个如花似玉，一个又黑又矮；一个十八，一个三旬；一个活泼少女，一个名闻四海老成持重成熟的官吏；一个行院里长大，一个出身孝义门第；一个妙龄女郎希望丈夫常伴，要求温馨体贴，一个英雄好汉，"于女色上不十分要紧"，"不以女色为念"，半月十日才去一遭。二人的结合又是出于王婆和阎婆的强行撮合，一方出于感恩，一方出于济贫，没有爱情基础。这是一对尴尬的结合。

潘金莲更加可怜。她原是清河县一个大户人家的使女。因为男主人要侮辱她,她不依从,反而告诉了女主人,男主人怀恨在心,结果倒贴妆奁,一分财礼不要,把她白白嫁给了武大郎。潘金莲非常漂亮,说话伶俐,做事干练,心灵手巧,敢爱敢恨,是个心直口快的女子。正如她说的"奴家平生快性"。年龄二十二岁。

武大郎呢?身不满五尺的侏儒,而且"面目生得狰狞,头脑可笑","三分像人,七分似鬼",外号"三寸丁谷树皮"。而且是个"三答不回头,四答和身转"的慢性子蠢汉。

潘金莲是大户人家的使女,见过世面,怎么能爱一个"身材短矮,人物猥獕,不会风流"的丑陋侏儒。这是一桩天差地别、强行捏合的以牺牲女性幸福为代价的婚姻。无怪人们说:"好一块羊肉,倒落在狗口里!"

再看杨雄和潘巧云,从出身看,倒是门当户对,一个行刑刽子手,一个屠户的女儿。潘巧云也是一个非常美丽的女人,从她对裴如海的感情和看法可以了解她所喜欢的男人的标准,那就是温文尔雅、干净利落、会体贴关心人。然而杨雄却是一个满身刺满了蓝靛花纹的刽子手,又一个月有二十天在牢里值班。潘巧云这位少妇不免闺房冷落,所以这也是一个不美满的婚姻。

在作者看来,只要是合法夫妻,不管是如何结合的,不管差距有多大,不管有没有感情,妻子就有义务爱丈夫。嫁鸡爱鸡,嫁狗爱狗,抱着丈夫的神主牌位拜堂成亲,就得爱那块木牌牌。女人应当以礼驱使自己的情去爱那个本来不爱的丈夫,以礼克制消灭自己的人欲。而三个女人却竟敢不爱合法的丈夫,背离了封建礼教,于是作者就满腔热情地歌颂男人宋江、杨雄,以同情赞美的口吻来写武大,对三个女性恨不得食肉寝皮。

二、有情而不合法的结合

阎婆惜和宋江显然是不合适的一对,这时却出现了张三。张三"眉清目秀,齿白唇红",比宋江漂亮。张三对阎婆惜"小意儿百依百随,轻怜重惜,卖俏迎奸",而宋江"为女色的手段却不会",不会"装些温柔,说些风话"。张三比宋江善于体贴,而且"又会品竹弹丝",弹奏乐器,和卖唱出身的阎婆惜情趣相投,有共同语言、共同爱好。显然,张三对阎婆惜来说,要比宋江合适得多。正当宋江不常到她那里走动的时候,一见张三,无疑雪中送炭,一拍即合。

潘金莲这样一个聪明俊俏多情的少妇，终日伴着一个面目狰狞头脑可笑不会风流没有情趣的丑陋侏儒，心情是非常痛苦的。大户男主人如此报复，对她是一种最残酷的惩罚，最残忍的精神折磨，合法的婚姻牢牢地捆绑着她，无法摆脱这永远没有尽头看不到希望的痛苦。眼看着自己青春的花朵就要在这个精神牢笼里枯萎，一生的幸福完全葬送，这比肉体的戕害更难忍受。但是她还年轻，青春的渴望并未成为死灰，于是一些浮荡子弟不免要来招惹。从她对武松说的"自从嫁得你哥哥，吃他忒善了，被人欺负，清河县里住不得，搬来这里"，也反映出她"被人欺负"的难言的苦衷。如果像作者写的那样，她是一个生来淫荡的女人，那么为什么一开始不依从有钱有势的主人，反而在结婚以后不安分？开始她并不是一个滥女人，后来这样，完全是逼出来的，是对命运强加于她的残酷精神折磨的变态的复仇，是一种破罐破摔自暴自弃的绝望心理的表现。

到了阳谷县收了心，武松的出现，又使她青春的追求萌动了。对潘金莲这个禁锢的灵魂来说，对武松产生爱慕心理并不奇怪，武松的英俊与武大郎的丑陋形成鲜明的对照。武大郎从没跟她说过有这样一位弟弟，没有任何伦理观念的思想基础。再者，阳谷县传遍了打虎英雄的事迹，潘金莲想一瞻英雄风采而不得，但是偶像已矗立心中，不意英雄来到自己家里，惊愕之余，见武松既是英雄又是一表人物，心头闪过爱情的渴求，难以责怪。

她在武松那里碰钉子之后，遭到了更大的惩治。武松去东京为知县办事以前，嘱咐哥哥，他离开以后，要每天减少一半炊饼，早卖完早回家，下帘子闭门。这都是针对潘金莲来的防范措施。武大果然照此办理，早出早归，日头还在半天里，就除了帘子，关上大门，把潘金莲软禁了。她虽然也争吵过，武大却主意不改。谁知武松的馊主意带来了相反的效果。蓄之愈久，爆发愈速。潘金莲和西门庆的关系中，就有着反防范的仇恨心理：你让我守活寡，我偏偏让你戴绿头巾。

西门庆是一个有钱有闲善于讨好女人的人。正如他说的，即使漂亮女人"打我四百顿，休想我回他一拳"。身材相貌当然比武大强得多，年龄比潘金莲大五岁，二十八岁。聪明灵巧、多情风流的潘金莲却被一个丑八怪幽囚着，她渴望感情的抚慰、精神的交流、灵魂的震撼，这些在武大郎身上都追求不到，西门庆却满足了她。西门庆是花柳行中老手，温存体贴，巧言令色，潘金莲从来没让男人这样奉承关怀过，从来没享受过情投意合的滋味，一旦拥有，生生死死，如火山爆发。一个妙龄少妇，结婚多年，才第一次体验到被爱的幸福，完全沉浸其中，这时很难要求她非常理性地辨别西门庆感情的真伪，在她看来也无须如此。她是真心爱他的，并不是图他的钱财，如果是这样，大户主人调戏她时，她完全可以贪财卖身。她也没希冀西门庆娶她做正室。潘金莲对西门庆是真挚的，也不能说西门庆对潘金莲完全是玩弄而无一点真情，我们不能因为潘金莲爱这么一个浮荡子弟西门庆，而斥责她淫荡。从潘金莲的角度来说，她宁可与西门庆保持这种不合法的关系也比跟武大郎维持着合法关系好上千万倍。即使没有好结果，做鬼也风流，让人爱过一次就够了。和武大郎生活在一起精神的折磨要比死更可怕。

王婆、西门庆的设计一步步把潘金莲引入感情的陷阱。她是被动者，是受害者。如果到此为止，潘金莲是值得同情的，她的行为是可以理解的。遗憾的是作者却让她走上了杀夫触犯刑律的道路，这就不可饶恕了。在同情她一生遭遇的同时，深深地感到遗憾。

再看看潘巧云和裴如海。裴如海原来是一个绒线铺里的小官人，半路出的家，整天穿戴整齐干净，潘巧云还赞他念经"有这般好声音"。他的僧舍里挂着几幅名人字画,桌上焚一炉妙香。潘巧云非常赞赏,说这里"清幽静乐"。他的卧房也"铺设得十分整齐",潘巧云看了"先自五分欢喜",称赞"好个卧房,干干净净"。由此看来,裴如海并不是一个酒肉和尚,倒有几分文雅。从潘巧云的赞美中,他把杨雄已经比下去了。也可以看出潘巧云喜欢什么样的男人。杨雄是"行刑处刀利如风"的杀人刽子手,一身蓝色花纹,结交的多是市井闲汉,爱的都是弄枪耍棒,哪来的温柔文雅,也不善对女人嘘寒问暖,对妻子多的是气使颐指,又是一个月有二十天不在家住。潘巧云遇到另一种类型的男人,文雅知礼,干净整洁,善察人意,声音悦耳,软语温柔,突然感到有一番新的境界,自然产生了爱慕之情。

这三对应该说是情投意合的,可是他们不是合法的夫妻。既然不合法,在作者看来,就必须得到残酷的惩治,让她们个个身首异处。

三、施耐庵怎样把三个女人推向断头台

《水浒传》中女人被杀,大都由于对丈夫不忠,除了我们论到的这三个女人外,还有卢俊义的夫人贾氏,也是因为

与管家李固通奸谋害亲夫被杀。就连烟花妓女巧奴也因为在恋着安道全时又接待张旺而被张顺杀死。在作者笔下，凡是不能从一而终的女人，不问青红皂白，一概处死。但为了把她们送上断头台，作者确实费了一番心思。

作者在男女（包括夫妻）感情上立了这么一个标准：寡情才是真丈夫，多情就是淫女人。好汉绝不能儿女情长英雄气短。女人不能要求丈夫整天卿卿我我体贴温存，否则就是好淫，如有婚外情，更是罪不容诛。作者按照这个标准，笔端自然流露出褒贬、喜恶、爱憎，不管合不合情，先看合不合礼。

《水浒传》把宋江和阎婆惜的不和以至阎的被杀责任都推在阎婆惜身上。宋江只犯了一个错误：不该把张三引到家里吃酒。写这一点也是在表扬宋江对朋友信任而无戒心，突出张三的不够朋友。作者丝毫不责备宋江对阎婆惜的冷漠、不关心、半月十日去一遭。把这种置人情于不顾的做法都美化成不近女色的英雄品格，"宋公明是个勇烈大丈夫，为女色的手段却不会"。阎婆惜对他冷淡他不介意，风闻阎婆惜与张三有私情，他却这样想："又不是我父母匹配的妻室，他若无心恋我，我没来由惹气做甚么。我只不上门便了。"

最后一次在阎婆惜那里,他一再忍耐,最后在阎婆惜脚后睡下。向阎婆惜讨招文袋时,更是苦苦央求,连阎婆惜要他答应让她改嫁张三的夺妻之辱都忍受了。着力写宋江的息事宁人、宽宏大度、不重女色。

在作者笔下,阎婆惜是一个水性杨花的放荡女人,第一次见张三就爱上了。把她对张三执着热烈的爱都写成是对婚姻的淫荡背叛。对宋江不但知恩不报,反而得寸进尺。在作者看来,"恩"就是"爱"。宋江对阎家有恩,就很自然地应当得到阎婆惜的爱,而且是专一的无条件的爱,忍受一切精神痛苦也要爱。把崇敬、崇拜、感恩的感情与爱情混为一谈。否则,就是忘恩负义。而且宋江是那样高尚有道德,你阎婆惜不爱他更爱何人?作者总是把爱情简单化,一切外貌、年龄、情趣、思想的因素一概排斥在爱情条件之外。在处理武大郎与潘金莲的关系问题上,作者的这种思想表现得更为明显。

阎婆惜用招文袋作条件要达到解除与宋江的婚约而与张三结合的目的,宋江同意了。至此就够了,但是这样就无法处死阎婆惜,反而让不贞者得逞。阎婆惜曾对宋江说过,张三"他有些不如你处,也不该一刀的罪犯"。这样奸夫淫妇不就逍遥法外了吗？怎么办？作者于是又把阎婆惜向前推了一步，让她提出一个使宋江无法做到的无理要求——把信上梁山提到的一百两黄金给她，且寸步不让。

作者这样写是不合情理逻辑的。阎婆惜日夜盼望的就是能与张三正式结合，与宋江一刀两断。这一点在前两个条件里已经满足了，突然作者又让她无端地想发一笔意外之财。阎婆惜难道不考虑，如果上了公堂，告了宋江，宋江私通梁山的事自然败露，她和张三的奸情不也要暴露吗？阎婆惜坚持最后一条，无异自杀。

作者所以要这样写，就是为阎婆惜的被杀激化矛盾创造条件。在他看来，阎婆惜既是一个淫妇，自然贪得无厌，利令智昏。作者让她坚持最后一个条件，阎婆惜才更可恨，完全是一个昧良心无廉耻害丈夫的淫妇泼妇，造成了当杀的舆论，罪有应得。不杀阎婆惜不解作者心头之恨，在设计情节时也就顾不得合理不合理了。

潘金莲和武大郎实在是天地悬殊，潘金莲又是大户人家赏赐给武大的，故意在精神上折磨她的。即令她犯了不贞罪，也比阎婆惜更容易被人理解、同情，更何况一个丑丈夫还对她防范得那样严。所以作者要惩罚潘金莲，置她于死地，就要下更大功夫，就要把潘金莲写得更坏更狠毒。

首先作者一笔抹杀或者不去看潘金莲的精神痛苦。嫁给武大郎，让她活不成，死不了，脱不开，拙夫相伴，一生痛苦，慢慢熬煎，如凌迟处死。作者对此，笔调无一丝同情，着重写她不安分，偷汉子，搞得丈夫在清河县住不下去。他不可能看到这是变态心理的报复。其次，把潘金莲写成一个淫妇，见一个爱一个，见武松爱武松，见西门庆爱西门庆，而不去考察是在什么环境条件下，什么精神状态下造成的。再次，只有以上情况，还不足以杀潘金莲，读者还不能心服，于是作者让她不但有乱伦思想，而且有乱伦行动。这种行为是最能激起人们的厌恶痛恨的，这样就逐渐剥夺了读者对她的同情，但是乱伦的想法没成为事实。作者就让她更进一步——杀夫。最后，就是竭力突出武大郎的本分、老实、懦弱、善良、忍让，以他美好的品性弥补他外形丑陋的缺陷，唤起人们对他的好感，削弱对潘金莲不幸婚姻的同情，衬托潘金莲的狠毒。这样终于完成了处死潘金莲的条件，作者达到了惩治不贞女人的目的。

这样写是作者的成功，也是作者的失败。成功在于作者是一个台阶一个台阶地把她送上断头台的，比较自然。失败在于，他先有一个既定方针：不贞者都要得到严厉惩处。他没看到潘金莲既是害人者也是受害者，却对她的精神痛苦、所受的折磨以及她一步步进入王婆西门庆设置的圈套，没有一丝一毫的同情理解，对她某些行为的合理性不做任何考察谅解。这样在他的笔下她就成了一个十恶不赦的荡妇，狠毒莫过妇人心，甚至乱伦杀夫。这样武老二一刀下去，人们才会哑口无言。

潘巧云的被杀是作者写得最不能服人心的。因为她和裴如海通奸并没危及杨雄的生命安全，也没有像阎婆惜对宋江那样对杨雄作威作福，那样冷淡，而且照常小心翼翼地伺候他。潘巧云被杀的原因，就是不贞，再加上诬陷石秀调戏她。这是体现作者的不贞者就应当处死的原则的最典型的例证。

四、杀女人是为了突出英雄

三个女人被杀，在情节结构上推动了故事的发展。宋江出逃投奔柴进，武松刺配孟州，杨雄、石秀去梁山。而最主要的是通过杀害三个妇女表现人物。不然的话，就不必那么详细地写情变和杀害的过程。

在作者看来，英雄与美人永远是冤家，儿女情长，必然英雄气短。王英好女色，宋江就劝他："但凡好汉犯了'溜骨髓'三个字的，好生惹人耻笑。"所以要逼安道全上梁山，就必须先杀了他心爱的女人。宋江半月十日的不去阎婆惜那里一次，武松严厉斥责了潘金莲的挑逗，第一句话就是"武二是个顶天立地噙齿带发男子汉"。杨雄也是一个一个月二十天不在家歇宿的人，卢俊义也是一个"平昔只顾打熬气力，不亲女色"的人，结果贾氏移情李固。女人成了考验英雄的试金石。这种把英雄与美女完全对立起来的两性观，完全是"存天理灭人欲""夫为妻纲""女人是祸水"的儒家伦理观、道德观、历史观的体现。

武松掏心割头残酷地杀潘金莲，杨雄、石秀割舌剖腹杀潘巧云，并且把五脏六腑分别挂在树上，如此残忍的行为，作者却津津乐道，非常欣赏。作者认为如此才能表现恨小非君子、无毒不丈夫、疾恶如仇的英雄形象，杀得痛快淋漓，方显英雄本色。宣扬的是武松对武大手足情深，杨雄对石秀义重如山，正如杨雄指责潘巧云的第一条罪状就是"坏了我兄弟情分"。作者总是把这种残酷的杀戮作为一种英雄的性格气概来加以赞扬。他以赞赏的口气写李逵劫法场救宋江时,"当下去十字街口,不问军官百姓",乱杀一阵。在江边"百姓撞着的,都被他翻筋斗,都砍下江里去"。晁盖不让他杀百姓,他不听,"一斧一个,排头儿砍将去"。到了白龙庙,因庙祝没出来接宋江,也被杀死。武松血溅鸳鸯楼,也是不管什么人,一概杀死,做饭的、养马的、丫环使女无一幸免。张顺在安道全的情人巧奴家也一连杀了四口。这种良莠不分的杀光行动,固然表现了英雄复仇的痛快淋漓、积怨爆发的宣泄,但同时也损害了英雄形象,让人感到英雄成了没有理性的蛮勇残暴的嗜杀者。

英雄都是爱惜名誉的,绝不容许别人玷污。石秀就是这样,他是一个精细人,当潘巧云诬陷他调戏她时,杨雄一时轻信上了当。石秀不辩解,为了洗刷自己,还他清白,竟用了四条人命。在翠屏山潘巧云承认对石秀的诬陷之后,潘巧云乞求石秀救救她。石秀毫不心软,反而撺掇杨雄采取行动。作者这样写,目的在于表现英雄眼里容不得沙子、好汉如何重视名节,但是在我们看来,用四个人的生命来洗刷一句话的冤枉,未免太过,大大损害了石秀的英雄形象。他倒成了一个只顾个人名誉不惜他人生命的心胸狭窄的利己者。

这样的描写，不免使人们看到：《水浒》英雄们的"替天行道"，在女性世界中体现出来的只是替儒家规范的天理行封建主义之道，至于人性的天然之道，他们既在自身竭力遏制，又对异性极尽排斥、压制、扼杀之能事。纵然不能窒息女性的心灵，也要以消灭她们的肉体以逞他们的英雄本色。

风云变色　摇曳多姿

《群英会蒋干中计》的情节艺术

吴功正

推荐词

情节是性格的发展史,设置情节不是目的,而是为塑造人物、刻画性格服务。群英会中的三个主要人物周瑜、蒋干、曹操,都在情节的展开中显示出各不相同的性格,声貌毕现,传神酷肖。

《**群**英会蒋干中计》选自《三国演义》第四十五回。赤壁之战是《三国演义》中最热闹的文字。《群英会蒋干中计》是赤壁之战的一个重要部分，它以曲折生动的情节丰富了风云变色的小说内容。

曹操统一北方后，雄心勃勃，率师南下，直抵赤壁。孙权、刘备在共同的敌人面前结成同盟。以曹操为一方，以孙、刘为另一方，在古赤壁隔江对峙。大江之上，笼罩着大战的浓重氛围。这时，曹操兵师浩荡，其锋锐不可当，以孙、刘的兵力是无法与之抗衡的。赤壁之战是一场水战，这对于善于陆战的曹军来说，是一大不利因素。但是，曹操任用熟谙水战的蔡瑁、张允教习水军，这便在不利中取得了有利形势。蔡瑁、张允把水寨布置得井然有序："沿江一带分二十四座水门，以大船居于外为城郭，小船居于内，可通往来。至晚点上灯火，照得天心水面通红。"这样严整的部署,使得暗窥曹军水寨的周瑜,也不禁大惊失色:"此深得水军之妙也!"面对这样的形势,周瑜要利用北军不谙水战的弱点来制胜曹操,已不可能。这就必须设法除掉蔡瑁、张允,才能扭转形势。周瑜说:"吾必设计先除此二人,然后可以破曹。"这便随着蔡、张二人的存在与否,设置了矛盾,也就通过当时战争形势的描写,揭示了"群英会"情节发生的必然性。

在"群英会"正式出现之前,小说曾以一个情节的小小跌宕作为铺垫。曹操和周瑜在三江口小试锋芒,周瑜初战告捷,曹操初战失利。而称雄一时又求胜心切的曹操,正在为新败苦恼,寻找"吾当作何计破之"的谋划。在这个时候,蒋干毛遂自荐:"愿凭三寸不烂之舌,往江东说此人来降。"不费一兵一卒,却能招降敌军,当然正中曹操下怀,这就难怪他会大喜过望了。于是,蒋干被派遣下江东,就显得顺理成章了。

同时,蒋干的身份特殊,既是曹操的幕僚,又是周瑜的同学。虽然二人各保其主,但自幼的"同窗交契",使蒋干能够以说客身份前往。没有这段旧交的感情纠葛,蒋干就不能前往,也就无法"中计"。否则,就会被周瑜杀掉。罗贯中揭示了蒋干、周瑜之间的关系,也就揭示了情节的必然依据,令人可信。

再次,蔡瑁、张允是曹操的降将,如果换成是跟随曹操南征北战、矢志不渝的心腹爱将,蒋干偷书,就不可能"中计"了。既然蔡、张过去能够投降曹操,现在就不能投降周瑜吗?

小说作者从各个侧面,针脚细密地表现了《群英会蒋干中计》情节的构成因素:有直接的,有间接的,有显露在外的,有隐伏其间的,经过通盘、细致的构思,构置成生动而令人信服的故事情节。

"群英会"的情节不是平直浅近,而是跌宕多姿、曲尽其致。

当蒋干葛巾布袍,驾一叶小舟,飘然进入江东,"群英会"的情节正式展开了。

> 周瑜正在帐中议事,闻干至,笑谓诸将曰:"说客至矣!"遂与众将附耳低言,如此如此。众皆应命而去。

由蒋干到来,周瑜设计,挑开了小说情节的发端。至于周瑜与众将"附耳低言"的内容是什么,众将"应命而去"

又干了些什么，均略而不提。作者的虚写笔墨，在情节上留下了悬念，逗起读者追读下文的心理。

周瑜在和蒋干略作寒暄后，单刀直入，劈头就是一句："子翼良苦，远涉江湖，为曹氏作说客耶？"周瑜出言迅疾，情节也就起势突兀。周瑜先入为主，堵塞了说客的嘴巴，首先抢了制高点，让蒋干处在被动地位上。这就有助于事件按照他预设的轨道前进。蒋干连忙表态："特来叙旧，奈何疑我作说客也？"蒋干的表态反而给周瑜可乘之隙，他再逼进一步："闻弦歌而知雅意。"蒋干故作姿态："足下待故人如此，便请告退。"情节略一回旋，但是，"瑜笑而挽其臂曰：'吾但恐兄为曹氏作说客耳。既无此心，何速去也？'"把回旋的情节扭转过来。

接着的群英会，情节大踏步前进。周瑜再次申言："此吾同窗契友也。虽从江北到此，却不是曹家说客。"周瑜虽然重复了先前的话，但没有形成情节的简单重复。这里，由对蒋干私下警告，发展到当众宣告。明言众将，暗击蒋干，仍然显示出情节的递进。然后，周瑜命令太史慈按剑监酒："今日宴饮，但叙朋友交情；如有提起曹操与东吴军旅之事者，即斩之！"这一着出奇制胜，情节骤然如风浪卷起，直拍云天。虽然筵席上觥筹交错，开怀畅饮，但是，双方各怀主意，情节便以外松内紧的独特方式向前发展，具有吸引读者的力量。

"饮至半酣，瑜携干手，同步出帐外"，小说所描写的场面更移，故事的情节也就形成了新发展。这里，有三个小波澜。

先是周瑜引蒋干看军容，以显示自己的兵力。"左右军士，皆全装惯带，持戈执戟而立。"使蒋干不得不惊叹："真熊虎之士也"。

继而是周瑜引蒋干看军粮，以显示自己的实力。粮草堆如山积，使蒋干不能不佩服："兵精粮足，名不虚传。"

经过这样两个波澜，便由周瑜的剑光乱舞、锋芒毕现的话语，涌起了第三个波澜："大丈夫处世，遇知己之主，外托君臣之义，内结骨肉之恩，言必行，计必从，祸福共之。假使苏秦、张仪、陆贾、郦生复出，口似悬河，舌如利刃，安能动我心哉！"这番话含义丰富，表明了自己和孙权的君臣恩深，显示了自己的抗曹心坚，当然也就不为任何说客所动。

群英会上，周瑜步步进逼，蒋干处处被动，由人物关系所构成的情节就层层深入。这种层层深入的情节特色在小说中又独特地通过人物的神态、情绪反映出来。起初，蒋干是"昂然而来"，以为劝降在顷刻之间就会成功，大有春风得意之志。但是，周瑜拦头一棒，始料不及，蒋干的得意神色为之一扫，情节一转，他便由"昂然"变成"愕然"。周瑜命令太史慈执剑监酒时，蒋干"惊愕，不敢多言"。最后，听到周瑜一番利如剑戟的话语，蒋干"面如土色"。人物情态的演变，从一个方面显示了情节的变化；而人物情态的每一个转化，又表明了情节的转折。这在艺术上是很独特的。

大会群英，蒋干盗书，是小说中的两个大的情节。但有内在联系，群英会是盗书信的必要准备，盗书信是群英会的必然结果。这段情节也写得曲尽其妙，富于戏剧性。

周瑜佯装大醉，提出和蒋干"今宵抵足而眠"，引出了新的故事情节。一方假装入睡，观察动静；一方坐卧不宁，伏枕难眠。周瑜在帐内留下"残灯"，是给蒋干创造"偷视"的条件；周瑜在床上"鼻息如雷"，是对蒋干制造假象，情节发展得生动有趣。蒋干从起床偷视，到发现案上书信，再到选出蔡、张来信，直至将书信暗藏衣内，小说情节飞波逐浪，向前推进。至此，蒋干盗书已经成功，情节似可结束。但是，作者还要更进一层，推起新的波澜。周瑜见目的业已达到，故意在床上翻身，蒋干做贼心虚，急忙灭灯就寝。周瑜故作呓语："子翼，我数日之内，教你看操贼之首！"呓语都和蔡、张的降书有关，这便增强了事情的可信性。蒋干"勉强应之"。周瑜再作呓语，使得蒋干急忙"问之"。由"应之"到"问之"，情节开始振起。但是，周瑜留下疑团，却不释疑，复又"睡着"，刚起的情节又跌落下来。一起一落，情节摇曳生姿，兴味盎然。经过片刻平静，情节又盘旋而上，辟开新的境域，写了江北来人报信。周瑜又是明知故问，又是懊悔酒后失言，目的是取信于蒋干，稳住对方心理。来人故意说出"江北有人到此"，周瑜故意喝令"低声"，再故意喊蒋干名字，造成了强烈的神秘感。蒋干窃听到情报后，再和看到的书信联系起来，便确信无疑。天色未明，便潜步出帐，急回曹营报命。周瑜布置的种种疑阵假象，是蒋干盗书主情节的延伸，是在主要浪头冲起后，激起的团团漩涡和波澜，增添了情节的曲折性。一段简单的《群英会蒋干中计》写得如此变化多端，堪称精妙。清代小说评点家毛宗岗在批注《三国演义》时，曾这样称道它的情节特色："星移斗转，雨覆风翻"，并借用杜甫的两句诗来加以概括："天上浮云如白衣，斯须改变成苍狗。"一节"群英会"就是有力的证明。

情节是性格的发展史，设置情节不是目的，而是为塑造人物、刻画性格服务。"群英会"中的三个主要人物周瑜、蒋干、曹操，都在情节的展开中显示出各不相同的性格，声貌毕现，传神酷肖。

情节一开始，曹操的话音刚落，蒋干就迫不及待地应命："某自幼与周郎同窗交契，愿凭三寸不烂之舌，往江东说此人来降。"说得何等轻松，又是何等轻率。一副幕僚的嘴脸，跃然纸上；一腔邀宠的愿望，活现眼前。他一再表示："干到江左，必要成功。""只消一童随往，二仆驾舟，其余不用。"貌似举重若轻，实质上表明了志大才疏。果然，随着情节的展开，他的性格充分表现出来。周瑜拦头一棒，他就阵脚大乱，由语塞词穷，到缄默无言，完全处在被动挨打的地位上。从群英会上的狼狈不堪到盗书信时的焦躁不安，进一步显示了蒋干的性格。他在曹丞相面前夸下海口，打下包票，却弄得这步田地。他的时起时卧，反映了他求功心切而又无功回命的矛盾、焦灼的心理。他盗到书信，自以为得计，而恰恰中了周郎的反间计。在他急步出帐、飞舟回归的身影中,作者出色地完成了对这个喜剧般人物刻画的任务。"群英会"中,周瑜居于情节发展的中心。他一出场,一说到蒋干来访的消息,马上就判断出对方的用心企图,显示出敏锐的洞察力。他一见到蒋干,主动出击,表现了凌厉干练的性格。他设下奇谋巧计,紧紧抓住老同学的关系,牵线钓鱼。他既关掉蒋干说降的前门,又堵住蒋干的后路,但又不把弓弦拉得太紧。开口同窗,闭口契友,在热烈的同学相聚的虚假气氛中,连瞒带骗,既击且拉。他出之以都督之威,又动之以故友之情,携蒋干入帐共眠,却是把他引入圈套之中,纵横捭阖,置蒋干于动弹不得的地位上。他善于掌握和利用对方的心理,逼对方于绝境,然后再带入葫芦套中。群英会上,他大笑畅饮,抒发自己的雄心壮志,起舞作歌,可谓雄姿英发,潇洒倜傥!他设下的计谋,考虑十分细密,用心极为精到,丝丝入扣,不让蒋干识出破绽,这又可以看出周瑜缜细的性格。《群英会蒋干中计》通过情节的辗转生发,不断地显示周瑜多方面的性格特征,使人物形象显得异常丰满。

　　《群英会蒋干中计》的情节结局部分,虽然着墨不多,但却生动地刻画了曹操的形象、性格。蒋干飞舟回见曹操,取出书信。曹操盛怒不已,"即便唤蔡瑁、张允到帐下"。情节推进至此,如霹雳盖顶,也就显示了曹操骄横、急躁的性格。蔡瑁、张允来到后,曹操不是马上杀掉他们,而是先故意试探,再加以严斥,使情节又略有回荡:

> 操曰:"我欲使汝二人进兵。"
> 瑁曰:"军尚未曾练熟,不可轻进。"
> 操怒曰:"军若练熟,吾首级献于周郎矣。"

他这样处置蔡、张,就表现了奸诈的性格特征。及至蔡、张人头落地,他又立刻省悟过来,"吾中计矣!"这又表明曹操并非昏庸无力,而是相当老练的。情节到此,似可收笔,但作者还要拓进一步,对曹操的性格再加充实、丰满。

> 众将见杀了张、蔡二人,入问其故。
> 操虽心知中计,却不肯认错,乃谓众将曰:"二人怠慢军法,吾故斩之!"

这就使曹操机变狡诈的性格活脱脱地表现出来。短短一段情节,成功地表现了曹操刚愎自用、骄纵急躁、文过饰非、老练而又残诈的"这一个"的性格特征,完全吻合《三国演义》这一艺术作品中曹操这一艺术形象的性格主调。

高尔基在《和青年作家谈话》中说："情节，即人物之间的联系、矛盾、同情、反感和一般的相互关系——某种性格、典型的成长和构成的历史。"人物性格构成了情节的重要基础，而情节的发展又反过来显示出人物的性格。《群英会蒋干中计》成功地处理了情节和人物之间的辩证统一的关系。

以文为戏　意味深长

孙行者三调芭蕉扇欣赏

吴圣昔

作者介绍

吴圣昔,江苏省社科院文学所研究员。《西游记》研究专家。

推荐词

这场含糊的彼此之争,所赋予人们的感受不是斗争硝烟的洗礼,而是在意味醇厚的艺术美陶冶中获得人生历程和立身处世等重要问题上的哲理性启示。

唐僧取经，路阻火焰山前。为借芭蕉宝扇扇熄八百里熊熊山火，护师西行，孙行者同他五百年前的结义兄弟牛魔王及其嫂嫂罗刹女之间，展开了一场既惊心动魄而又妙趣横生的争战，这就是神话小说《西游记》中那则脍炙人口的著名故事：孙行者三调芭蕉扇。这篇作品是那样富有魅力，引人入胜，以至你即使过去早已读过，但眼下再来欣赏时却依然会感到如此新鲜而获得无限意趣；甚至是在童年时读的吧，今天一提起它，也许脑海中犹会兴致勃勃地引出无数动人的鲜明记忆。这无疑是作品的创造性艺术美所获得的丰富效果，是故事中独特而浓郁的艺术情趣与读者的审美心理引起了和谐共鸣的反映。孙行者三调芭蕉扇这则故事的创造性艺术成就表现在哪些方面呢？大致有五：

　　第一，波澜迭出，作意好奇。全篇的题材内容本身，固然具有浓烈的神奇性，而作者在艺术构思和艺术表现中又尽全力以求奇,这就使作品呈现出丰富的戏剧性和浓厚的传奇色彩。故事叙述:一调芭蕉扇,孙行者赶到芭蕉洞向罗刹好言求借,但罗刹怪行者的害子而记嫌,就蛮不讲理地将宝扇晃了一晃,好厉害,直把猴头扇得无影无形,飘出有五万余里之远。这显得多么的神奇怪异,真正可说是匪夷所思。而这仅仅是序幕初开。当孙行者得到了灵吉菩萨的定风丹,形势就顿起变化。猴头再度来到芭蕉洞,罗刹女的宝扇失却了神奇效用;接着孙行者变作蟭蟟虫,躲在茶沫下被喝进罗刹肚中,于是迫得后者献出宝扇。这正是山重水复疑无路,忽然间柳暗花明又一村。然而谁又料得到,狡猾的罗刹女借出的竟是一把假扇呢?所以当猴头兴高采烈地护着唐僧一行来到火焰山前,挥动扇子准备过山时,不但山火未灭,反而腾起烘烘烈焰,还亏奔逃得快,才只烧净两股毫毛。孙行者无奈,二调芭蕉扇,只好赶到摩云洞见牛魔王面求,然而牛魔王不念结义旧情,引出双方一场恶战;后来趁牛魔王赴宴之际,孙行者盗得他的坐骑辟水兽,变成牛王模样,哄得罗刹上当,终于把宝扇骗到手中。正像春云乍展,雨过天晴,矛盾似乎就要顺利解决。然而不然。正当行者得意扬扬地捅着扇子返回时,却被牛魔王察觉,半途赶上,设计变作猪八戒模样，又把芭蕉扇骗了回去。败中寓胜，得中有失；错落跌宕，变化无穷。接着，情节演进到孙行者三调芭蕉扇，争战渐趋白热，然而作者在内容构思和情节设计中又能迭出高招。鏖战中，时而描绘双方比斗变化，色彩缤纷，使人眼花缭乱；时而表现两军刀枪拼比，鬼泣神嚎，使人目触心惊。从中可看出作者如何醉心于增进故事的曲折，着意于追求情节的离奇；事实上，表现中作者也确实善于将不同色彩、不同格调和不同情趣的情节和细节，选定出最佳的组合方式，以求最佳的艺术效果。所以，作品中，常常是唇枪舌剑与剑影刀光交互迭出，沙场鏖战与腾挪变化相映生辉；往往是一环扣一环，一环套一环，层层演进，层出不穷，戏中有戏，出人意料。这种种，都显示作者作意好奇的艺术匠心。

第二，以文为戏，涉笔成趣。在人们的想象中，孙行者三调芭蕉扇故事的基调，应该是冲突激烈，矛盾尖锐，你死我活，刀枪逞威，但作品的形象描绘为什么却如此妙趣横生，无限诙谐呢？因为作者善于运用富有个性的游戏笔墨，所以作品字里行间透露出浓重的风趣性。那些本身就富有情趣的细节，在作者戏笔的勾勒下，固然诙谐意味极为隽永而深长，如猴头变牛魔王闯入芭蕉洞哄骗宝扇，罗刹因夫妻久别，一旦相聚，酒酣耳热，未免忘情，此情此景，一经作者生花妙笔闲闲写来，画出如许儿女柔情，使全篇氛围至此顿显轻快，生动有趣。就是对那刀来剑去疆场恶斗的叙述，作者也总是时时故出妙语，以趣引人，如罗刹一听说孙行者来到，便"骨都都红生脸上，恶狠狠怒发心头"，摆出一副拼死报仇的恶状，但经不得猴头装腔作势地施礼奉揖，佯问笑答，以致满肚怒火一时难以发作，便只好说："泼猴！少要饶舌！伸过头来，等我砍上几剑！若受得疼痛，就借扇子与你。"这就上了行者的圈套，所以猴头叉手向前，笑道："嫂嫂切莫多言。老孙伸着光头，任尊意砍上多少，但没气力便罢。是必借扇子用用。"于是罗刹双手抡剑，照行者头上乒乒乓乓，砍有十数下，这猴头却全不认真，罗刹于是失理，这些铺张性的描写有助于缓解鏖战前的严肃气氛，使之淡化，以至于与作品诙谐风趣的艺术特点相协调。很显然，作者这种涉笔成趣的艺术功力，是运用游戏之笔的艺术造诣臻于高超的表现。所以，作者笔下所创造的形象效果，竟很少神魔之间矛盾冲突激烈紧张氛围的渲染，更多的却是轻松诙谐以趣引人的艺术享受。鲁迅曾在《中国小说的历史的变迁》中精到地指出：作者"本善于滑稽，他讲妖怪的喜、怒、哀、乐，都近于人情，所以人都喜欢看，这是他的本领。而且叫人看了，无所容心……但觉好玩，所谓忘怀得失，独存赏鉴了——这也是他的本领"。这种"本领"，正是作者运用戏笔的艺术造诣的表现；这种"好玩"，也就是作者爱好以文为戏的艺术情趣，通过形象描绘，使读者获得一种特殊的艺术享受的反映。

第三，晶莹似珠，巧夺天工。《西游记》写唐僧取经经历了九九八十一难，各个历难便形成了内容各异的生动故事。作者在串联这些光怪陆离的众多故事时，采取了单线发展的结构形式；全书犹似串珠成链，浑然一体。但是，另一方面，各个故事却又具有一定的相对独立性，犹如链上珠粒，自具形体之美。孙行者三调芭蕉扇的故事，就是全书中最有代表性者之一：联系全书看，它是小说整体中不可分割的部分；而就这一部分看，则又是具有相对独立性的一个有机整体，就像一部大型戏剧中的一出精彩的折子戏。粗粗一读，也许以为《三国演义》有刘玄德三顾茅庐，《水浒传》有宋公明三打祝家庄，《西游记》本身还有尸魔三戏唐三藏；所以，孙行者三调芭蕉扇似乎也不免陷于老套。其实不然。"三"不过是形式，在艺术大师笔下自能熔铸出各具异彩的新格，孙行者三调芭蕉扇就是一例，貌似落入窠臼，实能创新出奇。

你看，作者在情节提炼方面虽故作曲折，特设宝扇三调，以求波澜迭出，但更借助于结构上的巧为安排，使之贴切自然，不露痕迹，接榫绵密，天衣无缝。所以，三调固然错落有致，而枝蔓干净，首尾又能前呼后应，融合圆通；前因后果，交代得明明白白，来龙去脉，展示得清清楚楚。涂色着彩，疏密相间，浓淡相宜；走笔运墨，缓急相配，张弛得当；使得不同色彩，相映增辉，不同格调，相得益彰。无勉强凑成和松散疏略之失，有巧于剪裁和妙于糅合之奇；富有变化而又色彩纷呈，构思谨严而不流于单调。所以，这一出折子戏，颇能集中而又突出地反映全书结构艺术上的高度成就，它就像一颗晶莹圆润精巧夺目的天工制成的珍珠，镶嵌在珠链上，给人以美的享受。

第四，绘声绘色，活灵活现。这篇故事的争战双方，主要是三个人物：孙行者、罗刹女、牛魔王，他们境遇不同，性格各异，作者总是紧紧把握人物的既定面型和特定性格，从不同的角度和层次，多方面地加以皴染，精致地勾勒出形象性格的鲜明特征；而且矛盾纠葛主要也就是在他们三人之间交互展开，所以作者又总是根据这一特定情况，落笔时注意发挥相互映衬的效果，来加深性格之间的差别，使人物的个性更加鲜明和突出。

孙行者是故事中的主要人物，塑造这个形象，作者多以浓重的戏笔，着重勾勒他的机灵、精明的性格特征。孙行者去借扇，明知会碰到麻烦，因为在这之前已经碰到过牛魔王之弟如意仙的纠缠，后者怪猴头害了他侄儿红孩儿，所以在讨取落胎泉水时曾多方刁难，但红孩儿其实并非遭害，在行者看来跟在观音座前可说已成正果。在这种情况下，他与牛魔王、罗刹相见，出言吐语，总是低声下气，一味礼让，不管对方怎么愤恨地责问谩骂，他总是不无解嘲地善意解释，开口不离"长兄""嫂嫂"，甚至在拔刀比拼时，还说：兄弟们多年不见，不知武艺比昔日如何，请演演棍。故意视同儿戏，目的在利于借扇。这些言行显然是出于猴头的机灵和精明。行者化小虫进入罗刹肚中，逼迫罗刹拿出宝扇，后来又假变牛魔王骗得罗刹主动递来芭蕉扇，这些有趣的描写，显然也是作者从猴头机灵精明的个性中化出。但行者又有得意忘形骄傲轻率的一面。他从罗刹处拿来的竟是假扇，以致被烧毁两股毫毛；而在骗得真芭蕉扇后又只讨得变大的方法，以致只好掮着一丈二尺长的大扇行路，这种种可笑相就是猴头机灵中带有粗率、精明而又不无骄傲的表现。但他的粗率骄傲又与猪八戒不同，后者则主要体现为愚鲁憨直。如最后罗刹跪地求还芭蕉扇，八戒只会大喝：我们拿过山去，不会卖钱买点心吃！但行者却怕人说他言而无信，所以在扇绝山火后，将扇还了罗刹。这些描写，无不显出作者精雕细刻的功力。如果我们对照牛魔王和罗刹的形象描绘，这种体会就会更清晰。罗刹面对猴头的一味戏谑旨在得扇的表现，却出于一个善良妇人的亲子之爱，只是一味动怒，恨不得一刀劈了猴头才解恨。但牛魔王不同，他虽也有害子之恨，但经不得行者三言两语，便恨消怒释，显得豁达大度而又粗犷草率，但他假变八戒用计从行者手中诓回宝扇，接着又与行者变化斗法斗智，则在粗犷草率中表现出精明干练，豁达大度中渗透有恃强好胜之心。可见，牛魔王的形体特征与孙行者虽大有差异，然而性格的精明则有相通之处；而与猪八戒的形体特征不无相似，但性格之粗却又完全不同。从作者这种下笔时于细微处见功夫的精神，可见作品中的人物形象能达到人各一面，栩栩如生，并不是偶然的。人们对于故事中那些活灵活现的形象性格的喜爱，其实也就是对作者善于绘声绘色、精镂细刻地塑造人物的高超技巧的赞美。

第五，意味醇厚，启示深邃。孙行者三调芭蕉扇的艺术成就引人注目，然而当我们进一步体会它的思想意义时，务必不可用某些政治概念的框框简单地搬来套去。否则，不论你把孙行者判定为所谓叛徒，投降了神，西行途中镇压自己的同伴或同类，如牛魔王和罗刹；还是把牛魔王和罗刹划为残害人民的反动派，而把孙行者说成是人民卫士，那就会把作者通过形象描绘所蕴含和创造的意味醇厚的意境，蒙上一层茫茫迷雾而掩蔽了庐山的真面，都不可能据此以得出确切的评价。三调芭蕉扇中的矛盾，绝不是阶级斗争性质的，归根到底无非也是一场如鲁迅所说的含糊的彼此之争。细加探析，不妨说，作者是以游戏之笔，构筑了一个离奇诡谲的神怪故事，来曲折地展示一般的人生道路上常常遇到的某些普通问题，通过形象描绘来做出富有启示性的审美评价。

贯串全篇的求借宝扇与拒借宝扇的矛盾冲突中，交织着错综复杂的因素。孙行者借扇目的是护师西行取经，无疑渗透着崇高的理想色彩，他从以礼求借发展到以用智和武力来强索，是随着冲突的激化而演进。而罗刹的拒借，则纯粹基于由亲子之爱转化而来的报仇心理；牛魔王的拒借起初也出于亲子之爱，继之则是妻妾被欺之恨，他们因报仇心理所激发的感情冲动，完全超过了探究行者借扇的动机及其性质的兴趣，以致无可理喻。因此双方之间导出了新的仇视而直至死拼。这一场死拼，胜利属于孙行者，猴头的损失不过烧掉了两股毫毛；但人们的同情并不始终在行者一边。牛家损失惨重，似乎纯粹处于失败的地位，但作者立意又显然并不在此。因为，双方冲突的结果，孙行者固然得以扇熄火顺利西行；而牛魔王和罗刹据作者交代也在经历了诸般痛苦后获得解脱，成了正果，达到了未来的和谐。很显然，这是一个运用游戏笔墨绘成的神怪故事，人们从中所感受的也并非是阶级斗争方面的启发；这场含糊的彼此之争，所赋予人们的感受不是斗争硝烟的洗礼，而是在意味醇厚的艺术美陶冶中，获得人生历程和立身处世等重要问题上的哲理性启示。这完全由于作者运用游戏笔墨功力的深厚和艺术表现技巧造诣的高超，所以，使人们乐于陶醉在作品艺术意境的欣赏中，既获得艺术美的享受，又深受富有深意的哲理熏陶而回味无穷。

英雄的悲剧 悲剧的英雄

孙悟空悲剧形象再探

李靖国

作者介绍

李靖国,退休前为惠州学院副院长。

推荐词

保护唐僧取经成功的孙悟空坐上了第四十八把交椅,居然位置排到了观世音菩萨的前面。在佛的行列中"叨陪末座",却又比一切菩萨要靠前。定位于此,这对于原先最深恶痛疾等级制的孙悟空来说,到底是安慰抑或是讽刺呢?

在中国古典小说中,吴承恩的《西游记》无疑是首屈一指的神魔小说。

在《西游记》中,孙悟空无疑是最具光彩的艺术形象。

然而,由于孙悟空这一艺术形象内涵的丰富性和复杂性,学术界的评价至今仍然众说纷纭,莫衷一是。

据有关专家统计,关于孙悟空的形象大致有七种代表性的观点:(1)"安天医国""诛奸尚贤"的代表人物;(2)"人民斗争"的代表人物;(3)"西天取经"的完成者;(4)坚持反抗、追求光明与正义的代表人物;(5)新兴市民阶层的代表人物;(6)向封建统治阶级实行投降的投降派;(7)前(大闹天宫)后(西天取经)矛盾的艺术形象。[1]七种观点,似乎都没有着重揭示孙悟空形象深刻的悲剧性。

---

[1] 见刘耿大《近几年的〈西游记〉研究综述》(载《西游记研究》,1984年,江苏古籍出版社)。

悲剧，将人生有价值的东西毁灭给人看。人生宝贵的东西莫过于生命。但人们往往为了圣洁的爱情而牺牲生命，而为了追求自由则不惜舍弃生命和爱情。

综观孙悟空的生命旅程：从大闹三界（主要是大闹天宫）到护法取经，从挥舞金箍棒与天奋斗与地奋斗与神佛奋斗到双掌合十口宣佛号，从齐天大圣到"南无斗战胜佛"，他走了一条自由被不断剥夺的道路，不仅是行动的自由而且是思想的自由。中外文学名著中的悲剧人物，一般是以生命来向一种旧的制度、旧的思想体系抗争的。如莎士比亚悲剧中的主要人物形象，生命牺牲了，悲剧则随之完成。孙悟空则付出了更大的代价，自由被彻底剥夺，悲剧却仍在继续，因而孙悟空是一个层次更深刻的悲剧形象。中国古典小说名著中，能同孙悟空这一悲剧形象媲美并稍胜于他的，大抵只有《红楼梦》中的贾宝玉了。

一

孙悟空性格诸因素中最鲜明最具有特征的因素乃在于对自由、平等的追求。作家独出心裁地构思了孕育孙悟空（石猴）的母体——花果山是没有任何束缚和污染的、绝对自由的大自然，构思了孕育孙悟空的"子宫"——仙石是未和任何动物或人发生血缘关系的自然物，那么由此产生的孙悟空必然是不会服从任何宗法制度和礼教桎梏而追求无拘无束生活的。以石猴为首的猴族群体，在"花果山福地，水帘洞洞天"生活，果然"不伏麒麟辖，不伏凤凰管，又不伏人间王位所拘束"，超越了兽禽人等"社会关系"，是一个自由程度很高的"乌托邦"群体。孙悟空最初的造反，是因为生命寿夭问题上的不自由、不平等。有头有脸有名望有地位的神仙佛都可以长生不老，与天地齐寿，孙悟空虽有满身本事，仅仅因为没资历没名望就归阴司阎王管着，只允许活三百二十四岁，到了这个"定数"，阎王就差"勾死人"来勾魂。孙悟空不听这个邪，打死勾魂鬼，直闯森罗殿，痛斥十殿阎王，强行勾销了自己乃至整个猴族在阴司生死簿上的名字，在生命这个问题上，依靠自己的威力，讨回了公道。

孙悟空的进一步造反，是因为他深感社会地位的不平等。玉帝害怕孙悟空犯上作乱，将他骗上天宫，给了一个根本不入流的"弼马温"。论孙悟空的聪明才智和本事，在玉帝的灵霄宝殿上应位列极品。玉帝居然搞了一个"弼马温"封号的欺骗性"安排"，完全是对人才的一种摧残，是极大的污辱。因此，孙悟空一旦明白真相时，便"不觉心头火起，咬牙大怒"，激愤地斥责"玉帝轻贤"，反出天庭，自己树起了"齐天大圣"的旗帜。文的欺骗不成，玉帝搞起了武装镇压。孙悟空力挫李天王率领的围剿部队，理直气壮地呐喊："老孙有无穷的本事，为何教我替他养马？你看我这旌旗上字号。若依此字号升官，我就不动刀兵，自然的天地清泰；如若不依，霎时间就打上灵霄宝殿，教他龙床定坐不成！"显示了实力，喊出了强音，充分评估了自我价值，抗议了摧残人才的玉帝的老朽昏庸。玉帝的武装镇压受挫，再次玩弄了文的欺骗。第二次骗术高明了许多，晋封了孙悟空一个"齐天大圣"的空名头，舆论造得山响，但在最实际的分配上，却根本没有一点实惠，连天宫一次蟠桃会居然也瞒着"齐天大圣"，不让他参加。深感污辱的孙悟空私扰了蟠桃会，将那些原先对于他来说属于"禁品"的仙果、仙酒和金丹都偷吃了，于是犯下了天庭绝不能容忍的"十恶"之罪，一场轰轰烈烈的大闹天宫的活剧，由此向高潮进展。玉帝最终拉破脸皮，放下招安的骗术，撒下武装"围剿"的"天罗地网"，直至请出西天佛祖如来来制服孙悟空。

交替地使用硬刀子和软刀子来降服那些敢于犯上作乱

的叛逆者，乃是中外统治者的绝技。尤其玩得好的是中国历代的统治阶级。软功硬功兼施，王道霸道杂糅，两种货色齐备，因时因事制宜，以消弭反抗、麻醉斗志、解除武装、化敌为奴为目的。《西游记》以玉帝为代表的神仙佛集团是玩弄牧师和刽子手两种伎俩的高手。

倘若把孙悟空的大闹天宫作为一个全过程来看，它的矛盾是一个发展变化着的动态流程，这个流程贯穿着孙悟空对于自由、平等追求的不断升级，不断向高一级层次攀登的正常要求。生命问题的自由平等属于最基础的层次，这一层次的问题解决了，自然而然就会考虑到自身的社会地位、自我的价值取向。如果玉帝的人才观和用人制度是比较民主的、实事求是的，能合情合理地使用孙悟空，而不是极端的蔑视和欺骗，那么孙悟空就很可能安于其位，进入一个相对稳定时期。退一步说，玉帝起初因为不了解孙悟空的本事，错封了"弼马温"，但后来不是虚与委蛇，而是真正赋予孙悟空以"齐天大圣"的责、权、利，那么也不会激化孙悟空同天庭已有的矛盾，而变得势不两立。正是愈欺骗愈压制，反抗的力量就愈强大，意志就愈坚决。孙悟空同玉帝这场财产和权力再分配的斗争，其矛盾双方行进的轨迹，是十分符合逻辑的。

对自由、平等的追求，不可避免地激化为同至高无上的皇权的冲突，孙悟空毫无退路地把自己放到了同一种根深蒂固的制度相对立的地位，而这种制度的核心是任何一位最高统治者都不容许触动其毫毛的森严的等级制度。一切封建统治的规章制度秩序都是为维护等级制的永远牢固而设置的。难怪佛祖如来在制服孙悟空前要破口大骂："你那厮乃是个猴子成精，焉敢欺心，要夺玉皇上帝龙位？他自幼修持，苦历过一千七百五十劫。每劫该十二万九千六百年。你算，他该多少年数，方能享受此无极大道？你那个初世为人的畜生，如何出此大言！"等级的高低，首在于论资排辈。资深无匹的玉帝龙床，岂能让你这"初世为人的畜生"孙悟空来坐？等级制的规矩是万万破不得的。以一个孤立无援的志士，去同一种历时弥久顽固不堪的等级制相抗衡，即使他有很大的本事，也难奏回天之效，孙悟空悲剧的根本原因大抵在此罢。

伟大的思想家鲁迅毕其一生对漫长的中国封建社会的本质做过深刻的思考。五四时期，他曾用"吃人"二字形象地概括过封建制度从"灵"与"肉"两个方面来摧残和虐杀人民的本质。鲁迅把中国漫长的封建专制制度尖锐地嘲讽为"中国的固有文明"，这种制度"不过是安排给阔人享用的人肉的筵宴"！那么，这种"人肉的筵宴"为什么能够"一直排下去"呢？鲁迅认为这是因为有所谓"固有的精神文明"即万古不变的等级制在支撑着专制制度这座腐朽的"大厦"。可悲的是，这种极不平等极不自由极不人道的等级制，却又被历代的被压迫人民认为是天经地义。

现在孙悟空不仅敢"非议"，而且敢造反。不仅敢造反，而且一次比一次激烈。倘若让孙悟空坐上龙床，那么"固有的精神文明"就会毁于一旦，"固有的文明"大厦也将摇摇欲坠。对于玉帝和如来这些高踞于专制等级制塔尖上的"独夫"，还有比这更大的威胁吗？于是，一切由等级制而带来既得利益的各派力量，结成"神圣同盟"来围剿无法无天的孙悟空就是必然的了。

诚然，大闹天宫以孙悟空的失败而告终，但这七回书却是全书最光辉的部分。就孙悟空的形象特征而言，这是集中表现他对自由平等追求的最充分最完美的部分。只有在大闹天宫的七回书中，孙悟空才是真正的敢想敢说敢作敢为的英雄，他的大闹天宫的行动令人神往，使人对森严等级制存在的"永恒性"和"坚牢度"产生了深刻的怀疑。

有的专家联系到吴承恩所处的明代中后期这样一个特定

的历史年代,资本主义工商业萌芽已经出土,新兴市民阶层也随之产生,他们必然会对自由平等萌生自发的要求,期望等级制既成格局的打破或者至少是调整,从而使自己在国家整个经济和政治的全局中占有合法的一席,吴承恩正是艺术地反映了这一特定的历史现象。这确乎是一种真知灼见。就明代中后期新兴市民的时代要求来看,这是一种对于顽固僵化的封建等级制的冲击,正因为封建官僚等级制阻碍着社会生产力的发展,因此新兴市民阶层要求权力和财产的再分配显然体现了解放生产力的进步因素。一个是"方生",一个是"未死"。不愿意自动退出历史舞台的等级制暂时还居于绝对优势,刚刚冒出萌芽的新兴市民阶层还太柔弱。"未死"与"方生"甫一交锋,"方生"就败下阵来。在新旧之交的初期,不大可能有别的结局。恩格斯认为:悲剧乃是历史的必然要求和这个要求实际上不可能实现之间的冲突。孙悟空的悲剧不正是这样不可避免的历史的悲剧、时代的悲剧吗?

二

《西游记》的艺术情节逻辑地显示了孙悟空在同维护玉帝为首的"神圣同盟"的决战中,因为总体实力的过分悬殊而归于失败。而他皈依佛门、保唐僧取经乃是被镇压在"五行山"下,求生不得、欲死无门时的唯一选择。

"文革"前,在学术领域日甚一日的"左"的思潮影响下,《西游记》的研究和评论不可避免地受到其左右,焦点集中在孙悟空身上。论者习惯成自然地给天宫神佛和地下妖魔一一划定阶级成分,尔后硬套农民起义模式,谴责妥协了的孙悟空的不坚定不彻底。"文革"期向,在"评《水浒》,批宋江"的影响下,上述偏向有了恶性的发展。激动得失去了理智的人们,把《西游记》比之于《水浒》,把孙悟空比之于宋江,于是孙悟空=宋江,成了不折不扣的投降派,《西游记》成了宣扬投降主义和奴才哲学的"毒草"。

现在,回过头去看看,"文革"中的"评法批儒","评《水浒》,批宋江",以及骂孙悟空之类的"左"潮是多么荒谬而又可笑,它们绝对不是什么学术研究,而是"四人帮"旨在"古为今用",旨在反对周恩来等老一辈无产阶级革命家的政治阴谋,而且"四人帮"在推行他们的政治阴谋时,又往往先列出几段或被篡改或被歪曲的毛泽东语录作为"尚方宝剑"来统一"舆论"。其实,毛泽东无论在写文章或作诗填词时,涉及孙悟空的评价时,从来就没有认为他是什么"投降派",更没有认为孙悟空这个艺术形象"宣扬投降主义和奴才哲学"。相反,毛泽东着眼于孙悟空的神通广大降妖伏魔,赞曰:"金猴奋起千钧棒,玉宇澄清万里埃。"可谓揄扬备至!当然,领袖的这种赞扬仍然不属于科学的学术评论,而是一位大政治家针对一段特定国际形势风云变幻的有感而发。明乎此,我们就无须把某位权威人物的某些片言只语,当作评价艺术形象不可商榷的金科玉律了。更何况那些裁定孙悟空的形象"宣扬了投降主义和奴才哲学"的人,根本离开了神魔小说创作的基本特点,得出了极端武断的"政治结论"。即就宋江与孙悟空而言,又岂能简单化地施以等同式的类比呢?宋江,是作家参照史实,采用现实主义方法塑造的典型人物;孙悟空,是作家根据佛教故事、神话传说、话本、戏曲,采用浪漫主义方法创造出来的神话英雄。二者之间画上等号,显然荒谬得可以!

我们批评了脱离孙悟空艺术形象实际的"左"论,但我们却不能无视甚至否认孙悟空向神仙佛"神圣同盟"妥协了的确凿事实。从大闹天宫意欲推翻玉帝皇权,转化为服从皇权保唐僧到西天取经,孙悟空堕入了不能自拔的悲剧怪圈。只许你规规矩矩,不准你乱说乱动;只许你吃大苦耐大劳保唐僧西去，不许你再自由自在驾"筋斗云"独来独往。如有违犯，"紧箍咒儿"立即念动，予以惩罚。如来的"五行山"，化成了一只"嵌金花帽"戴在孙悟空头上。如要不受惩罚，只有强制自己从内心到行为，都自觉接受皇权佛法的规范。孙悟空保唐僧取经说得好听些是"修行"，实际上是在磨灭以往的锋芒。一旦锋芒锉平，棱角磨圆，自会安于现状，苟且偷安，走向自己原先无畏地追求平等自由的反面，这是个异化的过程，大抵是不容置疑的。

有些论者着眼于孙悟空在西天取经路上的降妖伏魔，至今令人神往，便论定西天取经事业是大闹天宫的继续和发展。笔者认为，这种说法，至多说对了一半。就孙悟空的形象塑造来说，确实由"大闹三界"（主要是"大闹天宫"）开始，中经"取经缘起"，转入"西天取经"，直至取经成功得到"正果"而最终完成。情节是性格的历史。就这个意义上来说，西天取经时的孙悟空是大闹天宫时孙悟空的继续，当然未尝不可。但继续并不一定是前进，也有可能是倒退。西天取经路上的降妖伏魔、排除万难，确实仍可看到当年大闹天宫所向披靡的神武英勇，他所殄灭妖魔鬼怪的斗争也包含有正义与非正义、善与恶势不两立的成分，但这充其量只是局部性的纷争了。由直接反对天庭的等级制,到承认服从神仙佛的等级制;从喝令玉帝让位,到至多鞭挞批判统治者的颟顸昏庸;从以玉帝为敌手,到只从事铲除统治者身边的坏人以及形形色色的虐民妖魔;由彻底变革到被迫点滴改良。试问,西天取经时的孙悟空到底是前进了还是后退了?

明清小说、戏剧研究专家张锦池先生将《西游记》与李贽的《焚书》进行了比较研究,指出:"《焚书·童心说》认为:'夫童心者,绝假纯真,最初一念之本心也。若失却童心,便失却真心;失却真心,便失却真人。'这种'童心'说作为一种人性观念,李贽用以反对程朱理学的天命之性说,称颂人的一种未受官方御用思想侵蚀过的天真纯朴的先天存在的精神状态,也就是所谓要求自由自在生活的天性。作为一种道德观念,李贽用以反对一切虚伪、矫饰,反对一切外在教条、道德做作,反对一切传统的观念束缚,甚至包括无上权威的孔孟在内。作为一种文艺观念,李贽用以作为创作基础和方法,也就为本来建筑在现实世俗生活写实基础上的市民文艺,转化为建筑在个性心灵解放基础上的浪漫文艺铺平了道路。试看《西游记》中孙悟空身上那种恍若与生俱来的要求自由平等的天性,特别是在花果山时期那种作为'大自然的儿子'的形象,不正体现了这三者的完美统一吗?"这种借"童心说"来分析孙悟空,借同时代先进思想家的学说来分析优秀艺术家创造的艺术形象,其方法和结论,都是很精辟的。

关键在于,"大自然的儿子"终于转变为"御弟"唐僧忠心耿耿的大弟子,原先那颗纯真的"童心"终究被等级制所污染和摧残。我们上面已经论证过,孙悟空的悲剧诚然是不可避免的,是不能苛求于他的。但我们毕竟也不能认为,孙悟空那颗天赋"童心",在西天取经路上是进一步发展、完善了。事实上,孙悟空越往西天目的地行进,"童心"就越受制约,越益淡薄,直至完全泯灭。

这里有一个不容回避的矛盾,即西天取经的"经",到底是什么货色?倘若如来令唐僧师徒四众万里迢迢千辛万苦从西天取来送往东土大唐的佛经,果真能拯救万民出于水火,那么西天取经的评价又当别论,因为着眼于社会效益,老百姓得到了好处,孙悟空一己自由平等之丧失也还是值得的。但《西游记》并没有提供这样确凿的情节。另外,吴承恩也无意在《西游记》中阐发佛经的哲学文化价值。怎样认识唐太宗这类君王，怎样评价以如来为代表的佛界最高领袖，作家倒是给了读者一些提示的。

第十回有一段绝妙的情节。唐太宗夜梦泾河老龙求救，他答应设法绊住魏徵，不让魏徵脱身去监斩老龙。不料魏徵在与唐太宗下棋时，倒头睡去，梦斩老龙。老龙阴魂告到阎王殿，阎罗王差鬼使"请"唐太宗到阴司三曹对案。唐太宗到了阴司，原先被他阴谋害死的兄弟李建成、李元吉都来揪打索命，那些枉死在李世民手中的"六十四处烟尘、七十二处草寇，众王子、众头目的鬼魂"都向李世民高呼"还我命来！还我命来！"作者在这里巧妙地谴责了李世民这类封建帝王是在阴谋凶险大屠杀的血泊中浮上皇位的，戳穿了这类英明君主的伪善面目。后来，幸亏魏徵的故交、前礼部侍郎崔珏，现任酆都掌案判官，得到魏徵传书求情，为唐太宗解围脱难，又增添了二十年阳寿。这真是一段生花妙笔写成的天下奇文！唐太宗的阴险毒辣而又卑微低下，崔判官的因私废公徇私舞弊，十殿阎王的利害交通昏聩失察，构成了一个漆黑一团的魍魉世界。哪里有公道，哪里有正义？委命"御弟"唐僧去取经来"普度众生"的唐太宗，本身居然是个暴君、伪善者、"走后门"专家、"以权谋私"的头号人物，那么他委派唐僧去取经以拯救万民，岂非十足的骗局？这是一个浸透了作家独特的审美观的批判性的艺术形象，是作者对封建帝王本质的概括，当然无须用历史上唐太宗这个人物来与之对照检验的。

第九十八回描写唐僧师徒四众在灵山雷音寺取经时的波折，就更是一段妙不可言的讽刺绝品。唐僧等人因无钱无物向如来贿赂，如来的忠实奴仆阿傩、伽叶就千方百计地刁难他们，先传给了他们假冒伪劣的"无字真经"，差点断送了师徒四众万水千山来求经的诚意。后来孙悟空将"官司"打到如来佛面前，如来居然无耻地说："经不可轻传，亦不可以空取。向时众比丘圣僧下山，曾将此经在舍卫国赵长者家与他诵了一遍，保他家生者安全，亡者超脱，只讨得他三斗三升米粒黄金回来。我还说他们忒卖贱了，教后代儿孙没钱使用。你如今空手来取，是以传了白本……因你那东土众生，愚迷不悟，只可以此传之耳。"后来，到底让阿傩、迦叶将唐僧手中化缘的紫金钵盂强索了去作为"人事"，才将"有字真经"给出。请看，如来在这里到底是大慈大悲普度众生的佛祖呢，还是唯利是图蝇利必得的奸商？在这里，佛教经典的虚伪实质暴露无遗，佛祖的庄严宝相由自己剥落殆尽。猪八戒对此评论道："只说凡人会作弊，原来这佛面前的金刚也会作弊。"连猪八戒都有了切身的体会，只不过他的体会还十分肤浅罢了。

要言之，唐太宗是这样一位皇帝，如来是这样一位佛祖，他们的一切同真诚、善良、美好是那样格格不入。但被迫放弃了"童心"的孙悟空却必须不怕牺牲、排除万难去执行他们旨意。到头来锐气丧失、斗志泯灭，却被如来封为"南无斗战胜佛"，总算挤入了佛界最高领导集团，在总共六十三把交椅中，坐上了第四十八把交椅，居然位置排到了观世音菩萨的前面。在佛的行列中"叨陪末座"，却又比一切菩萨要靠前。定位于此，这对于原先最深恶痛疾等级制的孙悟空来说，到底是安慰抑或是讽刺呢？

从反对等级制的无畏斗士到享受等级制实惠的"南无斗战胜佛"，孙悟空头上当然再也没有"紧箍咒儿"了；但其时他早已收起了"金箍棒"，高坐在莲台之上，跟着如来诵经念佛，再也不会为自由平等去拼搏去格斗了，因为他走完了自己异化的全过程，"不能动弹，也不想动弹了"。

哀莫大于心死。孙悟空，你那颗曾经激烈跳荡的"童心"，还能再复苏吗？

三

　　中外文学史上，用浪漫主义的创作方法，从经典或传说中汲取题材，以神魔的形式来描写敢于向旧传统旧制度挑战，争取自由平等的艺术形象并不鲜见。

　　大概比吴承恩晚一个世纪的约翰·弥尔顿就是这方面的大手笔。深受人文主义思想熏陶的弥尔顿，在双目失明的恶劣境遇中，完成了三部都取材于《圣经》的杰作：《失乐园》《复乐园》《力士参孙》。在英国乃至世界文学史上，三部史诗杰作最值得称颂、最振奋人心的当首推取材于《圣经·创世纪》的长约一万行的史诗巨篇《失乐园》。

　　《圣经》一个很重要的题材是人类的始祖亚当、夏娃是如何失去上帝的恩宠而"堕落"的。失乐园这个故事在西方早已家喻户晓，但弥尔顿对这一传统题材进行了自己独特的审美观照，做了独创性的改造，使整部史诗闪烁着强烈的追求自由平等的人文主义光彩。

　　贯串史诗的尖锐矛盾，是上帝和魔鬼撒旦之间的矛盾，矛盾的焦点集中在亚当和夏娃身上。在上帝的伊甸园中，亚当和夏娃完全蒙昧地生活着，没有喜怒哀乐，没有七情六欲，当然更没有对自由平等的向往、对爱的追求。是魔鬼撒旦"引诱"(实质上是启发)他们偷吃了"禁果",使他们开始了觉醒,分清了智愚善恶,萌发了彼此热烈相爱的恋情,迈开了追求自由平等的步伐。上帝对此勃然大怒,将亚当和夏娃逐出伊甸园,贬往人间赎罪;对"蛊惑"亚当夏娃挣脱上帝桎梏的魔鬼,则是大举讨伐,展开了殊死的搏斗。

上帝与撒旦的斗争,实质上是规范亚当夏娃"做什么人,走什么路"的斗争。上帝的逻辑是,亚当与夏娃应当愚昧无知,在伊甸园中什么都不过问,一切服从上帝的旨意。撒旦则要亚当和夏娃争取自身应有的价值,自己主宰自己的命运。怀疑旧的传统制度的永恒性和合理性,并进而向它挑战,这当然是旧传统旧制度的代表者所绝不容许的,冲突必然不可避免。上帝同撒旦的矛盾冲突与以玉帝为代表的神仙佛同孙悟空的矛盾冲突,其性质是完全一致的。

就悲剧形象的创造来看,撒旦和孙悟空也十分相像。《失乐园》中的魔鬼撒旦,在世界文学史上占有崇高的地位。史诗中的撒旦,体格魁伟、意志刚强,同上帝展开了惊心动魄和可歌可泣的斗争。尽管失败了也不气馁,被打入地狱,仍然激励伙伴们发扬叛逆精神,树起必胜信心。他不能忍受屈辱的奴才地位,自立为王,继续与上帝抗争,骄傲地宣称："与其在天堂里做奴隶，倒不如在地狱里称王。"恩格斯就此称赞弥尔顿创造撒旦的功绩，认为他是"第一个为弑君辩护的人"，是法国启蒙思想家的"先辈"。在反对旧传统旧制度，追求自由平等这一意义上来说，魔鬼撒旦和孙悟空的追求目标价值取向十分吻合，他们失败的悲剧也都可以在历史中找到几乎共同的原因，而作家世界观的局限也都各自体现在自己的艺术形象上。所不同的是，作为清教徒革命家的弥尔顿，其思想政治视野毕竟要比新兴市民阶层的代表者吴承恩要来得开阔和高远些，山雨欲来风满楼的17世纪的欧洲，又大大不同于中国的明代中后期，因此魔鬼撒旦失败了仍在坚持斗争，孙悟空却被"定位"在佛界最高层的第四十八把交椅上。东西方两位艺术大师都没有超越他们各自的时代背景，因而也不可能塑造出脱离他的时代的艺术形象来。

将《西游记》中的孙悟空与《失乐园》中的魔鬼撒旦放在一起进行比较研究，无论怎么说都将是一件很有意义的事情。

孙悟空形象的方方面面足以组成一个丰富复杂的世界，本文并非全面论析之作。更何况先贤和时彦们的成果，已经足以令人望而却步。

但大抵因为在中国学术界，尤其是中国民间，那神通广大的金猴形象太深入人心，在世代流播的过程中，始终不减他那神奇的光彩，因此人们很难接受孙悟空是悲剧形象的观点，这种心理，天长地久已经形成了一种强大的定势，以致说孙悟空是悲剧形象似乎就是对他的亵渎。学术界不可能不受到这种思维定势的影响。故此，在研究孙悟空形象的累累硕果中，执着于他是个悲剧形象的宏文精论似乎不多，就这个形象悲剧内涵进行文化深层意义的挖掘者，更寥若晨星。

拙文就奢望在专家学者们的皇皇成果的夹缝中，艰难地走出一条羊肠小道来，就形象本身的轨迹来探讨他的内涵，返璞归真是矣！无论孙悟空也好，其后的皇皇巨著《红楼梦》中的贾宝玉、林黛玉也好，由"猿"到"人"，但他们的悲剧都在于"向来就没有争到过'人'的价格，至多不过是奴隶"。以唯物史观来看，孙悟空和他的晚辈宝黛，都还没有资格代表一种足以冲决旧的生产关系的新兴生产力，因此他们活泼泼的生命到头来只能填到历史的沟壑中去。他们也曾奋力跳跃，但终于没有超越过去。

拙文行将结束时，想说明两点。

一是强调孙悟空是个悲剧形象并非否定他。且不谈大闹三界的英雄业绩，即就西天取经的"童心"异化过程中，即使在孙悟空深陷在不得不服从神仙佛联盟意旨的悲剧中,他所体现出来的"敢问路在何方"的艰苦奋斗的精神,也是不能否定的。鲁迅说:"我们从古以来,就有埋头苦干的人,有拼命硬干的人,有为民请命的人,有舍身求法的人……虽是等于为帝王将相作家谱的所谓'正史',也往往掩不住他们的光耀,这就是中国的脊梁。"深陷悲剧的孙悟空,仍不失为悲剧的英雄!他的身上仍闪烁着中国脊梁的光彩!

二是指明吴承恩世界观与创作观的局限,又绝不能苛求他。相反我们应当深深缅怀和感谢他的不朽业绩。至少用神魔小说这种艺术形式来反映现实,将历史悲剧如此深刻地表现出来且具有久远的艺术魅力,吴承恩之后尚未有出其右者。历史的局限、时代的局限是不可避免的。即如今天,掌握了马克思主义创作思想和批评武器的作家批评家们,几十年几百年后的人们,何尝不能指出我们今天的局限?更何况,类似孙悟空这种永存魅力的艺术形象,今天又有几多面世,而又扎根在读者的肥沃心田了呢?

一部真正"满纸荒唐言"的作品

解读《西游记》的"钥匙"

孙 苏

作者介绍

孙苏,浙江传媒学院中文系教师。

推荐词

《西游记》之所以历久弥坚地引发人们的阅读和改编的兴趣,在于它荒诞故事中深刻的生命寓意,它用表面上述圣颂佛的故事,蕴含了对生命和人生哲理的探讨;写的是孙悟空个人的奋斗历险,实际上是对一个民族甚至整个人类悲剧命运的概括。

在我国古代四大名著中,《西游记》是与众不同的一部。其他几部作品,都是以现实生活作为直接的描写对象,唯独它把神话世界作为自己的叙述背景。同样,在中国古代众多的神魔小说中,唯一成为经典的,也只有《西游记》。它为什么会取得这样一个文学史上的地位?较之其他神魔小说,它有什么不同之处?这些问题,一直到今天,都引起人们很大的兴趣。特别是关于它的主题,就有各种说法争执不休。有说谈禅,有说论道。在强化意识形态的时代,学者们通常从阶级斗争观点出发立论,把孙悟空看成是代表农民起义的英雄,但采用这个说法,到了小说后半部就难免自相矛盾,因为他后来反过来帮助代表正统势力的唐僧清除取经路上的障碍,而各路妖魔所代表的正是各路起义英雄。也有人把《西游记》看成是一部"游戏之作",有趣而已。后来引进的港台大片《大话西游》,就是这种观点的身体力行者。从对《西游记》的认识中我们可以看到历史发展的明显烙印。但无论从传统文化价值还是从意识形态领域，抑或是后现代的消解式阅读，我以为，都没有真正找到解读《西游记》迷宫的钥匙，《西游记》是一部真正属于"满纸荒唐言"的作品，它之所以历久弥坚地引发人们的阅读和改编的兴趣，在于它荒诞故事中深刻的生命寓意，它用表面上述圣颂佛的故事，蕴含了对生命和人生哲理的探讨；写的是孙悟空个人的奋斗历险，实际上是对一个民族甚至整个人类悲剧命运的概括。所以只要人类永存，它就会魅力不减。正基于此，才奠定了它在中国文学史和人类文化史上的地位。

对存在的思考是20世纪哲学的主要命题，但对生命的认知却持续整个人类成长的历史。《西游记》中贯穿着对生命形式和生命意义的追寻。整部作品对生命的认知主要体现在两个方面：一是生命的时间维度的向往，这就是对于"长生不老"的追求；二是生命的空间维度的要求，即自由和无羁绊的生存方式。

第一方面的描写成为这部作品纵向的主线。小说从始至终的矛盾冲突都是围绕这个方面展开。翻开《西游记》，我们就会发现，这部书一开始就借着讲天地生成的神话来讲人的诞生。在这样的讲述中，它突出了人的位置。接着，它叙述了孙悟空的诞生。它说孙悟空是感受天地灵秀、日月精华的结果。这是作家对生命起源的认识。正是这个孙悟空，他为众猴寻得了花果山水帘洞这个天然洞府，被拥立为猴王，与众猴尽享天真之乐。在这欢乐之中，他有一日忽然忧虑，坠下泪来，由此提出了生命永存的问题："我虽在欢喜之时，却有一点远虑，故此烦恼……将来年老血衰，暗中有阎王老子管着，一旦身亡，可不枉生世界之中，不得久注天人之内？"孙悟空用他的方式解决了这个问题。在拜师学徒过程中，他拒绝了所有的诱惑，只专求长生不老之道，最后修仙得道，超出三界之外，不在五行之中，可是他这种与天齐寿的资格却未获得阴间阎罗的批准，所以地府还是派了勾死鬼来勾他。孙悟空依靠他无边的法力，打死了勾死鬼，闹了地府，勾了生死簿，不但他自己，连一切猴属之类统统勾掉，按他的说法就是："了账，了账！今番不服你管了！"勾生死簿，和以后的闹天宫吃蟠桃、吞金丹等等，都在解决长生不死这个根本问题。

不独孙悟空，在《西游记》全书中，"长生不老"，这也是所有的妖魔追求的共同目标。那些妖精刻苦修炼，要得人身；而后就是追求长生。全书的矛盾冲突也是因此而起，他们之所以要拿唐僧，目的就是要吃唐僧肉，因为唐僧"本是金蝉子化身，十世修行的原体，有人吃他一块肉，长寿长生"。而佛祖们道行的标志，也是没有了生死之虑。从中我们可以发现，从孙悟空到各处妖魔，从唐僧的十世元阳到佛祖的金刚不坏，都是一再地强调着一个生命永恒的观念。生命永恒的问题，是哲学的基本问题之一，也是生活向人们提出的一个课题。人类诞生之初，面临着自然界的挑战，在那艰难时世中，人，首先应该能活下来。《西游记》把它的思考中心关注在这个问题上，是有其现实的，也有其自身的坚实依据的。对于个体来说，是一个生命维度的问题，但对于一个民族来说，这种不屈不挠的追求，正是它形成的根基。一个民族的历史发展过程中，无不经过困难层叠，障碍重重，一再失败，又一再奋起。似乎是达到了目标，却发现又是一次功败垂成。只要我们深入地体味，我们就会感觉到，《西游记》作者以他神奇的笔为我们描述的，始于一个人的个人体验，但蕴含的却是一个民族的，甚至是整个人类的故事。他们历尽艰险，跋涉在一条命定的征途上，要挣脱绝望,向着渺茫的希望前进,《西游记》中跳动着一个永远追求的灵魂。

《西游记》中所强调的是解决生命存在的问题,即能够活下去,甚至永远活下去,这和中国文化传统中的许多传说、故事和中国独有的宗教——道教的追求都是一致的。但它对生命的第二个方面问题的探讨,即生存方式和生存质量的问题,要活得好,活得尊严、自由、有意义,使得《西游记》有了与众不同的价值。特别是对孙悟空最后命运的处理,为这部戏谑风格的喜剧作品增添了强烈的悲剧色彩。这一点,是通过孙悟空个人成长与周边环境的矛盾表现出来的。他最初为借武器开了龙王一个大玩笑,闹了龙宫。后来又反上天庭,大闹天宫。孙悟空这种不要管束的自由生活要求破坏了天地人三界的现存秩序,触犯了天条,龙王、阎君的控诉,导致了天庭的征讨。"大闹天宫"是这部作品中的一场重头戏。这是一场孙悟空反对管束,要求自由,反对欺骗,要求尊严的战斗。就其实质来说,这是一场孙悟空要求肯定自己生命价值的搏斗。生命需要的不仅仅是存在,更需要自由、独立、平等、尊严,这是孙悟空追求的目标和他对生命认识的深化。它实际上也写出了人类成长过程中面临的第二个矛盾,这就是人与社会环境的矛盾。

人生是一场苦难——孙悟空真正面对人生是从背负着沉重的罪孽被压在五行山下开始的。对于他来说,无知无识可能是快乐的,而一旦开始思考,他就有了忧虑与苦闷。这种对生命的认知不仅仅是孙悟空的觉醒,其实也是作者世界观的体现:人生与俱的就是罪孽。令我们惊异的是,这几乎是世上所有宗教的基本教义。这恐怕不是偶然的巧合。人类通过生活体验到了人生的苦难,借助宗教的思考,他们要摆脱苦难,达到永生。对于生活的否定,同对于生命的肯定,就这样奇妙地、矛盾地结合在一起。这成为千百年来一直为人们所思索的一个永恒的人生之谜。《西游记》就是以其特有的文学形式表现了先人们对这一问题的思索历程。我们知道,宗教,除了迷信之外,它实际上也产生自对于生命与人生的困惑。常常是由对人世苦难的厌恶而升华为对于人生意义的探索,由试图摆脱苦难进而试图估价生命。这是一个认识逐渐深化、思索层面逐步提高的过程。《西游记》故事情节的演变与主题的深化,正好与这种由宣扬宗教教义发展为探讨人生哲理的轨迹相一致。

对个体生命价值的追求,永远是一个痛苦的过程。所以从孙悟空开始他的艰险征程，作者就让唐僧给他头上戴上一个金箍。这样，英雄的西天之行同时也是孙悟空的英雄之旅，那许多光辉的降妖伏怪的关键，都是在如此残酷的拘束之下进行的。孙悟空克敌制胜的英雄史诗，也就成了他改造自己叛逆性格的苦难历程。这是一个悖论。追求自由的过程中丧失了自由的能力。"三打白骨精"这个众所周知的故事包含着含义至深的思想。镇压妖魔，孙悟空一次又一次地挺身迎战，建立了丰功伟绩。可是他极力保护的唐僧却是一位极端昏庸的长老，他听信猪八戒由于嫉妒而进行的无端挑唆。为了打杀妖精，孙悟空却受够了肉体之苦，更遭受了难堪的精神打击，他竟被当作一个恶人，赶出取经队伍。昏庸是障碍，嫉妒也是障碍。在实现生命价值的斗争中，需要克服的不只是外在的阻挠，也要战胜内在的困扰。这种斗争往往以妥协告终。小说的深刻之处也是最令人悲哀之处，是作者写出了这英雄的远征竟近似一场骗局，一切都是佛祖事先安排好的，好多灾难是观音预为设置的。激战之后，回头看来，拼搏类同玩笑。对人生意义的消解和对人生价值的追求同时体现在一部作品中。这种困惑伴随着人类一直到今天。一切都是命定的。九九八十一难，缺一不可，在归途中让老鼋沉水淹湿佛经，补上这一难。这一笔简直就像在孙悟空脸上涂了个白鼻梁，这种种的战斗究竟有什么意义呢？其实早在狮驼岭被青狮妖等困住的时候，孙悟空就已经察觉到了："这都是我佛如来坐在那极乐之境，没得事干，弄了那三藏之经。若果有心劝善，理当送上东土，却不是个万古流传？只是舍不得送去，却教我等来取！"很可惜，尽管有这样重要的发现，孙悟空仍不得不走完这条取经之路，因为他头上有金箍拘管着。

最可悲哀的是，孙悟空历尽艰难所寻找到的大光明世界并不光明，净土并不干净。阿傩、伽叶以权谋私，给经文却要人事，没有人事，就用无字假经欺骗。为取经，他们只得献出紫金钵，使得从来平和的唐僧也不由不感叹："这个极乐世界，也还有凶魔欺害哩！"令人惊异的是，最大的变化发生在孙悟空身上。一点侮辱也受不了的齐天大圣，在阿傩、伽叶的敲诈面前，竟丝毫无作为。他打官司告状，乞求佛祖公断。对于如来的公开偏袒，孙悟空也是低头忍受。反抗的孙大圣变成了驯服的孙猴子。这也许是佛祖安排四众取经所获得的最大胜利。封佛之后，孙悟空还惦记着头上的金箍而要求松掉。唐僧一语道破天机："当时只为你难管，故以此法制之。今已成佛，自然去矣。"封斗战胜佛，对于已经既不能斗也不能战的孙悟空来说，怕是最大的讽刺了。不过，已经学会修持的昔日猴王是会淡然处之的。经历千难万险，孙悟空到头来赢得了一场彻底失败的胜利，完成了否定之否定这个生命探寻的整个过程。古今悲剧莫过于此。中国古人有"老不读《三国》，少不读《西游》"之说，怕的可能是人们学了孙悟空反叛的性格，其实我们真正应该怕的，是读后的这种巨大的失落。

小说在生命的时间维度的追求上，有了圆满的结果。但在空间维度的追求上，却无疾而终。较之人类成长过程中与自然的斗争，人与社会的矛盾更显其复杂无望。孙悟空战胜了自然，打败了妖魔，却失去了自我。小说以孙悟空的自愿放弃结束了他的努力。小说为我们留下了一个永久的思考题：一个丧失了自由和自主能力的生命过程，即使再漫长，有什么意义呢？小说写作只有几百年的历史，人类思考这个问题却已有上千年的历史，而且时至今日，它的魅力不减。这就是经典的价值和意义之所在。

作为一部文学作品，我们对它的基本要求是给予我们一次完美的审美享受。但只实现一次审美过程的小说，是满足不了我们的阅读期待的。在一次一次的阅读发现中实现一部一部小说的价值完善，这才是文学的最高境界之所在。

鸳鸯之死

《红楼梦》散论

蒋和森

作者介绍

蒋和森,1928年生于江苏省海安县。1952年毕业于上海复旦大学新闻系,任新华社记者,1953年至1956年任《文艺报》编辑,1956年冬至中国社会科学院文学研究所,先后任研究员,中国社会科学院研究生院教授、博士生导师。

推荐词

用奴隶的鲜血来涂饰庙堂上的彩绘,把血腥气化作道德的芳香,这正是一切黑暗统治者的杀人艺术。

《红楼梦》中有许多放在次要地位来描写的人物，虽然着墨无多，但依然显得血肉饱满，富有内在的形象意义。

鸳鸯，便是这样的人物之一。

她是封建家族"太君"贾母身边的贴身丫环。由于主子的地位至尊，鸳鸯在丫环中的地位也显得最高，不但一般奴仆皆拭目相看，"见是他来，便站立待他过去"，就是贾府的爷儿奶奶们也对她优容相待，有时甚至还赔着笑脸求她！如有一次，贾琏因筹措不出贾府的浩大开支，便赶着鸳鸯叫"好姐姐"，自称"兄弟还有一事相求"。原来他想求鸳鸯把贾母房里的金银家伙"偷着运出一箱子来，暂押千数两银子，支腾过去"。

不但贾琏，即使是凤姐儿，在这个丫环的面前也好像收起了她那火辣辣的威势，不分尊卑地和她随便调笑。而鸳鸯也敢拿话呕她。如那一次贾府在藕香榭摆下螃蟹宴,凤姐儿先在贾母席边"胡乱应了个景儿",又走到廊下丫环们的席上来吃——

> 鸳鸯笑道:"好没脸!吃我们的东西。"凤姐儿笑道:"你和我少作怪,你知道你琏二爷爱上了你,要和老太太讨了你做小老婆呢。"鸳鸯道:"啐,这也是做奶奶说出来的话!我不拿腥手抹你一脸算不得。"说着,赶来就要抹。凤姐儿央道:"好姐姐,饶我这一遭儿罢!"

丫环说"好没脸",主子说"饶我这一遭儿",这样的口吻,也许在有些人看来不合"阶级分析"吧?然而曹雪芹在这里却写得很有艺术情趣而又合乎生活的真实。他好像在告诉人们:复杂的生活现象,不是仅凭简单的概念所能解释。

的确,鸳鸯看上去似乎显得有些特殊。一方面,她对与自己处于同一奴婢地位的人怀着深厚的同情,如司棋和情人在园中幽会被她撞见了,吓得"恹恹"成病,而她"反过意不去",连忙安慰司棋,绝不去上报"献殷勤儿";并且向她起誓:"我告诉一个人,立刻现死现报!"可是另一方面,鸳鸯又无限忠于贾母,尽心把这个封建家族的"老祖宗"服侍得妥妥帖帖的,唯恐有半点差失。曹雪芹就是这样向我们展示出人的复杂性、生活的复杂性、阶级关系的复杂性。

然而,正像《红楼梦》中的许多少女最后都走向一个悲剧的结局一样,鸳鸯也不例外。当贾母一死,她便"殉主登太虚"——悬梁自尽了!

这一事件,虽然写在后四十回中,但它是前八十回所提供的情节必然走向的结果。应当说,它写得合乎生活逻辑,而且富有思想意义。

鸳鸯的死,深刻地表明:在吃人的社会制度上总是蒙盖着各种好看的外衣,在真正的杀人者的手上反而常常看不见有一丝血迹,甚至使人觉得被害者好像是心甘情愿地去赴死,是献身他们所标榜的"大义"!

无怪,在旧时代里,曾有人盛赞这个丫环的"殉主"是"返于正而特以义闻",又说"当随母入贾氏之祠"。这些腐见,自然不值一论,但不可忽视的是,它们在那一时代里却起着为杀人者涤去血痕的作用,并为吃人的社会制度添上一圈道德的光晕。

其实,读过《红楼梦》的人都知道:鸳鸯并不是死于"义",而是死于封建统治者的淫。

她的死,早在司棋、晴雯之前就已经铸成了。当司棋向她哭诉"我们的性命都在姐姐身上,只求姐姐超生我们"时,其实她自己也需要"超生",只是还没有意识到而已。因为在这以前,"胡子苍白"的贾赦已经动了要逼她为妾的淫念,而且还闹出一场风波。这事表面上虽然平息,可是在鸳鸯的面前却已预伏下一场难以逃脱的悲剧命运。

《红楼梦》在表现这一悲剧过程时,并没有花很多笔墨,然而却写得层层深入,一笔比一笔更见分明地刻画出鸳鸯作为一个被压迫者的真正性格。是的,在复杂迷离的生活现象面前,曹雪芹并没有忘记人物所处的地位和命运,只是他没有去做简单、肤浅的处理。

封建统治者迫害鸳鸯的第一步,是贾赦派邢夫人到她面前去说合。妻子为满足丈夫的淫欲而奔走,这本身已很丑恶可笑;但更丑恶可笑的是,邢夫人并不认为这是加害于人,而且还把它看成是一种赐恩降福,她对鸳鸯这样说道:"开了脸,就封你姨娘,又体面,又尊贵。你又是个要强的人,俗语说的,'金子终得金子换',谁知竟被老爷看重了你。

你如今这一来,你可遂了素日志大心高的愿了……"

邢夫人满以为这一说,鸳鸯还有什么不答应的,盼还盼不到这样的福分哩,因此立刻"拉了他的手就要走"。

谁知大出这个蠢女人意外的是:鸳鸯的表现很特别——"只低头不动身"。

邢夫人感到惶惑了。她简直无法理解天底下竟有这种"放着主子奶奶不做,倒愿意做丫头"的"傻"人。她不禁替鸳鸯着急起来:"三年二年,不过配上个小子,还是奴才。……现成主子不做去,错过这个机会,后悔就迟了!"

可是,这个鸳鸯还是——"只管低头,仍是不语"。

邢夫人把这种表现看成是"怕臊",于是又用话打动一番,最后还说:"我管你遂心如意就是了。"

可是这个鸳鸯还是——"仍不语"。

就在这个丫环的连续"不语"中,曹雪芹以简练而又富于内涵的笔墨,有力地刻画出这一人物的性格。原来鸳鸯已暗暗下定决心:誓死反抗!她的"不语",其实比千言万语更能说出压缩在她心里的愤懑,同时也更加凸现出她的沉着、坚定而又自有主张的性格。

果然,当后来平儿和袭人问起她对付贾赦的"主意"

时,她回答得很干脆:"什么主意,我只不去就完了。"

可是,贾赦怎肯甘休呢?更何况她又是一个"家生女儿"①?平儿不能不为此感到很担忧。但是,鸳鸯同样也回答得很干脆:"家生女儿怎么样?'牛不吃水强按头'?我不愿意,难道杀我的老子娘不成?"

至此,我们可以清楚地看出:这个少女并无半点奴颜婢膝,而是有着一颗高傲的不为淫威所屈的心。在这一点上她和晴雯可谓互相媲美,但她却又比心直口快的晴雯显得深沉、有心计。鸳鸯的这种性格特点,在事态的进一步发展中愈益明显地表现出来。

贾赦一看派邢夫人去说合不成,便吩咐鸳鸯的嫂子去逼。这个嫂子也以为是桩"天大喜事",谁知跑到鸳鸯的面前,刚一开口,就被骂得满脸"没趣",讪讪而退。

接着,贾赦又吩咐鸳鸯的哥哥再去逼,自然也是碰壁而返。

利诱、软化都对鸳鸯无效,贾赦"大怒起来"了,于是便使出一个封建统治者最厉害的武器——权势。他大声咆哮:"叫他细想,凭他嫁到谁家去,也难出我的手心。除非他死了,或是终身不嫁男人,我就服了他。"

---

① 家生女儿,就是买来的奴隶在主人家所生的女儿。

"也难出我的手心",这确实并非虚声恫吓。因为封建社会就像一只巨大的黑手,紧捏住鸳鸯的命运。这个卑微的丫环,顶多不过像石呆子的十二把扇子,只要贾府的大老爷说一声要,还不是自有人替他弄来?毋怪鸳鸯的哥哥一听贾赦发狠,吓得连声称"是",急忙跑去警告鸳鸯。

鸳鸯也很清楚难逃毒手,但她并不惊慌,更不哀求,而是在心里做好了反抗的打算。她先退一步,故意装出回心转意的样子,把嫂子骗到贾母的面前,然后便当着王夫人、薛姨妈、李纨、凤姐儿、薛宝钗等许多人都在那里,突然出其不意地一把揪住嫂子,对着贾母把一切都统统哭诉出来。这无异对贾赦、对邢夫人、也对这个封建贵族家庭做了一次示众性的揭露和控告。

不仅如此,她还当众抽出早已藏在袖里的一把剪刀,往头发上就铰,以示绝不屈服的决心——"就是老太太逼着我,一刀子抹死了,也不能从命"。

这个被封建势力步步紧逼的丫环,就是这样由沉默的"不语"而走向爆炸一般的抗议。

至此,鸳鸯的性格也更加清晰地表现出来了。她不仅沉着坚定,而且还颇有谋略,懂得如何采取最有利的反抗手段，从而显示出她的智慧与果敢。

鸳鸯所采取的反抗，果然收到了效果。贾母听了她的哭诉之后，"气的浑身乱战"了。这个"太君"似乎对儿子的荒淫无耻感到很义愤。但《红楼梦》并没有停留在这样的表面现象上，它深刻地表现出：贾母的"气"，并不是因为她的儿子强逼丫环为妾，而是因为被强逼为妾的是她身边的丫环。原来，鸳鸯是一个把她服侍得最"省心"的丫头，以至离了这个丫头"饭也吃不下去"。无怪贾母这样感伤地说："我通共剩了这么一个可靠的人，他们还要来算计！"她对邢夫人所说的一段话，更是不自觉地披露了自己的心迹："他要什么人，我这里有钱，叫他只管一万八千的买，就只这个丫头不能！留下他服侍我几年，就比他日夜服侍我尽了孝的一般。"

正是在贾母的这种自私心理下，鸳鸯得到了"保护"，暂时逃避了贾赦更进一步的威逼。在这里，《红楼梦》又生动地表现出：统治者之间为了各自的私欲，不可避免地要产生一些矛盾，这有时会给被压迫者带来一些"好处"。聪明的鸳鸯就是利用了这种矛盾，不过，她能利用这一点必须付出尽心服侍的辛苦代价。

然而，奴隶的命运毕竟不是依靠统治者之间的矛盾就能解除，而建筑在别人自私心理上的避难所更不可靠。当鸳鸯用青春陪伴贾母度过那有限的残年，便再也找不到一个可以利用来抵抗贾赦的屏障了。真的，她果如贾赦所说"难出我的手心"。现在，她只剩下一个抵抗的办法，这就是——"还有一死"！

于是，这个沉着而又果敢的丫环，便把"那年铰的一绺头发揣在怀里"，毫不犹豫地走向生命的最后终点——悬梁自尽。

封建统治者不理解这个丫头会用死来向他们表示抗议，他们自欺欺人地以为这是"殉主"。邢夫人甚至大为惊异："我不料鸳鸯倒有这样志气！"连贾政也不胜赞叹："好孩子！不枉老太太疼他一场！"

这种种，不过表现了封建统治者的麻木不仁。然而，难道他们真的没有想到这事的前因后果么？这又何尝不是表现了他们的凶残而狡狯？他们故装糊涂，而且顺手蘸着受害者的鲜血在祭奠贾母的孝幔上大书着一个"义"字！

用奴隶的鲜血来涂饰庙堂上的彩绘，把血腥气化作道德的芳香，这正是一切黑暗统治者的杀人艺术。

草蛇灰线，在千里之外

谈《红楼梦》的一个创作特色

梁归智

作者介绍

梁归智,1949年生于北京,祖籍山西祁县。1978年至1981年师从山西大学中文系教授姚奠中(章太炎的研究生、关门弟子)学习古典文学,毕业后在山西大学中文系任教,1999年调辽宁师范大学文学院任教授、硕士研究生导师。出版有著作《红楼梦探佚》(《石头记探佚》)、《新评新校红楼梦》《被迷失的世界——红楼梦佚话》《独上红楼》《红楼梦诗词韵语新赏》等。

推荐词

脂批里到处写着"草蛇灰线,在千里之外",可谓触目皆是。那么这是什么意思呢?很形象也很有趣。"草蛇灰线"源于堪舆学术语,是两个比喻。"草蛇"是说一条蛇从草丛中蹿过去,其身影时隐时现。"灰线"是说过去用石灰或者炉灰等从指缝中漏洒以成线,线痕也是时粗时细或断断续续的。"草蛇灰线"就是比喻在小说写作中到处留下对后文情节发展的暗示、伏笔,所以说"伏脉千里""在千里之外"。这是一种十分奇特的写作方法。奇特在这种手法不是偶然使用一下,而是几乎贯穿在小说的每一章、每一节的许多具体字句之中,可谓俯拾皆是。

曹雪芹的《红楼梦》，以其深邃伟大的思想内涵，呼之欲出的人物形象，巧夺天工的结构，炉火纯青的语言，哲理，诗情……诸方面都展现出的无穷魅力，使读者目眩神迷，使研究家殚精竭虑。的确乎是一个深深的海洋，有探索不尽的奇珍异宝，常令人掩卷遐思，叹为观止。

本文提请读者注意《红楼梦》一个独具的艺术特色，即唯有《红楼梦》才具有的奇特的创作手法——草蛇灰线，在千里之外。

"草蛇灰线，在千里之外"，这是谁说的呢？是那个和曹雪芹关系异常密切，深知曹雪芹创作《红楼梦》情况，于雪芹生前和死后不久在曹雪芹创作的《石头记》（《红楼梦》的原名）抄本上写下了大量批语的那个人说的。此人姓甚名谁？是男是女？是老是少？目前研究界众说纷纭，答案还是近乎：不清楚。但我们知道他的笔名叫脂砚斋，而他写的批语——即脂批——的可靠性、重要性是不容怀疑的。

在脂批里到处写着:"草蛇灰线,在千里之外",可谓触目皆是。那么这是什么意思呢?很形象也很有趣。"草蛇灰线"源于堪舆学术语,是两个比喻。"草蛇"是说一条蛇从草丛中蹿过去,其身影时隐时现。"灰线"是说过去用石灰或者炉灰等从指缝中漏洒以成线,线痕也是时粗时细或断断续续的。"草蛇灰线"就是比喻在小说写作中到处留下对后文情节发展的暗示、伏笔,所以说"伏脉千里""在千里之外"。这是一种十分奇特的写作方法。奇特在这种手法不是偶然使用一下,而是几乎贯穿在小说的每一章、每一节的许多具体字句之中,可谓俯拾皆是。这种创作手法在曹雪芹之前的文章和小说中并非绝对没有,金圣叹在评点《水浒传》时就使用过同样的术语"草蛇灰线,在千里之外"。如果要"考证"这个术语的发明权,那恐怕属于金圣叹?但是在《水浒传》里,或者其他小说里,"草蛇灰线,在千里之外"的创作手法只具有局部的、有限的意义,偶尔使用一下而已。而在《红楼梦》里,这种创作手法则是贯串始终的,是一个写作基本原则。

因而,从某种意义上说,我们只有了解了这种独特的创作手法，才能够真正读懂《红楼梦》，才能够更深入地领略它那独具的艺术美。

"草蛇灰线，在千里之外"，那"灰线"是怎么样显示出"千里之外"的呢？也就是说，这种创作手法是通过哪些具体形式表现出来的呢？

第一种形式是谶语法。图谶本是古代一种迷信，传为唐代李淳风和袁天罡编撰的《推背图》，以图像和谶语预言后代兴亡治乱之事，就是古代图谶的一个代表。曹雪芹化腐朽为神奇，在《红楼梦》中极为广泛地使用了谶语，而又表现得那样浑然天成，不露人工斧凿痕迹。这种谶语法可分为诗谶、谜谶、戏谶、语谶等。

最典型的诗谶是《红楼梦》第五回"游幻境指迷十二钗，饮仙醪曲演红楼梦"中警幻仙姑让贾宝玉看的《金陵十二钗图册》和十二支"红楼梦"曲子。这些"册子"和"曲子"用图谶的方法预先揭示了《红楼梦》中女主角们的命运归宿。比如黛玉、宝钗与宝玉的爱情婚姻悲剧，贾探春的远嫁，贾惜春的出家当尼姑，晴雯的受诽谤而死，等等。此外，贾宝玉与十二钗中多数人都常吟诗作赋，这些诗赋除了在情调意境上非常符合书中每个人物独特的思想性格而外,也无不具有一些谶语的性质。以林黛玉的诗词为例。第二十七回她作《葬花词》,所谓"天尽头,何处有香丘?未若锦囊收艳骨,一抔净土掩风流。质本洁来还洁去,强于污淖陷渠沟。尔今死去侬收葬,未卜侬身何日丧?侬今葬花人笑痴,他年葬侬知是谁?试看春残花渐落,便是红颜老死时。一朝春尽红颜老,花落人亡两不知!"正是用落花象征黛玉自身,在曹雪芹原稿中,林黛玉也正是在一个春残花渐落的时候,"眼泪还债"而死去的。所以在第七十六回林黛玉和史湘云于凹晶馆中秋联句,黛玉的绝唱"冷月葬花魂"(程高本"冷月葬诗魂"非雪芹原作)吟出后,史湘云就说:"诗固新奇,只是太颓丧了些。你现病着,不该作此过于清奇诡谲之语。"这正点明了"诗谶"的性质,"冷月葬花魂"正与《葬花词》前后呼应,暗伏了黛玉之死。黛玉作的《桃花行》中"一声杜宇春归尽,寂寞帘栊空月痕",《唐多令》柳絮词中"嫁与东风春不管,凭尔去,忍淹留"也是同样的"诗谶"。

与"诗谶"异曲同工的是"谜谶",即书中人物所作谜语都关联着他们自身的未来结局。第二十二回年节作灯谜,贾元春作的谜是爆竹,暗伏她当贵妃后荣华不久的悲剧结果

("一声震得人方恐，回首相看已化灰")；贾迎春的谜是算盘，隐伏她后来受丈夫虐待，夫妻不睦（"因何镇日纷纷乱，只为阴阳数不同"）；贾探春的谜是风筝，暗伏她远嫁海外（"游丝一断浑无力，莫向东风怨别离"）；贾惜春的谜是佛前海灯，暗伏她出家为尼（"莫道此生沉黑海，性中自有大光明"）……所以这第二十二回标目"制灯谜贾政悲谶语"，正面点明了"谜谶"。

"戏谶"即通过书中人物点戏，戏名和戏的内容关联故事进展。比如第二十九回贾母在清虚观神前拈戏，第一出是《白蛇记》，这个描写汉高祖刘邦斩蛇起义的故事象征着贾家祖先靠开国军功起家；第二出是《满床笏》，演唐代郭子仪"七子八婿，富贵寿考"的故事，照应贾家的荣华富贵；第三出是《南柯梦》，演淳于棼梦至大槐安国，风流富贵而终至失宠被逐的故事，暗示了贾家的终将败亡。又如第十七回元春归省时点了四出戏，脂批明确告诉我们：《一捧雪》中的《豪宴》"伏贾家之败"，《长生殿》中的《乞巧》"伏元妃之死"，《牡丹亭》中的《离魂》"伏黛玉死"，《邯郸梦》中的《仙缘》"伏甄宝玉送玉"，"所点之戏剧伏四事，乃通部书之大过节大关键"。原来《一捧雪》是演的明代奸相严嵩父子抢夺莫怀古的"一捧雪"玉杯的故事，正隐伏贾家横行霸道终于像严嵩一样败亡。《长生殿》《牡丹亭》《邯郸梦》也都关联着《红楼梦》原稿八十回后的类似故事进展。这就是所谓"戏谶"。

"语谶"则是通过书中人物的语言和对话暗伏他们后来的遭遇。比如第七回周瑞家的送宫花给贾家各位小姐，送到贾惜春时，她说："我这里正和智能儿说，我明儿也剃了头同他做姑子去呢，可巧又送了花儿来；若剃了头，可把这花儿戴在那里呢？"这是贾惜春在全书中第一次说话，当然是开玩笑，但它却直接照应到惜春出家为尼的结局。此外如第六十三回中众人和贾探春开玩笑"……我们家已有了个王妃，难道你也是王妃不成？大喜！大喜！"而按雪芹的原稿，贾探春的结局正是海外王妃。（参见拙著《石头记探佚》）我们当然不能说《红楼梦》中每个人物的每句话都是"语谶"，但无疑有一些语言对话具有"语谶"性质。

"草蛇灰线"的第二种表现形式是影射法。一是人物之间互相影射，即所谓"影子"。比如晴雯是林黛玉的"影子"，所以晴雯与林黛玉的描写常常是相关的，晴雯的遭遇在一定程度上就暗伏着林黛玉将有类似的遭遇。晴雯与黛玉都是用芙蓉花象征的，第六十三回中黛玉抽芙蓉花酒筹，就没有写晴雯抽签，因为二人都是芙蓉。第七十九回晴雯含冤而死后，贾宝玉作《芙蓉诔》悼念她，黛玉从花丛中走出，吓得小丫环说："晴雯真来显魂了！"而宝玉和黛玉斟酌《芙蓉诔》中词句时——

> 宝玉道："我又有了，这一改可妥当了。莫若说'茜纱窗下，我本无缘；黄土垄中，卿何薄命'。"黛玉听了，怵然变色，心中虽有无限的狐疑乱拟，外面却不肯露出。

这正是用晴雯与宝玉无缘影射黛玉也将与宝玉无缘，晴雯是黛玉的替身，晴雯之死即暗伏黛玉之死。第七十四回抄捡大观园时王夫人说晴雯："……有一个水蛇腰、削肩膀、眉眼又有些像你林妹妹的，正在那里骂小丫头。我的心里很看不上那个轻狂样子……"又当面骂晴雯："好个美人！真像个病西施了。你天天作这轻狂样儿给谁看？……"而在其他地方，西施是专指林黛玉的，所谓"心较比干多一窍，病如西子胜三分"。这些描写都是用晴雯影射黛玉，暗伏黛玉也将像晴雯一样含冤负屈而死。此外像林红玉、林四娘也在一定程度上影射着林黛玉，花袭人则是薛宝钗的"影子"……

影射法的另一种表现形式是以物影人。如前面说的芙蓉花象征黛玉和晴雯，此外如海棠花和鹤象征史湘云，杏花和风筝象征贾探春，等等。第七十回里这样描写贾探春放风筝："探春正要剪自己的凤凰，见天上也有一个凤凰，因道：'这也不知是谁家的？'众人皆笑说：'且别剪你的，看他倒像要来绞的样儿。'说着，只见那凤凰渐逼近来，遂与这凤凰绞在一处。众人方要往下收线，那一家也要收线，正不开交，又见一个门扇大的玲珑喜字带响鞭在半天如钟鸣一般也逼近来。众人笑道：'这一个也来绞了，且别收，让他三个绞在一处倒有趣呢。'说着那喜字果然与这两个凤凰绞在一处，三下齐收乱顿，谁知线都断了，那三个风筝飘飘摇摇都去了。"这是多么有趣的描写！贾探春像断线风筝一样远嫁海外了，可是她又嫁到海外做王妃去了，所以是"凤凰风筝"。这不就是"草蛇灰线，在千里之外"的一个生动例证吗！

"草蛇灰线"的第三种表现形式是谐音法。贾家的四个小姐分别叫元春、迎春、探春、惜春，脂批告诉我们：元、迎、探、惜是谐音"原应叹息"的,这就从总体上规定了她们的悲剧命运。又比如甄士隐夫人的丫环名娇杏,谐音"侥幸",暗伏她"偶因一着错,便为人上人",由于偶然的原因成了贾雨村的夫人。此外如《红楼梦》全书用甄、贾二姓谐音"真假",安排了江南甄府和京城贾府,有甄宝玉和贾宝玉两个互相映衬的人物等等,都具有广义上的"草蛇灰线,在千里之外"的艺术功能,前后照应,互相影射。

还有一种"草蛇灰线"法是化用典故。比如林黛玉别号潇湘妃子,她在第三十四回中于宝玉私赠的手帕上题诗,其中有句"湘江旧迹已模糊",用了"湘妃"的典故,表明林黛玉是贾宝玉的一个"湘妃"——娥皇。而另一个"湘妃"——女英则是史湘云,她姓名中的"湘"字也是暗用湘妃之典。第五回她的"册子"判词中"湘江水逝楚云飞",《乐中悲》曲子中所谓"云散高唐,水涸湘江"都暗示得十分明白。所在第七十六回又特意描写黛玉和湘云于中秋之夜在大观园坐在"湘妃竹墩"上联句,这种"草蛇灰线"正是黛玉、湘云都将与贾宝玉发生爱情悲剧纠葛的"伏脉"。

"草蛇灰线,在千里之外"的表现方式是多种多样的,除了以上谈到的,还有"引文法""细节伏线法"等多种形式。这样一种创作特色的确是独一无二的。了解《红楼梦》的这个艺术特征对于我们深入鉴赏无疑十分重要。尤其是在目前曹雪芹原作只有前八十回存在，后四十回是程高伪作的情况下，我们如果洞悉了曹雪芹独特的创作手法，就可以比较容易地大概勾勒出八十回后原作的故事轮廓，进而更深入地把握曹雪芹的整体艺术构思，而使我们对《红楼梦》的艺术欣赏进入一个更高超的境界！

"草蛇灰线，在千里之外。"朋友，你有兴趣循着那隐隐约约的"草蛇灰线"去寻求"千里之外"广阔神奇的世界吗？你愿意在《红楼梦》这座艺术的七宝楼台中登堂入室，进入一个更微妙的鉴赏层次吗？你可有勇气去探索那美丽的断臂女神究竟手执何物吗？

曲折离奇　幻中有真

读《聊斋志异·葛巾》

刘文忠

作者介绍

刘文忠,江苏丰县人。1962年毕业于南京大学中文系,1965年毕业于山东大学汉魏六朝文学专业,研究生。历任中国舞蹈家协会研究人员,人民文学出版社古典文学编辑室编辑、副主任,编审。

推荐词

这篇小说,动作描写多,画面性强,有的描写如同电影中的特写镜头。作者是大胆的,他敢于描写男女之间的狎昵之态和床笫之欢,他没有一点道学气。他对"男女授受不亲"的封建礼教敢于大胆挑战。但他的描写又不流于猥亵、下流,而是有分寸、有节制的。

《葛巾》是蒲松龄《聊斋志异》中的名篇,这篇的艺术构思,新颖而又奇特,具有诗的艺术境界。作家在构思这篇作品时,借助了什么材料呢?

我们知道,牡丹花是具有国色天香的百花之王。皮日休咏牡丹云:"落尽残红始吐芳,佳名唤作百花王。竞夸天下无双艳,独占人间第一香。"在唐人诗歌中,还有将牡丹花比作妖的,王建《题所赁宅牡丹花》云:"赁宅得花饶,初开恐是妖。粉光深紫腻,肉色退红娇。……"罗隐的《牡丹花》云:"似共东风别有因,绛罗高卷不胜春。若教解语应倾国,任是无情也动人。……"如果花能解语,牡丹花一定是倾城倾国的美人。《葛巾》中的常大用曾作怀牡丹诗百绝,篇末作者又用白居易《戏题新栽蔷薇》诗的典故,提到"少府寂寞,以花当夫人"。蒲松龄运用浪漫主义的手法,将诗的意境揉进小说中,塑造了一位美丽、善良而又多情的葛巾娘子（牡丹花妖）这样一个完美的艺术形象，这是蒲松龄的伟大创造，也是他在小说史上的一大贡献。

蒲松龄称他的《聊斋志异》为有寄托的"孤愤"之书，他是借谈狐说鬼来曲折地反映现实的。他笔下的花妖狐魅，不仅很有人情味，而且和易可亲。他用写人的方法来写花妖狐魅，即"用传奇法而以志怪"，因此，使人感到幻中有真，给人强烈的现实感。《葛巾》这篇小说，通过常大用与葛巾的爱情故事，表现了青年男女对婚姻自主和爱情幸福的大胆追求，他们冲破了礼教之大防，不怕磨难与曲折，并能经得起严峻的考验："怀之专一，鬼神可通。"这在婚姻不能自主的封建社会，无疑是具有进步意义的。

小说把我们引入迷离闪烁的艺术境界：常生在花园中，初见葛巾，怀疑为"贵家宅眷"。再次遇见，始则从容回避，微窥之后，为其美丽所打动，疑为仙女，转身搜求。这位女郎究竟是什么身份，作者并不告诉你，而是先给你"布设疑阵"。虽不明说，却又隐隐约约地在暗示：作者紧扣牡丹的物的特点，写她的"异香竟体""吹气如兰""热香四流"。不但葛巾、玉版的名字是身份的暗示，桑姥姥（桑林的拟人化）处处不离左右，葛巾自言"少时受其露覆"也是一种暗示。暗示或隐或显,终不肯点破。性格有点迂谨的常生,与葛巾相爱三年,还以为她是世家之女、私奔之文君呢!真相一经点破,香消玉碎,"二女俱渺",如洛水之女神,可望而不可即;如巫山之神女,云雨荒台,终成梦想。这种迷离恍惚的艺术境界,不仅引人入胜,而且充满诗意,在目眩神迷之中,给人以迷迷蒙蒙的美的享受。

这篇小说,全文不到三千字,情节上曲折多变、腾挪跌宕、波澜起伏。

"好事多磨",常生与葛巾的爱情是经过了多次的曲折和磨难的。常生对葛巾初次搜求,遇到老妪,他遭到一顿训斥,于是由热烈的追求,转为惧怕和后悔,"悔惧交集,终夜而病"。当常生回忆起葛巾的声容,特别是那含情脉脉的一笑之后,却又转惧为想。正在被难忍的相思折磨得憔悴欲死之时,老妪送来葛巾娘子亲手调和的鸩汤,犹如平地一声雷,这一惊是非同小可的。"与其相思而病,不如仰药而死",他已经下了拼却一死的决心,企图饮鸩止渴,来解除相思之苦。不料饮药之后,大病若失,鸩汤实为爱情的甘露。这是葛巾对他的关怀,也是对他的考验。常生于是又转骇为喜,由喜而升华到狂想。几次约会,波澜层出不穷:刚刚玉腕在握；老妪忽至，一对恋人被惊散，花梯度墙，夜间赴约，不幸葛巾正与绿衣美人对弈，老妪、侍婢在傍，三次往返，寻不到机会，只好怅恨而归。第三次赴约，天赐良机，正当纤腰在抱之时，玉版突如其来，常生只好伏于床下。玉版强行将葛巾拉走，以敲棋作长夜之欢，常生在无奈与"恨绝"之时，想出一着"高棋"：偷走水精如意，"珍藏如意，以冀其寻"。直到葛巾登门索"如意"，两人才真的"如意"了。小说至此，可以说已到了高潮。文字虽然不多，但却包含着层层曲折与层层波澜，时而风起云涌，时而豁然开朗，波谲云诡，千变万化，极尽曲折之能事。

《葛巾》的曲折多变的情节，在塑造人物方面起到很好的作用。人物的鲜明个性，通过曲折变幻的情节得到充分的表现。《葛巾》虽然没有大段的心理描写，但通过情节的腾挪跌宕把主人公喜、惧、悔、骇等各种心理状态表现得真实而又细致。人物感情的波澜起伏寓于情节的曲折变化之中。在细节的描写上，往往能看到作者的传神之笔，使人物刻画臻于妙境。常生饮鸩病除之后，更加相信葛巾娘子是神仙，"但于无人时，仿佛其立处、坐处，虔拜而默祷之"。前人指出此二句胜过《西厢记》"惊艳"后的一篇文字，是有一定道理的。这种虚拟的对空膜拜，使我们想到六朝民歌的"想闻散唤声，虚应空中诺"的艺术境界。把常生对葛巾的感激与思念、悬想到了神魂颠倒的程度刻画得淋漓尽致。常生"花梯度墙"，夜入葛巾的闺房后，作者仅用了"见生惊起，斜立含羞"八个字，便把葛巾初次与情人欢会的又惊又喜、多情而又羞涩的情态细腻逼真地描绘出来。有时又能以几句对话，表现出人物的不同性格。如玉版这个人物，全篇着墨并不多，她是葛巾的陪衬人物。但通过她的几句富有个性化的语言，可以骤然看出她与葛巾性格上的差异："败军之将，尚可复言战否？业已烹茗，敢邀为长夜之欢。""如此恋恋，岂藏有男子在室耶？"几句话，活画出一个伶牙俐齿、活泼、爽朗、嗜棋、好胜而又善于挑逗别人的少女形象，使人仿佛如闻其声，如见其人。她又在有意无意之中道出了葛巾"室藏男子"的秘密，这就增强了小说的喜剧效果，使人感到趣味横生。作者在细小之处，能够一丝不苟，偷如意这一细节，是经过作者精心设计的。"如意"语含双关，作者没有让常生随便偷去一件东西，而让他在葛巾的屋里拿走玉版的如意，又以此为伏笔，引出玉版与常大用之弟常大器的一段婚事,在这方面,也可看出作者的艺术匠心。

《葛巾》这篇小说,动作描写多,画面性强,有的描写如同电影中的特写镜头。作者是大胆的,他敢于描写男女之间的狎昵之态和床笫之欢,他没有一点道学气。他对"男女授受不亲"的封建礼教敢于大胆挑战。但他的描写又不流于猥亵、下流,而是有分寸、有节制的。他的描写是健康的、美的,而不是低级的、丑恶不堪的。

清人但明伦对《葛巾》很欣赏,他写了五六百字的评论,这在但评中是少见的。他正确地指出:"此篇纯用迷离闪烁、夭矫变幻之笔,不惟笔笔转,直句句转,且字字转矣。……"他用了十几个排比的句子详尽记述了"转笔"的好处,并说"求转笔于此文,思过半矣"。所谓"转"就是曲折,就是波澜,就是指情节的曲折多变而言。我们虽然不完全同意把"转"当作写好文章、纠正文章弊病的万应灵药,但波澜起伏、转折多,的确可以收到很好的艺术效果。但明伦的确抓住了《葛巾》的艺术特点,即以情节的腾挪跌宕见长。

鲁迅先生在《中国小说史略》中,对《聊斋》的思想与艺术特点做了精辟的概括,说《聊斋》"描写委曲,叙次井然,用传奇法,而以志怪,变幻之状,如在目前"。又说:"《聊斋志异》独于详尽之外,示以平常,使花妖狐魅,多具人情,和易可亲,忘为异类,而又偶见鹘突,知复非人。"这些特点,我们在《葛巾》中都可以看到。

色彩绚丽　美不胜收

《聊斋志异》的艺术美

周先慎

推荐词

《聊斋志异》是真正艺术的美文,思想美,形象美,语言美,意境美。一篇篇优美的作品,在我们的面前展现出一个色彩绚丽的艺术世界,使我们在奇异的幻境中,体尝现实人生的甘苦,认识那已经逝去但不应该被忘记的历史,在得到思想启发的同时,也得到艺术的美的享受。

《聊斋志异》创造了一个色彩绚丽、美不胜收的艺术世界。它之所以受到人民群众的广泛喜爱,除了深刻地反映了人民的思想感情、愿望要求外,还因为它具有极强的艺术魅力,读后能使我们得到艺术的美的享受。《聊斋志异》的艺术美,表现为思想与艺术的完美融合,绝不是那些逞才使气、炫弄技巧的作品所能比拟的。下面从五个方面来谈谈《聊斋志异》的艺术创造。

一、兼采众体的形式美

《聊斋志异》虽然名为短篇小说集,实际上其中所收的作品非止一体,而是兼采众体之长,又加以融汇创造,是对中国传统的文言小说体式和散文体式的总结和发展。《聊斋志异》中的作品,从形式体制上看,大致可以分为三类:其一,是符合现代观念的典型的短篇小说。一般篇幅都较长,有完整的情节结构、鲜明的人物形象和明确的主题思想。书中的传世名篇多为这类作品,如《促织》《席方平》《红玉》《婴宁》《青凤》等等。这类作品多取法于唐人传奇,又广泛地从志怪小说和散文传统中吸取营养,是对传奇小说的发展和提高。比之唐人传奇,想象更丰富,情节更曲折,描写更细腻。在形式上,这类作品多采用以一个人物为中心的传记体,小说也多以主人公的名字命名;又仿《史记》人物传记后的"太史公曰",篇末一般附有"异史氏曰",在讲完故事之后,直接发表作者的议论见解。或者点明主题,或者借题发挥,尖锐泼辣,短小精悍,很接近于我们今天所说的杂文。这些显然都熔铸了中国古代文学中史传文学和散文的艺术传统,以及宋元以来白话短篇小说的艺术经验,在构思、人物塑造、情节组织和语言提炼等方面,都有新的特色。

其二,可以称为志怪短书。这类作品,内容多为记述奇闻逸事、神鬼妖魅;但与上一类不同的是,它们情节单纯,用笔精简,一般篇幅很短,只有两三百字,或者更少。从形式上看,这类作品很像六朝时期的志怪小说,但多数在意趣、情韵上与传统的志怪小说又很不相同。作者创作的目的,不是为了证明神鬼妖异确实存在,而是含蕴着隽永的思想内涵,透出浓厚的生活气息。

例如《捉狐》一篇,描写一个黄毛碧嘴的狐怪如何偷偷地附在人的身上,在人捉住它的时候又如何狡猾地逃跑,显得十分怪异。但作品的主旨实际并不在狐怪本身,而是借狐怪以写人,表现的重点是现实生活中人的勇敢、沉着和机敏的精神品格。《骂鸭》写一个人偷了邻居的鸭子,吃了以后满身长出了鸭毛,痛痒难耐,只有等丢失鸭子的人骂他时鸭毛才会脱掉,可偏偏丢鸭子的人十分大度,丢了东西从不骂人。在奇异荒诞的情节中,传达出隽永的讽世意味。《咬鬼》一篇,其旨趣似乎跟早期不怕鬼的故事十分相近,但作品写鬼女出现时的种种情景,某翁的感觉和心理活动,细致逼真,栩栩如生,在怪异中透出的生活气息,也是早期志怪小说中很少见的。

其三,是纪实性的散文小品。内容或写人,或记事,或描绘一个场面,或摄取某种生活情景,多为记述作者的亲见亲闻,近似绘画中的素描或速写。这类作品,一般篇幅短小,而内容大多写实,不涉怪异。如《偷桃》写民间杂技,《山市》写山中奇景,《地震》写自然灾异,《农妇》记人物异行等。

适应于题材内容和形式体制的不同,《聊斋志异》各篇的篇幅,也是有长有短,参差不齐的。长的如《婴宁》《莲香》《胭脂》《王桂庵》等一些典型的短篇小说,往往有四五千字的规模;而一些志怪短书,却只有百十来字,最短的如《赤字》,仅有二十五字。

中国古代的文言短篇小说,包括所谓笔记小说在内的各种形式体制,可以说都能在《聊斋志异》中找到。单从形式体制的丰富多彩看,《聊斋志异》也无愧于称为集大成的作品。清代的纪昀曾批评《聊斋志异》"一书而兼二体,所未解也"。实际上,《聊斋志异》不止是"兼二体",而是兼众体,但这并不是《聊斋志异》的缺点,而是它在艺术形式上带总结性和创造性的一个特色。清代的冯镇峦对纪昀的看法就委婉地提出了批评:"一书兼二体,弊实有之,然非此精神不出,所以通人爱之,俗人亦爱之,竟传矣。虽有乖体例可也。"并指出纪昀的《阅微草堂笔记》虽"无二者之病",但比之《聊斋志异》却是"生趣不逮矣"。(见《读聊斋杂说》)

二、异彩纷呈的奇幻美

奇幻,是《聊斋志异》在艺术描写上的一个突出特色。其艺术想象之丰富、大胆、奇异,在古今中外的小说中,都是不多见的。人物形象多为花妖狐魅、神鬼仙人,他们一般都有超人的特点和本领;活动的环境或为仙界,或为冥府,或为龙宫,或为梦境,神奇怪异,五光十色。他们变幻莫测,行踪不定,常常在人意想不到的时候飘忽而来,又在人意想不到的时候飘忽而去。人物活动所产生的种种景象,也奇幻无比,令人目眩神迷。

例如《崂山道士》中写道士剪纸如镜,贴在墙上,竟变成了"光鉴毫芒"的月亮,而且有嫦娥从里面出来跳舞唱歌。《翩翩》中的翩翩用芭蕉叶做成的衣服,竟然像绿色锦缎一样细腻柔滑;采白云做成的衣服,竟然无比的松软温暖。《巩仙》中,巩仙的袖子简直就是一个神仙世界,世外桃源。从里面可以招出一群群仙女;而秀才入袖,见"中大如屋",而且"光明洞彻,宽若厅堂,几案床榻,无物不有"。秀才可以在袖中与心爱的女子惠哥欢合而得子,致使秀才有"袖里乾坤真个大"的感叹。《陆判》中写性格豪放的朱尔旦,同阴间的陆判官交朋友,人神之间建立起真挚的情谊。朱生原来资质鲁钝，文章写得不好，陆判就帮助他，为他"破腔出肠胃，条条整理"，换得一颗"慧心"，从此"文思大进，过眼不忘"。朱生的妻子本来长得不漂亮，陆判又找了一个美人头来替她换上，使丑妇立即变成了"长眉掩鬓"的"画中人"。《葛巾》中写牡丹花精葛巾和玉版姊妹与常大用兄弟二人结合，各生一子，后花精的身份暴露，姊妹二人掷儿而去。两儿堕地以后就不见了，不久却长出牡丹二株，"一紫一白，朵大如盘"，十分奇幻。又如《娇娜》中写狐女娇娜为胸部长疮的孔生施行"伐皮削肉"的手术，其景象也与人间医生的手术迥不相同。她先将手镯放在患处，肿块立即变小，用比纸还薄的刀子将腐肉割去，然后口吐红丸，在伤口处旋转按摩。旋转三遍，孔生就感觉"遍体清凉，沁入骨髓"，病马上就好了。

以上这些，都还只是一些场面或细节的奇异想象，是服务于整篇小说的艺术构思和主题思想的表现的，其本身还很难看出独特的思想意义。而有的则整篇就是一种想象的世界，例如《罗刹海市》。小说描写了一个美丑颠倒、是非混淆的罗刹国。整个社会不重文章，只重外貌，而看外貌又是美丑完全颠倒的。男主人公马骏长得很英俊，可罗刹国的人却以为他是一个怪物，见到他便马上跑掉。相反，长得最丑的人他们认为最美,可以做大官,有很高的地位。当权的统治者都是一些眼不明、耳不聪的糊涂虫。像马骏那样正常的人,只有变成戴着假面具的骗子,才能在这里享受到荣华富贵。这显然是一篇充满奇思异想的愤世之作,骂世之作。"花面逢迎,世情如鬼",文中的这八个字,正是蒲松龄所要揭露和抨击的,也是对当时社会的一种最精当的概括。

显而易见,奇幻本身并不是作家艺术创造的目的。蒲松龄以大胆的艺术想象创造出一个奇幻的、绚丽多彩的艺术世界,是为了获得更大的艺术自由,更加充分地表现他对现实人生的体验,表现他的爱与恨,表现他对生活的认识与评价,表现他对未来的憧憬与向往。因此,以虚写实、幻中见真,才是《聊斋志异》所创造的奇幻世界的本质特征。通过超现实的幻想,表现出来的却是非常现实的社会内容。

《梦狼》和《续黄粱》中的梦境,《席方平》和《考弊司》中的阴界,《晚霞》中的龙宫,《罗刹海市》中的异域等,无一不是现实社会生活的象征或映射。那些作为正义力量化身的神,如《席方平》中的二郎神、《公孙夏》中的关帝、《梦狼》中的神人等,他们对贪官污吏的惩罚,都体现了广大被压迫人民的愿望要求和作者的理想。至于那些花妖狐魅的形象，虽然具有超人的特点，却又处处透出浓厚的人间气息和人情味。她们所表现出来的喜怒哀乐的种种感情，实际上都是属于人间的、社会的，因此我们不但能够理解，而且感到亲切。

《凤仙》一篇借狐仙写人情世态，批判了世俗婚姻中嫌贫爱富的错误思想。在"异史氏曰"中作者说："冷暖之态，仙凡固无殊哉！"这句话可以看作是蒲松龄以幻写真的艺术追求的一种概括。鬼狐形象中蕴含着丰富的现实内容，蕴含着作者本人真切的生活体验，虽奇幻却不显得荒诞，因而能令读者在陌生而又熟悉的景象中产生一种亲切感、认同感，十分喜爱，乐于接受。

同时，《聊斋志异》中的幻想，也并不是作者不受生活的约束，随心所欲的胡思乱想，而是处处都观照或体现出现实生活的客观依据。作者的艺术想象，有时看起来匪夷所思，实际上都有或显或隐却又十分深厚的生活基础。例如，《绿衣女》中的绿衣女是个绿蜂精，就写她"绿衣长裙"，"腰细殆不盈掬"；《花姑子》中的花姑子是个獐子精的女儿，就写她"气息肌肤，无处不香"；《葛巾》中的葛巾是个牡丹花精，就写她"纤腰盈掬，吹气如兰"，等等。奇幻的环境、景物、气氛,也大都可以找到现实生活的依据:《莲花公主》中写窦生进入的那个"桂府",原来是个蜂精的世界。他所看到是"叠阁重楼,万椽相接","万户千门,迥非人世"——这是蜂房,同时又是人间楼阁;他所听到的是轻柔悦耳的歌声,"钲鼓不鸣,音声幽细"——这是蜂鸣,同时又是人间音乐。

总之,《聊斋志异》中的想象是幻和真的融合,处处奇幻,又处处于虚中见实,幻中显真。因此,它不是把我们引向虚无缥缈的天国,而是引导我们去俯视满目疮痍的人世。憎恶这人世,同时又充满希望地要改善这人世。

三、曲折奇峭的情节美

《聊斋志异》的叙事艺术以"文思幽折"(但明伦语)为人所称道。可以毫不夸张地说,没有一篇传世名篇是平铺直叙的。《聊斋志异》的情节艺术,以曲折奇峭为突出的特色,概括起来有三妙:出人意表之妙,层出不穷之妙,合情合理之妙。情节的发展,总是波澜层叠,悬念丛生,紧紧地吸引住读者。让你非读下去不可,让你不断地去猜想情节如何发展,如何结局;却又总是出人意料,让你费思索、猜不透。而在读完全篇之后，掩卷细想，又感到处处合情合理，在人意中。

　　蒲松龄精心地组织故事情节，并不是单纯为了吸引读者，或者炫弄技巧，为曲折而曲折，而是为了充分地展示社会矛盾，表现人物的思想性格，揭示作品的主题思想。

　　例如名篇《促织》，基本情节是成名捉促织和斗促织。这种在农村中常见的景象本来平淡无奇；但由于其背景是"宫中尚促织之戏，岁征民间"，官府逼迫他限期交纳，因此一只促织的得失、生死、优劣、胜败，就同成名一家的生死存亡的命运联系在一起，时时处处牵动着主人公成名喜怒哀乐的思想感情。这样，由平凡小事构成的波澜起伏的故事情节，就具有了令人惊心动魄的思想力量。《促织》曲折的情节，是为充分地展示主人公成名及其一家的悲惨遭遇服务的，真正吸引读者并令他们激动、感叹的，并非捉促织、斗促织的曲折过程本身，而是与此紧密联系的主人公的命运和思想感情。促织的得失、存亡、优劣、胜败，仅仅是情节的外在形式；形式同内容，也就是捉促织、斗促织和主人公的命运，以及他全家人喜怒哀乐思想感情的变化，这三个方面是不可分割地联系在一起的，是统一的。全部曲折的情节，是产生于并最后归结到这个故事产生的背景和根源上，即：

"宫中尚促织之戏,岁征民间";抚军"以金笼进上","上大嘉悦,诏赐抚臣名马衣缎"。这样,一只小虫的故事,构想出紧张曲折的情节,就具有了丰富深刻的社会内涵。

《促织》的情节、线索比较单纯,但是写来却是层峦叠嶂,婉曲峭折。这是一种类型。另有一种类型是内容比较复杂、头绪比较纷繁的,写来更觉烟波浩荡,神龙见首不见尾,如写判案的《胭脂》和写爱情婚姻的《青梅》即是。以当今小说家的眼光和手段,这两篇小说,若加敷演,都可以铺展为长篇小说的规模。

《胭脂》的情节极为曲折、复杂,但写来却井井有条,一丝不乱,安排得巧妙自然,合情合理。这篇小说同一般的公案小说不同,不是在叙写案情时故意闪烁其词、藏头露尾,以制造悬念来吸引读者;而是将案情发生的前后经过,明明白白、清清楚楚地写出来,让读者一目了然;然后将描写的重点放到判案上。读者虽然早知底里,但读来却并不觉得兴味索然;相反,由于作者引导我们思索的重点是如何合理地去寻求破案的线索,因而感到小说别具一种特殊的吸引人的力量。随着故事的演进,处处启发人思考,教人增长智慧,在曲折的情节中透出思想的力量。

《青梅》则又不同。小说展开描写青梅（狐女）和少女王阿喜的爱情婚姻及生活遭遇，人物多，头绪繁，作者经过惨淡经营，情节的构想、组织，离离奇奇，曲曲折折，无限烟波，无限峰峦，从中很好地展现了现实的人情世态，突出地表现了两位主人公（尤其是狐女青梅）过人的眼光、识见，以及善良多情的优美品格。篇末的"异史氏曰"，在评论青梅和王阿喜的曲折奇异的婚姻生活时说："而离离奇奇，致作合者无限经营，化工亦良苦矣。"冯镇峦在此句下评云："此即作者自评文字经营独苦处。"另一位聊斋评论家但明伦对此篇的评论则是："此篇笔笔变幻，语语奥折，字字超脱。"其他如《石清虚》《青娥》《葛巾》等，也是无不从曲折奇峭的情节中展现世态人情，透出思想的力量。

四、诗情浓郁的意境美

虽然中国古典小说有与诗歌结合的艺术传统，但在中国古典小说中，真正能够创造出富于诗的意境的作品并不是很多的。《聊斋志异》中却有不少作品表现出诗情浓郁的意境美。所谓意境，是指在作品中由作家的主观感情与客观物境相结合而创造出的一种艺术境界。它使得描写对象带有一种抒情的色彩，变得比实际生活更美，更富于诗人的情韵，也更富于深邃的思想力量，使读者产生一种超出笔墨之外的联想和感受，进入一种诗一样的艺术境界，在精神上得到一种愉悦和陶冶。

《聊斋志异》的意境创造，主要表现在作者将他所热爱和歌颂的人和美好的事物加以诗化。特别是对那些幻化为花妖狐魅的女性形象，作者总是赋予她们以诗的特质。例如《红玉》中热情歌颂的那位同情被压迫者、具有侠义心肠、热情助人的狐女红玉，作者就赋予她以一种仙资玉质的诗意美：

> 女袅娜如随风欲飘去，而操作过农家妇；虽严冬自苦，而手腻如脂。自言三十八岁，人视之，常若二十许人。

《娇娜》篇表现出作者一种很进步的思想，即男女之间不仅可以有美好真挚的爱情，而且可以有美好真挚的友情。小说在开头介绍男主人公孔生时，说他"为人蕴藉"。所谓"蕴藉"，在这里是指为人的含蓄、宽厚、诚挚、多情。孔生诚挚热情地教授娇娜的哥哥皇甫公子的学业，后来公子一家有难时他又冒着生命的危险去救助；而娇娜则两次用自己修炼所得的红丸去救治孔生的病难,使他死而复生。小说中不仅男主人公孔生蕴藉,女主人公娇娜也蕴藉,整篇作品泛出一种人物性格和人与人关系的蕴藉美。但明伦评论此篇说:"蕴藉人而得蕴藉之妻,蕴藉之友,与蕴藉之女友。写以蕴藉之笔,人蕴藉,语蕴藉,事蕴藉,文亦蕴藉。"蕴藉美就是一种诗意美。

通过环境气氛的渲染烘托来表现一种诗意美,是《聊斋志异》意境创造的一个重要方面。《宦娘》中优美的琴声,创造出一种充满诗意的气氛,以此来烘托出品格优美的鬼女宦娘那风雅不俗的精神世界。《粉蝶》中渲染的爱情之美,不仅与琴曲美妙的音乐融合在一起,而且还带有一种神奇缥缈的仙风仙气。《白秋练》中男女主人公的爱情,始终以诗来串合。《婴宁》中那不断点染的女主人公天真爽朗的笑声,以及总是伴随着她而具有象征意义的鲜花,也烘染出女主人公天真无邪、富于诗意的性格美。

《聊斋志异》中优美动人的花妖狐魅形象,是现实生活中人的艺术升华,是幻想的创造物,与一般小说作品中须眉毕现的纯写实的形象不同,带有某种虚幻性和飘忽性。作者常常不做精雕细刻的外形描写,而着意于描绘人物的内在风神,接近于绘画中的写意。例如《阿绣》一篇,对那位幻化为阿绣的狐女,除了她所冒充而近于乱真的阿绣本人的形象外,她自己是什么模样,我们甚至连知都不知道。作者是有意略貌而取神。她的外貌虽然也很美,但经过较量证明还稍有欠缺,不如真阿绣美;而从一系列的行为中表现出来的她的内心世界,却已达到了美的极致。可以说,她在爱情的追求和外貌美的追求中都是一个失败者,但却完成了一种比爱情和外貌美都要更美、也更崇高的人生追求。她在失败中实现了道德的完美,这在实质上是一种胜利,一种包含着人生哲理的胜利。读者感受到,在她身上焕发出的是一种内在的诗意美——执着追求的意志美,舍己助人的道德美。假阿绣狐女的形象,如水中之月,镜中之花,显得朦胧而空灵。而朦胧美和空灵美,正是一种诗意美。

五、雅洁明畅的语言美

《聊斋志异》是用文言写成的,用文言写小说而能同白话小说媲美,甚至在某些方面还具有白话小说不可能有的独特的魅力,这是蒲松龄杰出的艺术创造。

《聊斋志异》语言艺术的主要特色,主要表现在两个方面：

其一是，从表现生活和刻画人物性格的需要出发，改造书面文言，吸收生活口语，将两者加以提炼融合，使曲奥的文言趋于通俗活泼，又使通俗的口语趋于简约雅洁。这样就创造出一种既雅洁又明畅，既简练又活泼的独特的语言风格。

其二是，无论来自书面的文言，还是来自口头的白话，经作者的选择提炼，都变成一种饱和着生活的血肉，饱和着人物思想感情的血肉的活的语言。在表现活的生活和活的人物这一点上，使两种语言成分自然和谐地融合在一起。典雅和通俗，精练和明畅，凝重和活泼，从全书的整体来看，两种语言风格是统一的，不仅不可分割，连分解也难于分解。

在《聊斋志异》中有相当多的人物对话，其中融入了不少口语的成分。这在过去的文言小说中是很少见的。这显然从宋元以来的白话小说中吸取了艺术营养。例如在《镜听》中，有这样生动的对话情景：大儿子考试高中，消息传来，婆婆对正在厨房干活的大儿媳妇说："大男中式矣！汝可凉凉去。"心中憋了一肚子气的二儿媳妇后来听到自己的丈夫也考中时，把擀面杖一扔，说："侬也凉凉去！"所用的虚词，既有文言也有白话，人物的口吻、语气逼近生活，却也并未背离总体上雅洁的文言风貌。其他如《邵女》中写媒婆贾媪替柴廷宾到邵家说媒时的一大段对话，也是使生动活泼的口语和简约雅洁的文言相融合的著名例子：

> 夫人勿须烦怨。恁个丽人，不知前身修何福泽，才能消受得！昨一大笑事，柴家郎君云：于某家茔边，望见颜色，愿以千金为聘。此非饿鸱作天鹅想耶？早被老身呵斥去矣！

媒婆说媒，目的自然在传递男方对女方的追慕和情意，可她却有意把别人托付的极认真事说成"大笑事"，慧心利嘴，巧舌如簧，以退为进，举重若轻。媒婆的神情意态，在这里活灵活现地跃然纸上。这段对话大有《战国策》纵横家的风致，却又带有更为灵动鲜活的生活气息。

至于叙述描写的语言，可以《红玉》中写冯相如第一次见红玉时的一段作为例子：

> 一夜，相如坐月下，忽见东邻女自墙上来窥。视之，美；近之，微笑；招以手，不来亦不去。固请之，乃梯而过，遂共寝处。

这段叙写是文言,却相当通俗,接近于白话,却又未失雅洁凝重的文言本色。活泼清新,自然明畅,将人物形象、环境气氛、当事人的内心感受等等,都极其生动地表现出来。

总起来说,《聊斋志异》是真正艺术的美文,思想美,形象美,语言美,意境美。一篇篇优美的作品,在我们的面前展现出一个色彩绚丽的艺术世界,使我们在奇异的幻境中,体尝现实人生的甘苦,认识那已经逝去但不应该被忘记的历史,在得到思想启发的同时,也得到艺术的美的享受。

狐鬼现实主义的杰作

《聊斋志异·青凤》赏析

顾 农

作者介绍

顾农,1944年生,江苏泰州人,1966年毕业于北京大学中文系文学专业,扬州大学文学院教授。主要著作有《建安文学史》《魏晋文章新探》《文选与文心》《花间派词传》《听箫楼五记》等。

推荐词

《聊斋志异》中的作品基本上可以分为两类:一类特别短,只有一个梗概,相当于现在的微型小说;另一类比较长一点,故事曲折,描写较详,但笔墨仍然是比较简明的,《青凤》一篇,可以说是其中的杰出之作。

从篇幅上来说，《聊斋志异》中的作品基本上可以分为两类：一类特别短，只有一个梗概，相当于现在的微型小说；另一类比较长一点，故事曲折，描写较详，但笔墨仍然是比较简明的，正如纪昀所说，是"有唐人传奇之详，又杂以六朝志怪者之简，既非自叙之文，而尽描写之致"。鲁迅先生则说成是"以传奇法，而以志怪"。后一类最能代表《聊斋志异》的特色和水平，《青凤》一篇，可以说是其中的杰出之作。

《青凤》故事的发展大约可以分为四个阶段。第一是耿去病初会青凤，一见钟情；第二，次夜相见，互诉衷情，不料被青凤的叔叔撞破，不欢而散；第三，写第二年清明上坟，得一狐，提抱以归，则青凤也，于是同居，生活得很幸福。最后写两年以后青凤的叔叔遭横难，耿去病挺身救之，"由此如家人父子，无复猜忌矣"。故事首尾完具，曲尽其妙。在封建社会里，像这样曾经遭到家长反对后来终于得到谅解的恋爱和婚姻比较少见，但有狐狸精的介入，事情就好办一些了。

《青凤》叙事艺术极高妙，思想水平也很高，多有值得揣摩玩味的地方。

小说中女主人公青凤正式出场很晚，其先以相当多的篇幅写她的叔叔胡义君与堂兄孝儿。小说的开头部分详细描写太原耿氏的宅第旷废，因生怪异，而耿氏之侄耿去病胆气极豪，半夜闯入，只见"一叟儒冠"，"一妪相对，俱年四十余。东向一少年，可二十许；右一女郎，才及笄耳"。耿去病进来后，母女避去，胡氏父子与耿去病高谈阔论；因为谈到该叟先德的谱系，遂让孝儿去"请阿母及青凤来共听之，亦令知我祖德也"，青凤这才正式出场。《聊斋志异》中的许多故事，狐狸精一开篇就出场，恋爱故事迅速推进，而这里的写法不同。性急的读者也许会觉得情节的推进太慢，但这样写才合于情理，而且为下文的发展埋下了伏笔。这老狐狸自名"义君"，其子名"孝儿"，谈吐不离"祖德"，俨然是一位正统派。正因为如此，当老狐狸察觉到耿去病有意于青凤之后，立刻决定搬家，免得侄女弄出什么有违闺训的丑闻来；又唯其如此，当他撞破耿生与青凤的幽会之后，大骂道："贱辈辱我门户！不速去，鞭挞且从其后！"这种封建家长的专横做派，事先是有铺垫有暗示的。孝儿则被处理为一个循规蹈矩的世家子弟，后来他成了耿家的家庭教师，"循循善教，有师范焉"，也是前后呼应，血脉畅通的。《青凤》不是孤立地写青凤这一个狐狸精，而是把她放在富有礼教传统的封建家庭当中来写，反映出封建时代的少男少女如何冲破家庭障碍去恋爱的实际，这就具有了现实主义的深度。过去人们往往把《聊斋志异》说成是浪漫主义的创作，其实这里不过是有许多狐精鬼魅而已，如果我们把她们看成人，其中不少篇章完全是现实主义的，可以称为狐鬼现实主义。

小说中关于青凤的描写极简，重要的地方虽只有寥寥几句，却极为传神，如耿生一见青凤，便跌入情网，悄悄地踹一踹青凤的脚以传递信息，青凤"急敛足，亦无愠怒"，信息收到，她也有点意思了，但不便反馈。后来当他们的幽会被叔叔冲散之初，青凤"羞惧无以自容，俯首依床，拈带不语"，然后就"低头急去"。封建秩序下少女们毫无办法，只能如此。跟许多无拘无束风流放诞的狐鬼不同，青凤是这样一个有教养的狐狸精。

当义君有难,让孝儿来求援时,去病故意表示不肯,孝儿"哭失声,掩面而去",于是——

> 生如青凤所,告以故。女失色,曰:"果救之否?"曰:"救则救之。适不之诺者,亦聊以报前横耳。"女乃喜,曰:"妾少孤,依叔成立。昔虽获罪,乃家范应尔。"生曰:"诚然,但使人不能无介介耳。卿果死,定不相援!"女笑曰:"忍哉!"

青凤虽然离开了她的故家,但对叔叔的养育之恩没有忘记,对封建主义的"家范"也仍然认同。这些描写都恰如其分,合于典型环境中的典型性格。封建时代的少女,大约以既遵守家范也要求自由之青凤类型者居多。将这种类型写入文学作品显然是有意义的。

《聊斋志异》中虽然充满了大胆的想象和神妙的奇迹,但描写的笔墨丝丝入扣,其实是很讲究真实性的,所以可称为狐鬼现实主义。蒲松龄塑造的少女形象数量多,质量高,可以同曹雪芹媲美,只是这些女子分散在各篇,不可能有一个大观园将她们聚集于一处罢了。分散有分散的好处,这样可以涉及更广泛的社会生活。

胡义君得救后向耿生下拜,"惭谢前愆",他不仅承认了耿去病与青凤的关系,还举家迁来,一起过日子。爱情战胜了封建教条,"家范"实际上是完全失败了。青凤虽然拘谨温厚,《青凤》的主题其实却是很激进的。

科举制度下的两个畸形儿

《儒林外史》中的周进与范进

吴小如

推荐词

从明初以八股取士时起,到吴敬梓的时代,这种科举制的毒害已达到病入膏肓的程度。吴敬梓是用文学作品,通过鲜明生动的艺术形象对科举制度进行大力抨击和深刻讽刺的第一人。

《儒林外史》第一回"楔子"里写了王冕的故事，正面树立了作者心目中的理想人物。王冕曾对明代科举制度进行了批评："这个法却定的不好，将来读书人既有此一条荣身之路，把那文行出处都看得轻了。"反对科举制度，反对读书人追求功名富贵，正是吴敬梓写《儒林外史》的主旨。

发现科举制度和八股文的毒害并不始于吴敬梓。在明初，八股文刚推行不久，宋濂就曾指出：

> 自贡举法行，学者知以摘经拟题为志。其所最切者，惟"四子"（"四书"）一经之笺是钻是窥；余则漫不加省。与之交谈，两目瞪然视，舌木强不能对。（《銮坡集》卷七，《礼部侍郎曾公神道碑铭》）

明末清初的顾炎武在他的《日知录》中更不止一次地

抨击八股文。他大声疾呼:"故愚以为八股之害,等于焚书;而败坏人材,有甚于咸阳之郊,所坑者但四百六十余人也!"(卷十六:《拟题》条)可见从明初以八股取士时起,到吴敬梓的时代,这种科举制的毒害已达到病入膏肓的程度。吴敬梓是用文学作品,通过鲜明生动的艺术形象对科举制度进行大力抨击和深刻讽刺的第一人(蒲松龄对此也有一些讽刺,但他并不反对科举制度,相反,他对这条"荣身之路"是非常艳羡的)。周进和范进,就是"白首而不得遇"的许多士人中的代表。在短短二三回书中,吴敬梓用简洁的笔墨犀利地揭露了科举制度的罪恶,深刻地剖析出封建士子愚昧而龌龊的灵魂。就这一点来说,《儒林外史》的影响要比顾炎武等人的评论文字大得多。

周进、范进的故事是《儒林外史》的许多"连环短篇"中的第一篇。从第二回到第四回,先写周进,后写范进。第四回后半就转入其他的故事。到第七回,作者又回过头来交代了一下周、范两人,并把梅玖、荀玫、王惠等人的言行一一照应,作为结束(王惠以后还有活动,属于另一故事)。这里只着重分析第二回至第四回的前半回。第七回的情节仅顺便提一下,不做分析了。

故事从山东省兖州府汶上县一个农村薛家集说起。农村是封建社会的最基层。作者从这里着笔，然后逐步扩展，写到县城、省会等大城市。这样，读者就能体会到故事的发生发展，是有其深广的典型意义的。追求功名富贵、以科举为"荣身之路"的思想，不仅反映在封建知识分子身上，也同样反映在农村和城市各个阶层的人们身上。它带给人们的恶劣影响是：对自己，则自吹自擂，唯恐人家不知道或低估了自己的身位和权势；对有地位的人，则趋炎附势，唯恐自己沾不上边儿；对贫穷和没有地位的人，则极尽揶揄挖苦之能事，鄙视他们，蔑视他们，甚至造谣中伤，恨不得把这些人踩在脚下。这些人情冷暖、世态炎凉的表现有它的普遍性。出现在《儒林外史》里的所有被作者嘲弄、讽刺、鞭挞和否定的每一个对象都有类似的表现，这种情况在当时形成了一种舆论压力和社会风气。周进、范进这两个主要人物，正是在这种压力下和这种气氛中生活。他们本身的思想感情也无时无地不在受这种压力和气氛的支配与影响。

薛家集的观音庵是第二回中人物活动的主要场地。主要人物还没出场，先写庵里的和尚。和尚是旧社会中的寄生虫，但表面上出家人却是清高的。书里写和尚贪污了灯油供自己炒菜吃。这本不合理，也不合法，但和尚竟这样做了。因为不这样就无法维持寄生生活。这个和尚就是当时整个熙熙攘攘复杂纷纭的封建社会中的一个分子，一个细胞。这个看似无关紧要的细节通过申祥甫的口交代出来，还是有一定作用的。一则给背景渲染气氛，让读者自己体认那个社会就是这么一团糟，然后等周进、范进出场后，再写他们所遭遇到的命运，也就不显得突兀了；二则和尚的生活和地位也可以同周进做对比。周进的生活连和尚都不如，虽说做塾师表面上受尊敬，实际上连和尚也瞧他不起。这里作者并没写人情冷暖，可是下面的那些描写却与此相联系，因此这并非闲笔。

故事开始的时间是年关刚过，村里的头面人物为了闹龙灯的事来庙里商议。这是为周进辞旧馆找新馆的时机安排的。因为旧时塾师都是从年初开馆的。塾师在一年中有无教馆的机会，这个时候是关键。但故事开端处并未直接引入周进，而是先写了一个夏总甲。商议村里的大事他得参加，因为总甲的身份类似保甲长，在封建社会，他是人民与官府之间的纽带，经常来往于城乡之间。然后夏总甲从县里请来周进当塾师，这样写比较自然。

既然写了夏总甲，就要写出当总甲的特征。那就是：一面倚官仗势，到村里摆出"大人物"的嘴脸；一面向村里人吹嘘，他在城里如何"吃得开"。这两方面，作者在夏总甲吩咐和尚喂驴和自吹黄老爹请他吃酒这两个细节描写上都点出来了。但同时也进行了讽刺。申祥甫一句问话就戳穿了夏总甲吹起来的牛皮，他只好找个遁词混了过去。这种手法在《儒林外史》里俯拾即是，不过有的是作者着力写的，有的只轻描淡写一下罢了。

闹龙灯一事商议完毕，几个乡间头面人物谈到请教书先生，这才引出周进来。周进原在城里顾家教书，顾家的儿子中了秀才，当然不用再请先生了（要请也不能请一个没中过秀才的人），于是由夏总甲推荐，把周进请到集上来。但作者随处不放过讽刺的机会，就在夏总甲的谈话中，把顾老相公也捎带上了。因为顾连梁灏八十岁中状元的戏文也不懂，可见也是个无知的人。而周进的学问如何也就可想而知了。

在这两回书里，周进虽是主角，但"戏"却不多。重点突出他在未考中时的困顿生活和失意遭遇，然后着力刻画他的精神世界。作者通过周进的形象向读者说明：在封建科举制度下，一个连秀才都没考中的最底层的读书人，他所受到的社会舆论的压力究竟有多大；他的精神世界固然空虚贫乏到极点，但同时也被这种舆论压力挤扁了，压垮了。如果周进没有他姐夫金有余的帮助，他只有穷死饿死完事。这样一个人，作者让他怎样出场呢？书中安排了两个细节。一个是正月十六请周进吃酒的那天，他迟到了；另一个是周进到达时门外有狗叫。周进不是集上人，住处远，天又冷，他坐不起车，也骑不起驴，只能慢腾腾地走着来，因此迟到。只这一句已隐约写出周进的困境。等他走到申家门口，由于穿得太破，一身穷气，地主家的狗是专咬穷人的，当然要对周进示威了。及至正面写周进的外貌，作者又从他的破衣服的部位点出他的塾师身份，形容他"黑瘦面皮，花白胡子"，一个潦倒失意的老朽迂儒，就清楚地展现在读者眼前。

进屋以后，矛盾展开。戴着"新"方巾的"新"秀才梅玖，完全没把周进放在眼里，开口便伤人，不是冷嘲就是热讽。周进是有着强烈的自卑感的人，因此不肯先落座；而梅玖虽拘于礼节，让周进"僭"了首席，但"老友""小友"的议论却把周进搞得十分尴尬。作者这时又横插了一段话，把没有考中秀才的男人同做妾的女人相提并论，看似不伦不类，实际上却尖锐地指出森严的等级观念对人们的威压是十分厉害的。接着写周进因母病许愿不吃荤,说明他是个迂腐迷信的人。但更重要的是梅玖从周进吃斋一事引出他的一首宝塔诗,公然对周进进行人身攻击,随后把周进"脸上羞得红一块白一块",既写出梅玖的盛气凌人,也写出周进的无地自容。另外,这一场面,读者最好和第四回里范进戴孝吃大虾元子一事对照着来看。作者的意思是:一个人在穷的时候,对父母还有点亲子之间的情分;而一旦时来运转,改变了社会地位,人的感情也起了变化,成了个虚伪矫情的人物了。在这一节最后,作者更让梅玖自吹在中秀才前做了一个预示吉兆的梦,这就把梅玖的卑劣无耻、浅薄无知一股脑儿揭穿了。

梅玖不过是个新进学的秀才,他给周进的压力无非是几句挖苦奚落的怪话儿。王惠则是举人,是阔绰的大地主,那种目空一切的神气使周进格外难堪。第二回的后一半,作者写王惠到庙里避雨,对周进十分傲慢无礼,这就使得周进感到压力更大,内心的痛苦也就更剧烈了。

王惠和周进相遇,两人的言谈举止形成鲜明的对照。王惠的口气大,自吹交游广,摆的排场十分阔绰,根本不把周进放在眼里;而周进则极尽低声下气之能事,对王惠自称

"晚生",王惠让他只管批仿,他不敢不批,批完了又不得不陪着王惠谈天。作者写周进熟读了王惠的考卷,这说明周进心心念念以科举为头等重要的事业,可是王惠的人品学问又怎么样呢?他一会儿说梦中得到场内鬼神的帮助,自己一口气写下了"不是我作的,却也不是人作的"奇文;一会儿感到自己竟和七岁小孩子同榜考中进士未免太不光彩,就又说"可见梦做不得准,况且功名大事,总以文章为主,那里有什么鬼神?"前言不搭后语,自己抽自己嘴巴。王惠只顾自己吃鸡、鱼、鸭、肉,连周进也不让一让;周进却是用"一碟老菜叶,一壶开水"下了饭。王惠"撒了一地的鸡骨头、鸭翅膀、鱼刺、瓜子壳",周进却"昏头昏脑扫了一早晨"。王惠过着地主阶级的享乐生活,周进却连一个月的伙食钱都挣不来。王惠走到哪里,人们都捧着叫"老爷",周进却连塾师的位置都保持不了多久。作者清楚地告诉我们:穷塾师和阔举人的社会地位、经济条件就是不一样。在那个充满铜臭味的社会里,手不能提、肩不能挑的所谓"读书人",如果爬不上去,就无法维持生活。作者不但揭露了科举制度的罪恶,也写出了许许多多封建士子穷途末路的悲剧。

明明是王惠说的"梦话",人们却疑心是周进编造出来奉承荀家的。由于周进"呆头呆脑",不会"承谢"夏总甲,终于在一年之后连填不饱肚子的塾师生涯也无法维持了。周进已到了山穷水尽的地步。就在这时,他由于一个偶然的机会进到省城的贡院里去"参观"。这是秀才们来考举人的地方,周进连秀才也不是,当然没有资格进来了,这才引起他无限伤心,终于撞了号板,昏死过去。作者正是通过这一细节,在写了周进的社会地位已降到最底层,物质生活已到了绝境之后,进一步刻画、剖析这个老年腐儒的精神世界。这样写,非常容易产生良好的艺术效果,因为高潮的到来是经过了充分酝酿和准备的阶段,所以显得水到渠成,得心应手。

作者对周进这个形象并非没有讽刺,他在书中也算不得正面人物。可是,更多的是作者对这一人物所流露的同情。害人的八股文使周进成为一个"昏头昏脑""呆头呆脑"的人,在以科举为荣身之路的封建社会中,舆论的压力使得连秀才也没捞上的周进再也混不下去。周进的穷途末路是害人的科举制度造成的。作者在这里抨击的正是科举制度而不是归咎于周进自己。

周进为什么撞号板?他姐夫金有余在第三回开始处道

着了他的"真心事":"因他苦读了几十年的书,秀才也不曾做得一个,今日看见贡院,就不觉伤心起来。"但作者就在同情周进的同时,也对他的精神世界的空虚龌龊做了相应的揭露。他撞板痛哭是绝望的表现,可是作者却用调侃打趣的口吻来描写他死去活来的经过,流露出作者对这一行为的憎嫌情绪。而当众商人答应为周进出钱捐个监生去考时,他又产生了希望,因此感激得说出"变驴变马,也要报效"的话来。过后又写周进"再不哭了",而且"同众人说说笑笑",可见他除了科举功名之外一无考虑,是个毫无心肝的人。等到"进头场"时,"见了自己哭的所在,不觉喜出望外",这"喜出望外"四个字正是对周进的诛心之笔。因为他头脑里几十年梦寐以求的无非是希图从这条"荣身之路"爬上去,眼见功名富贵有了指望,当然"喜出望外"了。当周进自以为再也没有资格进贡院时,他面对号板伤心痛哭;当他走上了这条"荣身之路"时,尽管"八字还没有一撇",他就"喜出望外"。这一悲一喜,正是作者本人对科举制度的悲愤控诉。因为周进走上的那条路,乃是一条寡廉鲜耻、出卖灵魂的死路,他日后的飞黄腾达同样是做了这个制度的牺牲品,不过由受害者变为害人者,由社会上的废人变成社会的罪人罢了。

作者把周进和范进的故事紧连在一起,是有着深刻的用意的。范进的遭际和周进相仿佛,但在书中不是简单的重复。作者把周进作为对功名科举感到绝望的人们的代表,用撞号板来揭示他的精神世界;而把范进作为出乎意外爬上去、因而高兴得忘乎所以的人们的代表,用中举后的疯癫出走来揭示他的精神世界。作者写周进,是用梅玖、王惠等人来对照,说明舆论压力和社会风气对他的威胁;写范进,则从人物本身的由低贱变高贵、由穷变富来说明舆论、风气的转变。周进是靠了金钱的力量爬上去的;范进则靠了考官的提拔。作者在周进提拔范进的过程中揭露了科举制度的另一黑暗面,即一个人所以被录取,也并不是凭真才实学,而是由于莫名其妙的偶然性的条件促成的。范进的文章在周进眼里,从不知"说的是些甚么话"的狗屁不通的水平一跃而成为"一字一珠"的"天地间之至文",可见文章的好坏完全是考官主观臆断,毫无是非标准。甚至其他考生还未交卷,范进的第一名已经"出笼",周进所说的"屈煞了多少英才"的"糊涂试官",不正是他不打自招的供状么!因此我们认为,作者把周进和范进的故事连缀在一起,才使读者对科举制度的腐朽性和反动性有了比较完整的印象，有了更深入的理解。

作者刻画范进的形象比周进更鲜明突出，不仅文章篇幅长，用的力量也大些。范进的出场是从考官周进眼里看到的，连范进的姓名也是从周进口中点出的。作者在描写范进时有意识地加上一句："周学道看看自己身上，绯袍金带，何等辉煌！"这个对比很有力，今天的范进正是昨天的周进。如果范进爬上去，那么周进的今天也就是范进的明天。科举制度本身都是这么一个骗局。

在范进的故事里，作者着力写了一个次要人物——范进的岳父胡屠户。这是个典型的市侩。通过胡屠户，读者具体地看到功名富贵思想在范进周围形成的舆论压力和社会风气。比照范进未进学前和已进学后，胡屠户的态度已经有所改变，但改变不大，因为秀才并不太值钱。当范进求胡屠户帮他出路费去省里应考时，胡屠户竟把范进"骂了一个狗血喷头"。这说明在胡屠户看来，考举人进士跟赌博差不多。按照胡屠户的市侩逻辑，当然不肯为范进出旅费，以免自己受损失。但范进中了举人之后，胡屠户立即大大改变态度，不但要弥缝以前不出路费的过失，而且从市侩的观点出发，也必须"攀龙附凤",才能得到更多的好处。可是作者偏偏安排了一个喜剧情节,即必须让胡屠户亲手打范进一巴掌,才能治好这个新举人的疯病。第三回里许多"戏"都是从这儿产生的。然而在这些好笑的情节后面,作者把矛头指向了封建社会中的市侩主义思想,在辛辣的笔锋后面饱含着吴敬梓本人的悲凉而义愤的热泪。在周进的故事里,作者着重写社会舆论对周进的压力;而在范进的故事里,则把重点移到对社会风气的讽刺:通过胡屠户这个形象,作者集中刻画了炎凉的世态。

　　作者对范进,在第三回里是抱着同情的态度来写的,像写范进独自把周进送到三十里外,直到望不见了才回来;又像写张静斋拜访范进,又送银子又让房子,范进却再三推辞。可见这时范进还比较淳朴单纯。到了第四回里,则写范进拿名片保释和尚,又跟着张静斋找汤知县打秋风,品质就逐渐变坏了。因此作者用吃大虾元子这一细节进行了诛心入骨的讽刺。可见作者对人物的褒贬是有分寸的。

本书的编校工作得到了北京大学中国语言文学系刘雨晴的协助,她细致严谨的工作对本书助益匪浅,在此特别向她表示感谢。

好书分享

大学之道丛书

大学之用
教师的道与德
高等教育何以为高
哈佛大学通识教育红皮书
哈佛，谁说了算
营利性大学的崛起
学术部落与学术领地
高等教育的未来
知识社会中的大学
教育的终结
美国高等教育通史
后现代大学来临？
学术资本主义
德国古典大学观及其对中国的影响
美国大学之魂（第二版）
大学理念重审
大学的理念
现代大学及其图新
美国文理学院的兴衰
大学的逻辑（第三版）
废墟中的大学
美国如何培养硕士研究生
美国高等教育史（第二版）
麻省理工学院如何追求卓越
美国高等教育质量认证与评估
高等教育理念
印度理工学院的精英们
21世纪的大学
美国公立大学的未来
美国现代大学的崛起
公司文化中的大学
大学与市场的悖论
高等教育市场化的底线
美国大学时代的学术自由
理性捍卫大学
美国的大学治理
世界一流大学的管理之道（增订本）

21世纪高校教师职业发展读本

如何成为卓越的大学教师（第二版）
如何提高学生学习质量
学术界的生存智慧（第二版）
给研究生导师的建议（第二版）
给大学新教员的建议（第二版）
教授是怎样炼成的

学术规范与研究方法丛书

如何进行跨学科研究
如何查找文献（第二版）
如何撰写与发表社会科学论文：国际
　　刊物指南
如何利用互联网做研究
社会科学研究方法100问
社会科学研究的基本规则（第四版）
参加国际学术会议必须要做的那些事
　　——给华人作者的特别忠告
如何成为学术论文写作高手
　　——针对华人作者的18周技能强化训练
给研究生的学术建议（第一版）
生命科学论文写作指南
如何撰写和发表科技论文（第六版）
法律实证研究方法（第二版）
传播学定性研究方法（第二版）
学位论文写作与学术规范
如何写好科研项目申请书
如何为学术刊物撰稿（影印第二版）
如何成为优秀的研究生（影印版）
教育研究方法：实用指南（第六版）
高等教育研究：进展与方法
做好社会研究的10个关键

博物文库

无痕山林
大地的窗口
探险途上的情书

风吹草木动
亚马逊河上的非凡之旅
大卫·爱登堡的天堂鸟故事
蘑菇博物馆
贝壳博物馆
甲虫博物馆
蛙类博物馆
兰花博物馆
飞鸟记
奥杜邦手绘鸟类高清大图
日益寂静的大自然
垃圾魔法书
世界上最老最老的生命
村童野径
大自然小侦探
与大自然捉迷藏
鳞甲有灵
天堂飞鸟
寻芳天堂鸟
休伊森手绘蝶类图谱
布洛赫手绘鱼类图谱
自然界的艺术形态
雷杜德手绘花卉图谱
果色花香：圣伊莱尔手绘花果图志
玛蒂尔达手绘木本植物
手绘喜马拉雅植物

西方心理学名著译丛

记忆〔德〕艾宾浩斯
格式塔心理学原理〔美〕考夫卡
实验心理学（上、下册）〔美〕伍德沃斯 等
思维与语言〔俄〕维果茨基
儿童的人格形成及其培养 〔奥地利〕阿德勒
社会心理学导论〔英〕麦独孤
系统心理学：绪论〔美〕铁钦纳
幼儿的感觉与意志〔德〕蒲莱尔
人类的学习〔美〕桑代克
基础与应用心理学〔德〕闵斯特伯格
荣格心理学七讲〔美〕霍尔 等

其他图书

如何成为卓越的大学生〔美〕贝恩
世界上最美最美的图书馆
　〔法〕博塞 等
中国社会科学离科学有多远 乔晓春
国际政治学学科地图 陈岳 等
战略管理学科地图 金占明
文学理论学科地图 王先霈
大学章程（1—5卷）张国有
道德机器：如何让机器人明辨是非
　〔美〕瓦拉赫 等
科学的旅程（珍藏版）〔美〕斯潘根贝格 等
科学与中国（套装）白春礼 等
彩绘宋词画谱（明）汪氏
如何临摹历代名家山水画 刘松岩
芥子园画谱临摹技法 刘松岩
南画十六家技法详解 刘松岩
明清文人山水画小品临习步骤详解
　刘松岩
我读天下无字书 丁学良
教育究竟是什么?〔英〕帕尔默 等
教育，让人成为人 杨自伍
透视澳大利亚教育 耿华
游戏的人——文化的游戏要素研究
　〔荷兰〕赫伊津哈
中世纪的衰落〔荷兰〕赫伊津哈
苏格拉底之道〔美〕格罗斯
全球化时代的大学通识教育 黄俊杰
美国大学的通识教育 黄坤锦
大学与学术 韩水法
国立西南联合大学校史（修订版）
　西南联合大学北京校友会
发展中国家的高等教育〔美〕查普曼 等